U0114095

古遠清臺灣文學五書

戰後臺灣文學理論史

第四冊

古遠清　著

目次

第一冊

推薦序　古遠清的勇氣和學術堅持……孫紹振　一
導　論……一
第一節　「戰後臺灣文學理論」範疇的界定……一
第二節　《戰後臺灣文學理論史》的研究對象和內容……六
第三節　海峽兩岸當代文學理論的同異……一〇
第四節　戰後臺灣文學理論面臨的危機……一七
第五節　本書的撰寫原則……二三

第一編　戰後初期至六十年代：過渡時期的文論……三一

第一章　由復甦到「重繪」……三三

第一節　歷史大河中的轉折……三三

第二節　復甦社會主義文藝理論……四〇

第三節　許壽裳：魯迅精神的播火者……四五

第四節　兩岸作家首次「合作演出」……五〇

第二章　日漸惡化的文論生態……六三

第一節　以政工的態度對待文學……六三

第二節　「自由中國文壇」的建立……六八

一　清除左翼文學，培養自己的「筆部隊」……七〇

二　在報刊中安插「忠貞之士」，決不能讓軟性的作家或普羅分子掌權……七〇

三　把戰鬥文藝納入黨政軍機關的工作範圍，尤其是開展軍中文藝運動……七二

四　包辦文壇，「不容外人插進」……七三

五　鎮壓異己勢力，由楊逵被捕開始……七四

第三節　張道藩：蔣家意識形態守門人……七六

第四節　與魯迅又愛又恨的矛盾衝突……八六
第三章　喧囂的文學運動與文學思潮……九七
第一節　「戰鬥文藝」的倡導……九七
第二節　小型文革：文化清潔運動……一〇四
第三節　胡適「自由的文學」主張……一一二
第四節　現代主義文學思潮的出現……一一六
第五節　軍中文藝體系的竄起……一二三
第六節　三十年代文藝批判……一三一
第七節　扮演中華文化的守護者……一三五
第四章　論戰烽火與文化迷途……一四七
第一節　圍剿「袖手旁觀論」……一四七
第二節　《心鎖》是「黃色作品」？……一五一
第三節　保衛現代詩……一五五
第四節　中西文化大論戰……一五九
第五節　文壇往事辨僞與文化漢奸得獎案……一六八
第六節　提倡簡體字引發風波……一七四

第七節　抨擊「新閨秀派」……一七七
第八節　孟瑤抄襲大陸學者著作案……一八一
第五章　走出美學研究困境……一九三
第一節　徐復觀等人的美學研究……一九三
第二節　劉文潭的《現代美學》及其他……一九六
第六章　夏氏兄弟的創新……二〇一
第一節　新的轉機和希望……二〇一
第二節　夏濟安：現代派文學的先行者……二〇三
第三節　夏志清的《中國現代小說史》……二一〇
第七章　割地稱雄的新詩論壇……二一九
第一節　結黨營詩，論戰不斷……二一九
第二節　呼風喚雨的洛夫……二二六
一　關於《天狼星》的爭論……二二七
二　部分詩人對《七十年代詩選》的批判……二二八
三　〈招魂祭〉論戰……二三〇

四　各詩社對〈詩壇春秋三十年〉的集體回應……二三〇
第三節　現代派的崛起……二三三
一　紀弦所倡導的新詩再革命……二三三
二　林亨泰：冷靜、睿智的詩論家……二四一
第四節　《藍星》的制衡……二四四
一　覃子豪：詩歌教育家與理論家……二四五
二　余光中：「最終目的是中國化的現代詩」……二五一
第五節　《創世紀》的革新……二五七
一　洛夫的超現實主義詩論……二五八
二　瘂弦對現代詩的反思……二六五
三　張默：直覺還原型的批評代表……二六九

第二冊

第二編　七十年代：成長時期的文論

第二編　七十年代：成長時期的文論……二八三

第一章　在查禁聲中展開的批評「野戰」……二八五

第一節　從關傑明旋風到唐文標事件……二八五

第二節　荒謬的「誹韓（愈）案」……二九三

第三節　詩壇的戰國風雲……二九七

一　圍繞羅門〈麥堅利堡〉的論爭……二九八

二　《詩潮》是否提倡工農兵文藝的爭論……三〇〇

三　由〈現代詩批評小史〉引起的爭議……三〇二

第四節　空前的鄉土回歸浪潮……三〇四

第五節　藍綠對決的前世：鄉土文學論戰……三一一

第六節　查禁書刊的警察行爲……三二三

第七節　旋生旋死的評論刊物……三二八

第八節　副刊黃金時代的來臨……三三二

第九節　「三三二」：張腔作家的聚集地……三三七
第十節　「文化統一中國」的先聲……三四二
第二章　脫穎而出的新文學論著……三五九
第一節　蘇雪林的《二三十年代的作家與作品》……三五九
第二節　鄭學稼和他的《魯迅正傳》……三六二
第三節　胡秋原：在論戰中建樹文學理論……三六七
第四節　劉心皇的淪陷區文學研究……三七三
第五節　尹雪曼和《中華民國文藝史》……三七九
第六節　周錦的新文學史研究……三八三
第七節　施淑的左翼色彩……三八八
第三章　文論界的新盟主……三九七
第一節　顏元叔：學貫中西，豪氣干雲……三九七
第二節　現代批評與傳統批評的交鋒……四〇六
第四章　美學研究園林……四一五
第一節　七十年代美學研究一瞥……四一五

第二節　王夢鷗：將文藝學與美學聯姻……四一八
第三節　姚一葦：探索藝術奧秘……四二二
第四節　程大城的美學研究……四二六
第五節　柯慶明：以生命意識爲中心的文學理論……四二九
第六節　高友工的美學思想……四三三

第五章　比較文學的崛起……四四三

第一節　比較文學的墾拓與發展……四四三
第二節　比較文學「中國學派」的提出……四四八
第三節　圓融客觀的侯健……四五一
第四節　葉維廉：尋索「共同的文學規律」……四五五

第六章　匯流在「民族鄉土」旗幟下……四六三

第一節　鄉土文學陣營的分裂……四六三
第二節　陳映眞：左翼文壇祭酒……四六七
一　文學來自社會反映社會，文學與社會有密切的關係……四六八
二　文學應關心民眾疾苦，應給被侮辱、被壓迫的人前進的力量……四六九
三　建立文學的民族風格，喚起中國的民族主義的自立自強精神……四七〇

四　「第三世界文學論」……四七二
第三節　尉天驄：鄉土文學論戰中的驍將……四七五
一　提出鄉土文學的現實主義定義，澄清了人們對鄉土文學的狹隘理解……四七七
二　提倡文藝要扎根於臺灣現實，要關懷國家和民族的命運……四七七
三　反對抽象的人性論……四七八
四　旗幟鮮明地主張工農兵也可以有自己的文學……四七九
第四節　陳少廷：臺灣新文學史的開拓者……四八二
第五節　寧折不彎的黃春明……四八六
一　爲小人物樹碑立傳……四八七
二　爲中華民族而創作……四八八
第六節　林載爵論臺灣文學的兩種精神……四九〇
第七節　還吳濁流愛國眞相的王曉波……四九四
第七章　海外文評家的品格與氣質
第七章　海外文評家的品格與氣質……五〇七
第一節　「逍遙海外」評論家的自由與不自由……五〇七
第二節　夏志清的小說評論……五一一
第三節　葉維廉的文論秩序……五一五
第四節　楊牧文學評論的智慧之光……五二一

第五節　劉紹銘的曹禺評論及其他……五二五
第六節　推動中國小說現代化的李歐梵……五三〇
第八章　小說、散文評論新貌……五四三
第一節　社會寫實主義及「藝術論戰」……五四三
第二節　引發臺灣文壇「地震」的《家變》……五四八
第三節　臺灣的香港傳奇：張愛玲熱……五五二
第四節　持平中和的何欣……五五九
第五節　研析《臺北人》的歐陽子……五六四
第六節　作家的散文評論……五六八
第七節　呼喚變革散文的余光中……五七二
第九章　新詩評論的審美更新……五八三
第一節　《笠》的詩論……五八三
一　現實經驗的藝術功能導向……五八三
二　趙天儀：本土詩評家的代表……五八九
第二節　《葡萄園》的詩論……五九三
一　倡導「健康明朗中國」的文曉村……五九三

二　李春生的現實主義詩論……五九七
第十章　兩位有建樹的詩論家……六〇三
第一節　從西洋文論中吸取學理的張漢良……六〇三
第二節　活躍在評論第一線的蕭蕭……六〇七

第三冊

第三編　八十～九十年代：多元時期的文論……六一五
第一章　威權解構後的秩序重建……六一七
第一節　「自由中國文壇」的崩盤……六一七
一　飽含著抗議執政當局的政治詩、政治小說、政治散文紛紛占領各種報刊……六一八
二　女性文學的崛起，這是八十年代臺灣文學一大特色……六一九
三　「本土化」由邊緣發聲向主流論述過渡……六一九
四　三民主義再也無法作爲評論家的指導思想……六二〇
五　出現用社會文化乃至階級鬥爭觀點來觀察文學現象和社會現象……六二一

六　理論家們不再聽「自由中國文壇」的一致召喚……六二三
七　文學理論批評的中心命題，不再是文學應爲「反共抗俄」的政治路線服務……六二四
八　兩岸文學交流，直接促進了「自由中國文壇」的崩盤……六二五
第二節　「臺灣結」與「中國結」的糾葛……六二六
一　〈龍的傳人〉：「中國意識」與「臺灣意識」的衝突……六二六
二　由葉石濤、詹宏志引起的論爭……六三一
第三節　「寧愛臺灣草笠，不戴中國皇冠」……六三六
一　提出「寧愛臺灣草笠，不戴中國皇冠」的口號……六三七
二　創辦新的文學刊物和社團，宣揚「臺灣文化主體性」與「臺灣文學主體性」……六三八
三　在詮釋臺灣文學以及整理臺灣文學史料時強調「臺灣人的立場」……六四〇
第四節　在後現代主義的雜音中……六四一
第五節　解嚴前後看魯迅……六四八
第六節　前仆後繼的評論刊物……六五四
第七節　走向沒落的文學副刊……六五八
第八節　打壓「臺獨」書刊的方方面面……六六二
第九節　《文學界》：臺灣文學的另一中心……六六六
第十節　臺灣文學系所的設立……六七〇

第二章　與政治同構的文學論爭……六八七
第一節　開放三十年代文藝的爭論……六八七
第二節　何謂「臺灣文學」？……六九四
第三節　臺灣作家如何定位……七〇一
第四節　枯竭的「臺語文學」……七〇六
第五節　輪番炮轟「大陸的臺灣詩學」……七一三
第六節　「三陳」會戰……七一八
第七節　誰的臺灣？誰的文學？誰的經典？……七二三
第三章　新世代評論家方陣……七四一
第一節　新世代評論家的特殊言說……七四一
第二節　蔡源煌：後現代小說的理論代言人……七四六
第三節　革新傳統文化的龔鵬程……七五三
第四節　李瑞騰：臺灣文學的先鋒推手……七六〇
第五節　羅青：從學院色彩到前衛傾向……七六六
第六節　廖炳惠的解構批評和後殖民理論研究……七七〇
第七節　林燿德的評論星空……七七五

第八節　簡政珍：注意美學與歷史的辯證……七八〇
第九節　後現代主義評論家孟樊……七八六
第四章　南部詮釋集團……七九五
第一節　葉石濤：「本土文學論」的宗師……七九六
第二節　鍾肇政：徹底的臺灣文學論者……八〇二
第三節　李喬：堅貞的臺灣主義者……八〇八
第四節　彭瑞金：「南部文學」的發言人……八一二
第五節　注重歷史考察的林瑞明……八一八
第六節　李敏勇的「文學抵抗」……八二三
第七節　「充滿了拳聲」的宋澤萊……八二六
第八節　向陽的「臺灣立場論述」……八三〇
第九節　高天生的盲點……八三五
第十節　專研臺灣文學本土論的游勝冠……八三七
第五章　現代文學研究的「歷史偏好」……八四九
第一節　現代文學研究叢書……八四九
第二節　王志健的新詩史研究……八五四

第三節　周伯乃：近三十年新詩的考察及評價……八五八
第四節　舒蘭、龔顯宗的新詩史研究……八六二
第五節　姜穆研究三十年代作家的「武化」傾向……八六六
第六節　馬森論現代戲劇的兩度西潮……八六八

第六章　當代文學研究的多元視野……八七五

第一節　臺灣當代文學研究的三個階段……八七五
第二節　停滯不前的大陸當代文學研究……八七九
第三節　大陸當代文學研究隊伍及問題……八八四
第四節　張放、周玉山的大陸文學研究……八八七
第五節　高準、陳信元的大陸文學研究……八九二

第七章　雜花生樹的美學比較文學研究……九〇一

第一節　八十年代的美學研究……九〇一
一　大學教師研究美學的成果突出……九〇一
二　超越以往的研究範疇……九〇三
三　從傳統的慣性作用而逐漸有了自覺的思辨與方向……九〇四
第二節　鄭樹森論文學理論與比較文學的關係……九〇五

第三節　周英雄：尋找不同的解牛刀法……九一〇
第四節　「比較文學中國化」的討論……九一四
第五節　「中國學派」的理論發展……九一七
第六節　突出晚清現代性的王德威……九二一

第八章　互為表裡的小說評論

……九三五
第一節　小說評論的潮流與走向……九三五
一　意識形態的尖銳對立……九三五
二　評論政治色彩的凸現……九三六
三　消費性評論功能的增強……九三六
四　多向選擇的尋求……九三七
五　出現了一些有分量的評論專集……九三七
六　對三毛作品的批評……九三八
七　對張愛玲小說的研究……九四〇
第二節　金庸所帶來的「香港震撼」……九四一
第三節　齊邦媛：當代臺灣文學的知音……九四九
第四節　呂正惠：獨行江湖上梁山……九五五
第五節　詹宏志的文學心靈……九六二

第六節　由文學轉向文化的龍應台……九六七
第七節　對陳若曦等人的小說評論……九七二
第九章　互為強化的新詩論壇……九八三
第一節　羅門詩論的前衛性與創新性……九八三
第二節　張健的中庸詩觀……九九〇
第三節　李魁賢：站在反抗詩學的角度……九九四
第四節　女性主義詩評家鍾玲……九九九
第五節　詩評專業化的奚密……一〇〇二
第十章　蹣跚行進中的散文評論……一〇〇九
第一節　散文分類及特點的探討……一〇〇九
第二節　鄭明娳的散文理論世界……一〇一六
第三節　眾說紛紜的報導文學理論……一〇二三
一　對報導文學定義的研究……一〇二三
二　對報導文學特性的研究……一〇二五
三　對報導文學功能的評價……一〇二六
四　報導文學能否以寫黑暗面爲主等問題的爭論……一〇二八

第四冊

第四編　新世紀：轉型時期的文論……一〇三五

第一章　傳承與挑戰……一〇三七

第一節　夾著風暴和閃電的文學事件、論爭與思潮……一〇三七

第二節　「臺語文書寫」引爆政治紛爭……一〇四八

第三節　臺灣文學研究的世代交替……一〇五五

第四節　逐漸式微的「臺灣文學系」……一〇六一

第五節　臺灣文學館館長的人選之爭……一〇六四

第六節　《灣生回家》作者造假風波……一〇六九

第七節　超級「戰神」陳映眞告別文壇……一〇七三

第二章　活躍的文學場域……一〇八三

第一節　「南部文學」與「臺北文學」的對峙……一〇八三

第二節　李敖的「屠龍記」……一〇九〇

第三節　張瑞芬等人的散文研究……一〇九七
第四節　應鳳凰的濃郁人文情懷……一一〇二
第五節　陳義芝：從文化角度觀照詩歌……一一〇六
第六節　極具叛逆精神的楊宗翰……一一一一
第七節　蔣勳：美學大師？文化明星？……一一一五
第八節　《求索》：陳映眞研究的新突破……一一二〇
第九節　外來兵團：馬華學者的臺灣論述……一一二五
第三章　臺大外文系評論家群……一一四一
第一節　張誦聖：海外學者的新寵……一一四一
第二節　探討現代性和後現代性的廖咸浩……一一四七
一　現代主義及後現代（比較）詩學及美學……一一四九
二　殖民時期到全球化時期，西方現代性對臺灣現代文學及文化的影響……一一五一
三　以明清之際的「中國現代性」與西方現代性的互動與協商重讀《紅樓夢》……一一五二
四　文化政策理論與實踐……一一五三
五　從生命與能量出發，對詩學及身體之研究……一一五四
第三節　劉亮雅所營造的「欲望更衣室」……一一五四

第四章　文學史前沿……一一五九

第一節　臺灣文學：充滿內在緊張力的學科……一一五九
一　從非法到合法……一一五九
二　從迴避權力與意識形態同謀到學科內部存在危機……一一六二
三　從臺灣文學系到所謂「假臺灣文學系」……一一六四
四　這門學科依然不夠成熟……一一六六
第二節　許俊雅：建構日據時期臺灣文學史……一一六七
第三節　楊照論戰後文學史……一一七二
第四節　高雄文學史的建構……一一七七
第五節　原住民文學史的誕生……一一八一
第六節　毀譽參半的《台灣新文學史》……一一八六
第七節　內容複雜的「臺語文學史」……一一九四
第八節　區域文學史寫作的檢視……一一九九
第九節　《台灣文學史長編》的新視野……一二〇四
第十節　《世界華文新文學史》的誤區……一二一一
附　藤井省三研究華語文學的歧路……一二一五

後記　在「險學」道路上攀行……二二九
附　錄……二三五
一　臺灣文學現象如雲，我只是抬頭看過——答客問……二三五
二　古遠清著作總目……二五七
參考書目……二六三
作者簡介……二七一

第四編　新世紀：轉型時期的文論

第一章　傳承與挑戰

第一節　夾著風暴和閃電的文學事件、論爭與思潮

在新千年，政權從國民黨和平轉移到民進黨手中。短短數年中，藍綠矛盾加劇，兩岸關係由平和走向緊張，再加上高官的貪腐，治安的惡化，失業人數激增，自殺指數居高不下，均使臺灣人的福祉受到嚴重威脅。這反映在國族認同問題上，「臺灣」逐漸取代「中國」。這時候兩大政黨的惡鬥，逐漸讓政治成爲一種隔離的場域，以往可能被認爲正確還是錯誤的問題，現在變成不是藍與綠，就是統與獨的糾葛了。反映在認同問題上，本土人士夾著「風暴」攜帶「閃電」出現的文學事件，計有「雙陳大戰」、《臺灣論》漢譯本事件、高雄文藝獎風波、流淚的年會、余光中向歷史「自首」、杜十三恐嚇謝長廷、兩岸關於張愛玲著作權的爭奪戰、《笠》詩社陳塡退社。

《台灣文學史》編寫本屬學術問題，但在意識形態的操縱下，充滿了或明或暗的統、獨之爭。爲了抗拒所謂「中國霸權」的論述，陳芳明下決心自己寫一本「雄性」的「台灣文學史」，這樣便有了以「臺灣意識」重新建構的《台灣新文學史》。作者在開宗明義的第一章〈台灣新文學史的建構與分期〉中，亮出「後殖民史觀」。這種史觀，明顯是把視國民政府爲殖民政權的臺獨教條與後殖民理論的混合。陳芳明把中國與日本侵略者同等對待，離開文學大講「復權」、「復國」，因而受到以陳映眞爲代表的統派作家的反擊。

臺灣文壇之所以將這場論爭稱爲「『雙陳』大戰」（註一），是因爲這兩位是臺灣知名度極高的作家、評論家，且他們均有不同的黨派背景。如陳芳明曾任民進黨文宣部主任，陳映眞曾任中國統一聯盟創會主席和勞工黨核心成員。即一個是獨派「理論家」，一位是統派的思想家。另一方面，他們的文章均長達萬言以上，其中陳映眞的兩次反駁文章爲三萬四千字和二萬八千字。他們兩人的論爭發表在臺灣最大型的文學刊物上，還具有短兵相接的特點。這是進入新千年後最具規模、影響極爲深遠的文壇上的統、獨兩派之爭。和七十年代後期發生的鄉土文學大論戰一樣，這是一場以文學爲名的意識形態前哨戰。「雙陳」爭論的主要不是臺灣文學史應如何編寫、如何分期這一類的純學術問題，而是爭論臺灣到底屬何種社會性質、臺灣應朝統一方向還是走臺獨路線這類政治上的大是大非問題。

「雙陳大戰」過後，陳映眞用「許南村」的筆名編了《反對言僞而辯——陳芳明臺灣文學論、後現代論、後殖民論的批判》一書，陳芳明也把回應陳映眞的三篇文章，收在新著《後殖民臺灣》中。這場論戰雖然沒有引起臺灣文壇各方人士的廣泛參與，只有游勝冠等少數人回應陳芳明，但這畢竟是繼一九九七年鄉土文學論戰後左翼文論的又一發展。陳映眞、曾健民、呂正惠、杜繼平等人的文章介紹了以歷史唯物方法論去認識臺灣的歷史，去探討臺灣文學的分期與走向，並揭露了某些人以「左派」自居的閹割史料的作僞學風。

日本評論家小林善紀用漫畫的方式，在《台灣論》中表達自己在臺灣看到了在自己祖國已消失的「日本精神」。書中在極力讚揚李登輝之餘，形塑出自己持有的臺灣史論。漢譯本《臺灣論》於二〇〇一年初在臺灣出版後，引起不小的波瀾，泛藍人士不是撕書就是在臺灣最大的誠品書店前燒書，並推動拒買、拒讀、拒作者入境的一連串活動，並牽出「慰安婦」議題造成婦女抗議的風波。在這種形勢下，

《台灣論》不僅沒被打壓下去，反而成為年度暢銷書的頭一名。事件結束後，前衛出版社出了有關這一事件的〈《台灣論》風暴〉，而統派陳映真主持的人間出版社卻出版了批判《台灣論》的專書。

二〇〇〇年，第十九屆高雄市文藝獎文學部頒給葉石濤和余光中，這引起極大爭議。中生代詩人張德本認為余光中沒有資格得此獎項，在頒獎典禮上舉著拳頭高喊：「強烈抗議！不許打壓臺灣文學」。當余光中上臺領獎時，他再度高喊：「狼來了！」張德本這一即興演出，吸引了記者和與會者的眼球，第二天至少有七家報紙發表這條消息。

事後，余光中在接受記者採訪時說：「張德本的抗議找錯了對象，應該向主辦單位抗議才是。」鍾肇政則贊同張德本的看法，認為頒獎典禮在高雄市「中正」文化中心舉行，這是最沒有文化的地方。準確地說是只有中國文化而沒有所謂「本土文化」的地方。李魁賢也認為余光中的人品有問題，「到中國開會可以搖身一變冒充臺灣筆會會長」（註二）。其實，大陸媒體不能名正言順出現「中華民國」四字，缺乏臺灣文學知識的編輯便擅自將「中華民國筆會」改為「臺灣筆會」。這種改法當然未經余光中本人同意，事後余氏也可能沒有看到，故所謂「冒充」云云，純屬誤會。

在二〇〇三年臺北舉辦的世界華文作家協會第五屆年會閉幕式上，大批媒體記者被安全人員阻擋在門外，時任總統的陳水扁和在野黨主席連戰同場不同時出席致辭，相當戲劇化。當亞洲分會會長吳統雄宣布新一屆的會長為故宮博物院院長杜正勝擔任時，一時間未有心理準備而受「政黨輪替」氣氛感染的趙淑俠、丘彥明等女會員竟哭成一團，簡宛等資深會員也說了重話。她們抗議選舉純屬政治性運作，杜正勝既不是會員又不是作家，他沒有資格當選，應由前任會長林澄枝提名的龔鵬程擔任，並將此換屆解讀為「某派拔除對立派海外樁腳」。事後經大會臨時提議請林澄枝擔任榮譽會長，一場被《中國時報》

記者稱之爲「流淚的年會」才宣告閉幕。

二〇〇四年五月，北京學者趙稀方發表〈視線之外的余光中〉（註三），重提余光中在鄉土文學論戰期間發表〈狼來了〉（註四）的反共歷史，又提及余光中曾精心羅織過一封長信，直寄當時的特務總管王昇將軍，檢舉陳映眞爲共產主義信徒。余光中於二〇〇四年九月寫了回應文章〈向歷史自首？〉（註五），承認〈狼來了〉是篇「政治上的比附影射也引申過當」的壞文章，「令人反感」至授人以柄，「懷疑是呼應國民黨的什麼整肅運動」。但余光中強調，〈狼來了〉的寫作純出於「意氣」用事、「發神經病」、「非任何政黨所指使」。至於向王昇「告密」問題，余光中認爲他並沒有直接寫信給王昇而是寫給朋友彭歌。針對余光中的辯解，陳映眞寫了近萬字的長文〈惋惜〉，認爲余光中原先說要向自己道歉，現在卻變成掩蓋事實眞相，「實在令人很爲他惋惜、扼腕。」參加這場討論的還有大陸研究臺灣文學的學者。

二〇〇五年十一月一日，杜十三將嘹亮鏗鏘的詩性抗議話語變質爲躁鬱的語言暴力：跑到電話亭以「臺灣解放聯盟」的名義，「拍」電話恐嚇正爲高捷弊案「叮」得滿頭皰的行政院長謝長廷，稱「要殺害他全家」。這場「詩人」造反風波鬧得全島沸沸揚揚。就憑這跟現實的關聯度、行爲的震撼度產生的衝擊波及這荒腔走板之「詩聲」，詩人一夕之間上了全臺灣報紙的頭條。爲免於牢獄之災，杜十三後來將這一「行爲藝術」解釋爲三杯黃湯下肚後才會犯下這「不正當」的舉動，最後以道歉了結。對這一事件，本土派、外省派詩人們反應截然不同，如激進本土派詩人李敏勇認爲：杜十三這一行爲「是黑暗的。政治人物當然可以批評，但躲在暗處的語言暴力並非杜十三的『詩人』作爲，而毋寧是他的『病人』行爲……」而爲其辯護者則認爲，不是杜十三病了，而是社會病了；不是詩人瘋了，而是「天天製造問題，天天製造謊言，逼著詩人傷痛」的政客瘋了。白靈以有杜十三這樣的朋友而自豪：冒著腦袋被敲碎危險的杜十三，「吐出一句血，那是他一生最紅的詩」。

臺北皇冠出版社自稱擁有張愛玲作品永久和無限的獨家授權。從二〇〇三年起，他們對大陸凡是出版過張愛玲作品的出版單位展開強大攻勢，狀告他們侵權。二〇〇五年，出版過《張看》等張愛玲作品的北京「經濟日報出版社」被判敗訴，向「皇冠」賠償經濟損失四十萬元。二〇〇六年皇冠出版社又狀告上海文匯出版社等六單位。二〇〇七年六月，北京「文化藝術出版社」等十二家媒體共同發表〈聯合聲明〉，不承認「皇冠」繼承權的合法性，拒絕他們不合理的索賠要求：「張愛玲所立的遺囑是失效的，張愛玲唯一直系親屬親弟張子靜才是其著作權的合法繼承人。」張愛玲著作版權背後所隱含的是一場兩岸有關張愛玲著作權、詮釋權的爭奪戰。

二〇一〇年四月出版的《笠》詩刊首頁，笠詩社社長曾貴海及前社長江自得聯名發表〈笠詩社的傳統與信念〉，嚴厲指責「某從政的笠詩人以詩作公開奉承執政當局，招來大眾傳媒出示其諂媚當權者的詩作。我們認爲他個人的言行有違笠詩社的傳統，也背離大多數笠詩人的信念，甚不可取」。這裡說的某詩人即由陳千武介紹加入《笠》詩社的陳填。他原名陳武雄，係臺灣「農委會」主委。鑒於他們事先發難，陳填爲此在《笠》詩刊第二七八期發表〈退社與信念〉（註六），針對其認爲兩位社長近乎人格侮辱的聲明作出回應。

事情經過如下：陳填於二〇一〇年一月二十五至三十日陪同馬英九參加宏都拉斯總統就職典禮。在飛機往返航程中，馬英九不時垂詢時事政務，陳填亦利用此機會向其報告他關心和主管的農政問題，並在返臺航程後公開這首詩：

越洋千里赈海地
追星趕月訪友邦
空中得閒論時事
總統國政滿行囊
外交休兵利兩岸
島内非難因理盲
窗外白雲幻蒼狗
歸程不眠華航艙

這首詩描述了陳填陪馬英九整個行程的情形，作者自以由衷感受，卻被以「奉承」、「諂媚」這樣的文字批判，他實在難於接受。陳氏不願意質問兩位社長的聲明稿是否經過編輯委員會的審查，是否得到社務委員的同意，但對這樣不友善的指控，尤其是分不清詩人的天職是「批判時政」還是「批判特定政黨」的做法，陳填以退社抗議。最後，《笠》詩社同意陳填退社，然後將其除名。對《笠》詩社除名陳填的舉動，本土作家張信吉雖不贊同陳填詩中的內容，但覺得處理的過程太激烈了。作家應該關心他的作品如何涉入現實而仍有強烈的文學性，問題不是在能不能繼續保有社會組織的名分這一淺層爭端，而在臺灣文學的核心關懷常爲表象過程自生歧異。也有人認爲對詩人只應問其詩作好壞而不該像當年「警總」那樣進行思想檢查，更有甚者，認爲陳填是敵營派往詩社的「臥底」，理應掃地出門。二〇一二年八月，莫渝辭卸《笠》詩刊主編職務。

新世紀文學論爭有高行健訪臺引發爭議、陳映眞與藤井省三的交鋒、文學教育的爭論、李敖開罵大陸文壇和魯迅、關於散文文類的優位性論辯。

二〇〇一年初，高行健到臺灣訪問兩週，演講熱潮燃燒到臺南各地，《中央日報》等十一家媒體連篇累牘報導〈當靈山遇到靈肉〉，出版社也趕印了十多萬本《靈山》，高氏及其作品成了許多大中學生智力測驗之外另一寒假夢魘。對此現象，連力捧高行健的馬森也認爲，臺灣讀者搶購此書「不是愛讀文學，也不是看懂了《靈山》，而是崇拜名人，追趕時髦！」他的得獎，不少人認爲是政治因素起作用，其作品「在正常的文學市場機制下，金石堂排行榜就排到一百名也未必有他」。邀請他訪臺的龍應台也認爲其得獎不過是「一群有品味有經驗的人，向讀者推薦一位值得認識的作者」。李魁賢認爲高行健不認同大陸政權，可不能「連土地和人民之情也一概拋棄。」陳映眞則對高行健「沒有主義」的主張發出猛烈抨擊，認爲高氏放棄民族認同，否定文學的社會性，這種「逃亡有理論」是唯心和個人主義的。也有少數作家發出另外一種聲音：這位號稱「中國文化就在我身上」的作家，所體現的是「外國」文化，與臺灣毫不相干。但有許多人認爲，高行健得獎畢竟爲華文文學走向世界開了先例，他其實是在代魯迅、林語堂、沈從文、艾青等人領獎。

藤井省三於一九九八年在日本出版了《百年來的臺灣文學》。陳映眞讀後，在二〇〇三年發表的〈警戒第二輪臺灣「皇民文學」運動的圖謀——讀藤井省三《百年來的臺灣文學》：批評的筆記（一）〉中稱：「近十幾年來，日本有一撮研究臺灣的學者們，不遺餘力地爲把臺灣文學『從中國文學枷鎖中解放』出來；爲宣傳一種『既不是日本文學也不是中國文學』、表現了『臺灣民族主義』的『臺灣文學』，把當時爲日本侵略戰爭服務的臺灣『皇民文學』說成『愛臺灣』、嚮慕『日本的現代性』的文學，而不是彰久明甚的漢奸文學。這些學者，經由留日學者的仲介，從臺灣政府機關拿錢開研討會，出版論文集，擴大其影響。而他們之中比較有影響者，東京大學文學系教授藤井省三是其中之一。」藤井省三讀了後，在《聯合文學》上發表了〈回應陳映眞對拙著《臺灣文學百年》之誹謗中傷〉，認爲陳映眞歪曲了他的觀點，並辯解說他並沒有從臺灣當局拿錢從事學術研究。鑒於陳映眞稱其爲「右派學者」，藤井省三以牙還牙，稱陳映眞爲「遺忘了魯迅精神的僞左翼作家」。陳映眞在《香港文學》上發表長文〈避重就輕的遁辭〉，對藤井省三的文章作出反駁。大陸學者童伊在北京《文藝報》著長文聲援陳映眞，批駁藤井省三對陳映眞的攻擊和中傷。

從李登輝執政時推行「認識臺灣」的教改開始，到新世紀高中教科書的重新編寫，很明顯看到去中國化給臺灣國民教育的影響，最明顯的例子是將臺灣史改爲「本國史」，而把「中國史」變成「外國史」。具有中國意識的文化人反對這種做法，如二〇〇七年七月「大學指考」便重視中國文化，文言文考題高達六成六，以致引起臺灣社、臺灣北社、臺灣中社、臺灣東社、臺灣南社、臺灣教授協會、臺灣教師聯盟、臺灣櫻社、臺灣羅馬字協會聯名發表〈打倒中國古典文學霸權〉的聲明，反對中國文學全面霸占臺灣國文教育平臺。余光中等學者卻感到中華文學教育的生存危機，文言文的比例在下降，因而成立了「搶救國文教育聯盟」，並在電視上和教育部長杜正勝公開辯論。

二〇〇七年初，李敖在接受記者採訪時，將大陸文藝界批得體無完膚，如他認爲大陸文人「做人成功，做文失敗」，像有「文化名人」之稱的余秋雨，只會「遊山玩水，光寫一些遊記之類的文章」，卻沒有能力觸碰核心問題；季羨林也不是什麼「國學大師」，他不過是語文能力比較強而已；魯迅「作爲思想家是不及格的」。魯迅什麼人都敢罵，就是不罵日本人。李敖在否定魯迅時還不忘抬舉胡適，以此證明魯迅的小人和胡適的大仁。總之，在他看來，「大陸沒有文化名流」，這些人只會「逃避現實」。至於二〇〇六年大陸掀起的國學熱與讀經熱，李敖認爲這是逃避現實的一種「好方法」。

對李敖開罵大陸文壇和魯迅，讚之者稱其爲「給我們一個新的做人姿態」，貶之者稱其酷評是爲了踩著別人的肩膀向上爬，是「一個走不出青春期的逆反少年」。「這種即興式、表演式的批評，小聰明多，大智慧少。其目的往往不是爲了批評，而是爲了吸引公眾對批評者本人的注意。」（註七）

黃錦樹看到某些再普通不過的小說化身爲「一流的山寨散文」，並在文學獎裡反覆勝出，以致引起別人的模仿時，擔心這有可能會丟失散文重視本真的「黃金之心」，遂發表〈「文心」凋零？〉（註八），瞄準「山寨抒情散文」開槍，並稱那些「冒充弱勢族群的口吻，以抒情散文去漁獵各文學大獎」的文章爲「孝女白琴」。唐捐發表〈他辨體，我破體〉（註九）反彈：文之類型、體式陷於混淆，要務在「辨體」；流於僵化，則要務在「破體」。討論雙方黃氏著力於「辨」，唐氏慨然倡「破」，他還著眼於文學獎機制與文學史源流，強調「山寨也是不可輕看的」，應給散文留下必要的空間，並且鼓吹「散文也有爪有牙，偶爾也張來舞去，甚至毀形破體，奮不顧身的。」黃錦樹發表〈散文的爪牙？〉（註一〇）回應，其中云：民國臺灣以來的散文，普遍上都是高度體制化的，圓潤閒雅，爪牙被剪得乾乾淨淨的。唐捐在〈散文的逆襲〉（註一一）中反駁對方：「我的『爪牙』之喻，對應於黃氏的『安分』之論。安分原是就文體立說，「爪牙」只好也是。」廖育正發表〈響應與挑戰——你做孝女白琴 他玩Candy Crush〉（註一二），認爲兩人都逼近了問題的核心——卻在核心的不同面向打轉，或許討論的並不是同一個層次的問題，因而提出問題根本不在「散文應否虛構」或「散文是否安分」。重點是讀者和評論者，將怎麼看待這些作品。文章既已寫成，文心是否齊同眞心，業已無從對證。假可假得令人讚歎，亦可假得令人不齒——其中的微妙難言，正是文學鑑賞的根本。讀者、評論者、文學史家，都可以決定文學作品的接受程度。

散文理論界一直死水一潭。這是因爲散文文體界限模糊，討論起來很難。這場由黃錦樹挑起的論爭，雖然參與者人數不多，但已由一般的所謂實寫與虛構的關係涉及到散文的優位性、本體意義與現代處境。這對散文特徵的理解、散文朝什麼方向發展還有文學獎存在的問題，均有一定的參考價值。

新世紀文學思潮有舶來的「悅納異己」概念的冒現和作爲左翼論述的學習楊逵精神、「臺灣人非漢族」論的喧囂。

「悅納異己」是臺灣翻譯界和哲學界對英文語詞「hospitality」的翻譯。根據韋伯英文辭典的解釋，「hospitality」意爲對客人或陌生人的熱情接待和慷慨接納。二〇〇六年臺灣學界突然對「hospitality」產生了濃厚的興趣，在學院批評界深具影響的《中外文學》雜誌第三十四卷第八期推出了「論悅納異己」專輯。

「悅納異己」論述的引入與傳播已經深刻而隱蔽地表達出人文知識分子欲求衝破精神困境的內在心靈需要。這一精神生活根本困境突出表現在臺灣社會長期籠罩在「悲情意識」的陰影下，更經極端政治意識形態的操縱而形成了一種普遍的怨恨情結。從「悲情意識」到「怨恨情結」，從「怨恨現代性」到「大和解」論述，從「和解」論述到「悅納異己」，其實有著內在的精神脈絡可尋。「悅納異己」論述，作爲臺灣知識人學術話語生產的一個產品，並非純粹的學術行爲，人們應在這樣的脈絡和語境中來理解其倫理實踐的意義。

二〇〇七年《人間思想與創作叢刊》推出「學習楊逵精神」專輯。據劉小新觀察（註一三），對於傳統左翼的再出發而言，重新提出「學習楊逵精神」意味著「人間」派左翼思想家已經把現代臺灣左翼精神傳統的重認與鍛接視爲再出發的思想基礎。在這個意義上，陳映眞的〈學習楊逵精神〉一文所建構的「楊逵論」，既系統地表述了傳統左翼對日本殖民統治時期臺灣文學精神的根本認識，也明確指出楊逵在當代思想場域中的要意義。楊逵的意義在於：第一，堅持「人道的社會主義」和「人民文學」的立場，這是傳統左翼能夠有效應對和介入臺灣當代社會現實的至關重要的精神基礎。第二，在很長一段時間裡，傳統左翼顯然還要面對「階級、民族與統獨爭議」這一重大理論課題，如何超越和克服這一爭議對重構左翼論述所造成的結構性困擾？楊逵的思想與實踐爲傳統左翼解決這一課題提供了一種可能。第三，「殖民現代性」幽靈的復活，迄今還困擾著臺灣知識界對歷史的認識，也已經嵌入到當代臺灣普通大眾的情感結構的形塑之中。楊逵的抵抗寫作和論述實踐爲瓦解「殖民現代性」的意識形態提供了一種正確的思想方向。

以陳映眞爲核心的左翼知識分子提出「學習楊逵神」的命題，意味著傳統左翼對歷史闡釋的積極介入，意欲正本清源，重認現代臺灣文學的核心價值和主流傾向。「學習楊逵精神」也是傳統左翼在新語境中重新出發的歷史和價值基礎的重建。

據朱雙一在〈二〇一一年臺灣文壇的思想交鋒〉中觀察：一種臺灣人並非漢族的說法，新千年以來在臺灣也頗爲流行。二〇〇〇年沈建德出版了《臺灣血統》（註一四）一書，宣稱通過歷史文獻資料和人口統計數字等的分析，絕大多數臺灣人並非漢族而是漢化的原住民。二〇一〇年七月號稱「臺灣血液之母」的林媽利教授出版了多年來研究成果《我們流著不同的血液》（註一五），宣稱「以血型、基因的科學證據」，揭開臺灣各族群身世之謎：百分之八十五的「臺灣人」（閩南人和客家人）帶有臺灣原住民的血緣；「唐山公」是中國東南沿海的原住民——越族；平埔族沒有消失，只是溶入「臺灣人」之中，甚且他們還帶有更久遠的亞洲大陸血緣；當前的高山原住民的血緣是異質多元的。近年來部分臺灣媒體十分熱衷於此一議題，如三立電視臺曾製作相關電視評論節目，幾位評論者爭先恐後地宣稱受到有關當局的欺瞞，才會誤以爲自己是漢人。應該說，林媽利並未否認包括臺灣原住民在內的臺灣人與中國大陸南方古代越族的某種血緣關係，只是她將越族與北方中原漢族做了截然的區分。然而在一些媒體言論中，往往被進一步誇大爲臺灣人並非漢族人的意識形態話語。《文學台灣》二〇一一年春季號刊出王麗華的〈基因會寫家族史〉，稱經過林媽利醫師的檢測，得知自己「完全沒有中國漢人的基因」。她並進一步稱：「臺灣人的族譜十之八九都是作假，是被外來統治者洗腦滅祖之後的產品」；林媽利的著作用醫學證明了沈建德的觀點，「亦即所謂的臺灣福佬人、客家人並非中國的漢移民，而是平埔、原住民被清國統治兩百多年間，用政治、科舉、文化、經濟、甚至是武力的手段漢化而來。」（註一六）

第二節　「臺語文書寫」引爆政治紛爭

二〇一一年五月，黃春明參與由「行政院文建會」指導，臺灣文學館、成功大學文學院等等單位共同主協辦的「百年小說研討會」，主講〈臺語文書寫與教育的商榷〉時，遭到「喊口號多過眞正上課」（註一七）的成功大學副教授蔣爲文強烈質疑。他認爲黃非臺語文專家而以中國人自居指臺語爲方言，全用臺語文書寫顯得不倫不類，並以臺灣過端午節爲例說明兩岸同文同種，這演講從題目到內容挑釁意味十足，遂帶著以中文寫的大字報「臺灣作家不用臺灣語文、卻用中國語創作，可恥」出席，並在黃氏演講時舉出抗議。被指「可恥」的黃春明情緒相當激動，但仍極力克制請對方把牌子放下，等演講完再表達意見，最後實在忍無可忍，才兩度衝下臺，並以「你太短視了、你也很可恥」和「五字經」回應。

把學術論壇變成政治舞臺的蔣為文，其「造反有理」的行為引發網友紛紛討論。當天參加演講的一位文化界人士表示，黃春明演講不到三分之一，蔣老師就提出異議，其實應尊重演講者說完後再對辯。許多現場聽眾不滿蔣的行為，紛紛上網留言批評這位「標竿人物」，（註一八）嘲笑蔣為文比其他人物的表現更帶喜劇色彩，如嗆黃春明「可恥」的大字報竟出現好幾個簡體字，豈不更可恥？已經有網友在臉書上發起「蔣為文不用臺灣語用中國語抗議，可恥」的粉絲團碰轟蔣為文。臺文筆會、臺灣文學藝術獨立聯盟等三十一個團體則發表聯合聲明聲援蔣為文。

黃春明在臺南演講遭「踢館」一事成為媒體焦點。黃氏質疑「成大怎麼會有這種教授？」他以自己的創作為例，就要寫出原味。在描寫本土人物的話語時，他是以中文修飾後寫出來，讓不管外省人、臺灣人或客家人等都能看得懂。如果真的要用臺語文來寫，版本有七、八種，反而大家看不懂。「臺語文要讓人懂，才能走下去。」在參加「九彎十八拐——悅聽文學」活動時，黃春明幽默形容「怒火就像一朵燦爛的紅花，我前幾天開了一朵。」他還開原住民作家孫大川玩笑說：「你的文章寫得很好，但用中文寫作，跟我一樣『可恥』」。黃春明舉例說，數位曾獲諾貝爾文學獎的拉丁美洲籍作家，都出身馬雅帝國，但由於殖民關係，使用西班文創作，「也沒有使用母語啊！」一位筆名叫「笑春瘋」的作者說：「『臺語文』就是中文夾雜拼音的混合體。從實用性上說，這樣的文字很難通用。從學術上來說，漢語是一個語族，包括了八大方言，閩南方言身列其中，辱罵『中國語』也殃及『臺語』」。（註一九）

歷史本身具有複雜性，依照蔣爲文說法，日據時使用日語而非「臺語」寫作的楊逵、龍瑛宗、張文環、吳濁流等人，是否其作品不能稱臺灣文學？若再去掉漢字寫作的作品，陳芳明說，「臺灣文學史大概只剩兩頁」。陳若曦也指蔣爲文不該把語言問題泛政治化，把漢語打成「殖民語言」，這個人「不禮貌、不理性、不寬容」。（註二〇）專長方言學的高雄中山大學中文系林慶勳卻認爲黃、蔣「兩人都沒有錯，只不過黃春明談的是『臺灣文學』，蔣爲文堅持的是『臺語文學』。」「臺語文學」可納入臺灣文學，使用何種文字創作是功能性與呈現形式的問題。

蔣爲文生於一九七一年，高雄人。他於淡江大學機械系畢業後，到美國德州大學念語文，拿到博士學位回成大任教。歷任臺灣羅馬字協會理事長、臺越文化協會理事長和「還我臺灣語文教育權」聯盟召集人。在成大任教八年，經常參加「臺語文」抗爭活動。他逢場必鬧、逢館必踢、逢中必反。二〇一二年三月底，馬英九到臺南二中參加座談會時，蔣爲文曾與異議人士到場外抗議，高舉包含「反對一國兩區」、「還我臺語文教育權」及「特赦陳水扁」等各式標語，並高喊「馬區長下臺」。至於學界人物的演講，被其攪局更是常事，如陳芳明到臺灣文學館演講講到動人之處，蔣爲文大喊「是不是國民黨給你奶水」打斷其發言。

《聯合報》二〇一一年五月三十日發表社論〈昔有莊國榮，今有蔣爲文〉中指出：蔣爲文的語文主張，只是他政治主張的工具。其實，「臺語」本有一個「漢文」的基底，如今蔣爲文等將「你和我」，改寫成「你kap我」，只能說是方言文字化的試驗，並未脫離「中國語文」的本體。何況，連「臺獨黨綱」都是用中國文字寫的，難道亦是「可恥」？至於其政治主張，若將「臺語」的漢字基底完全拋棄，全部羅馬拼音化，正如陳水扁主張將臺灣交給美國軍政府一樣，那只是臺灣主體性的更加淪喪。《聯合報》另發表題爲〈是壓迫，還是被壓迫〉的文章（註二一）中又說：「蔣爲文只是魔鏡裡的一個影子。別忘了，許多臺文、臺史系所都是本土化年代誕生的寵兒，有些人眼中的世界從未超出臺灣肚臍。」對蔣爲文嗆作家黃春明事件，張大春在博格痛心寫下「成大還能去嗎？」。至於「臺語文」，張大春認爲是違背語言發生的實況憑空造出來的，卻要別人服從。蔣爲文否認其他文化存在的必要，這是抹煞臺灣多年好不容易養成的多元文化尊重。更可怕的是蔣爲文用政治意識形態介入語言問題。一境外線民說：臺灣眞的是太讓人無語了，想當年，在香港澳門還未回歸的時候，就算是很多對大陸敵視的人，他們也仍然沒人會對人講「我說的是香港語，不是廣東話」。其實臺灣人可以不認同中國大陸，但對自己的語言及民族身分，卻不可以不認同。這是最基本的做人的態度，就如南/北韓相互敵視，但他們卻沒有一個人否認彼此都是同一民族，同一語言吧。「洛杉基」在題爲〈蔣爲文的政治前途無可限量〉（註二二）文中指出：蔣爲文代表某派的「國民黨爲外來殖民流亡政權」的「正確史觀」，獨尊福佬文化代表臺灣正統文化的「正確文觀」，用非中文的羅馬拼音字來代表「臺灣」語文的「正確字觀」，這與某領導人的理念完全相同。

「到了北京才知道官小，到了深圳才知道錢少，到了臺灣才知道文化革命還在搞。」對此深有同感的《中央日報》網路報，發表題爲〈臺灣的「綠色」文化大革命蠢蠢欲動〉（註二三）的社論，指出某些團體與學者要求教育部將「閩南語」改爲「臺語」，然後將「臺語」取代漢語，這是在點燃臺灣文化大革命的引線，此時應該立即將之平息，以免釀成臺灣的文化災難。《聯合晚報》發表題爲〈藉蔣渭水之語提醒蔣爲文〉的社論（註二四）指出：不能數典忘祖違背做人原則。

各大報所報導的「成大教授鬧場踢館」事件，使成功大學臺灣文學系成了輿論焦點：系信箱已被抗議信塞爆，蔣的行爲嚴重削弱學校聲譽，甚至可能影響招生，因此成功大學臺灣文學系於二〇一一年五月二十七日，由林瑞明、吳密察、施懿琳教授和副教授游勝冠等十人署名發表公開聲明，指出蔣爲文的言行是個人行爲，「與臺文系無關」。聲明強調，臺灣文學不應走向狹隘定義，認爲只有臺灣話寫成的作品才是臺灣文學，「這種封閉思考和定義會造成母語教學和文學的傷害」。臺文系更反對蔣爲文在演講場合舉「可恥」大字報抗議，「這是預設立場且不尊重演講者的行爲」。

事發後一年，蔣爲文具狀向臺南地院自訴黃春明妨害名譽。庭訊時，黃春明稱自己受到蔣爲文挑釁，對方無禮的程度已超過一般人所能容忍範圍爲由，也稱自己公開說出的「五字經」只是口頭禪，至於「會叫的野獸」則是出於自衛的言論。但臺南地方法院不聽黃春明的辯解，認爲黃春明是屏東師範學院畢業，身受高等教育，應該知道這些言論不是一般日常生活用語，已足以傳達不屑、輕蔑或攻擊之意，客觀上足以貶損蔣爲文在社會上所保持的人格及地位，因此所辯之詞並非有理，於二〇一二年四月二日判決黃春明敗訴，處罰金並緩刑兩年。後續還有法官裁定罰款一萬元，逾越罰款九千上限這種錯判的荒謬情事。

此判決一出，輿論譁然。《聯合報》報導云：事發現場並不是「一般」的場合，蔣爲文將學術場合變成了政治舞臺；且蔣爲文主張使用的「臺灣語文」拼音字，也是源自「中國語」的母體。黃春明面對此種無理取鬧的污辱與挑釁，憤而髒話出口，與其說眞有「公然侮辱」的故意或惡意，不如說是暴怒後的宣洩。另一方面，蔣爲文指黃春明「用中國語，可恥」，不啻指他背叛臺灣，尤非「一般生活用語」，更足貶損黃春明「在社會上所保持的人格及地位」。（註二五）作家宇文正指出，蔣爲文以他深以爲恥的「中國語」對黃春明提訴時，所有人都覺得太荒謬，沒想到法庭卻做出有罪判決。她認爲，看待一個案件，應站在較高的高度，全盤審視事件的來龍去脈，以一句「髒話」斷章取義，不考慮整體事件的情境，那麼何需法官？吳鈞堯表示，法官看到的是一個「幹」字，其實，蔣爲文在現場舉牌「無恥、可恥」的表達，對一個人的人格詆毀要比「幹」這個字更勝幾百倍。面對「無恥」的辱罵，黃春明的國罵難道不是一種自我保護與捍衛？」成大老師簡義明對此深有體會地說：在多次系務會議上，只要臺灣文學系老師無法接受「臺灣文學只能是用羅馬字寫的臺語文學」，就會被蔣爲文扣上紅帽子。吳鈞堯還說，蔣爲文當天的行爲擺明是來「踢館」及挑釁，如果挑釁者的無理行爲不但得逞，還可以告贏受害的人，「從此有謀之輩可以高舉可恥、無恥的牌子，天天以挑釁爲業也不會有事。」駱以軍嗆法官的判刑，簡直把此事弄成鬧劇，「如果法官傲慢以爲所擁有的專家話語，足以在此事件中作出判定，將成爲卡夫卡小說裡那些失去人類謙遜、迷惘而反思的傀儡。」（註二六）紀大偉、廖玉蕙、伊格言、王盛弘等多位作家都表達關切以及對黃春明聲援。

當下的臺灣分裂爲「藍天綠地」，「綠地」支持蔣爲文的居多，如挺蔣的臺灣羅馬字協會理事長何信翰辯稱，蔣爲文的行爲看似過激，其實是代表「被壓迫語文」的抗議。這些人爲蔣的「踢館」行爲歡呼，爲「臺語文」吶喊，爲翻天覆地的臺式文化大革命即將來臨作輿論準備。在激烈本土派眼中，蔣爲文幾乎成了他們心目中的大英雄，甚至給其獻上「臺灣魂」的錦旗，如臺文筆會編輯、亞細亞國際傳播社出版的《蔣爲文抗議黃春明的眞相：臺灣作家ai/oi用臺灣語文創作》一書，便持此種看法。大陸學者也參加了這場論爭，（註二七）《人民日報．海外版》二〇一二年四月則發表了記者陳曉星的述評〈到底誰污辱了臺灣作家〉聲援黃春明。

蔣爲文的所作所爲不是什麼學術問題。輿論認爲，只要臺灣同胞生存方式維持現狀即大家「吃的是米飯，用的是筷子，過的是中秋，寫的是中文」（註二八），泯滅中華文化就不可能從南到北眞正鬧起來。君不見，「多年前眞理大學首創的『臺灣語文學系』已經關門收攤」（註二九），就是最好的證明。下面是小說家張大春在其博格上寫的新詩處女作〈如果我罵蔣爲文〉：

如果我罵蔣爲文是狗雜碎，
那麼，我就既侮辱了狗，
也侮辱了雜碎，也侮辱了狗雜碎；
所以，我不會這麼罵。

如果我罵蔣爲文是王八蛋，
那麼，我就既侮辱了王八，
也侮辱了蛋，也侮辱了王八蛋；
所以，我不會這麼罵。

如果我罵蔣爲文是龜日的，
那麼，我就既侮辱了龜，
也侮辱了日，也侮辱了龜日的；
所以，我不會這麼罵。

——那麼，我好像只能罵蔣爲文：

你眞是太蔣爲文了呀！

第三節　臺灣文學研究的世代交替

高等院校最早研究臺灣文學的論文，是臺灣大學考古系蔡世儀於一九六〇年寫的「臺灣客家的民諺」。鑒於那時「臺灣」二字是禁忌，有人想繼續研究也會遭到「臺灣有文學嗎？值得人們去研究嗎？」的質疑，故這種論文一直難產。到了臺灣文學「正名」而學院圍牆外臺灣結與中國結的論戰正酣時，校園相對來說比較平靜，這時有人研究本地文學也只能歸於含義不清的「現代文學」名下，而「現代文學」在中文系裡屬邊陲地帶，因而寄生於「現代文學」之下的賴和作家作品一類的研究，能引起人們矚目也就難上加難。

臺灣文學研究的興起，係本土化思潮影響所致，另與大陸學者不斷拿出厚重的成果刺激有關，正如成功大學臺灣文學研究所前所長陳萬益所說：「若說影響九十年代臺灣文學的教研，最大的功勞應歸於中國大陸的學者……大陸足足早了我們十年開始從事臺灣文學研究，我們到了八十年代後期才看到葉石濤的《台灣文學史綱》，總共才一百八十頁而劉登翰等人的《台灣文學史》厚厚兩大冊總共兩千頁，給予我們很大的壓力。」（註三〇）在「眼睜睜看著臺灣文學的解釋權被大陸拿走」（註三一）的情況下，急於趕上大陸而企圖建構「新國族」圖騰相關院校的師生，一改過去觀潮姿態紛紛生怕落伍失去發言權，由此捨棄「中國文學」或「世界文學」的探究轉向時髦的臺灣文學研究，這就難怪自一九八〇年代至二〇〇〇年，以臺灣文學做博士論文就有十九篇，碩士論文則多達三二二篇，總計三四一篇。按撰述內容分爲原住民文學、漢族民間文學、傳統戲曲、傳統詩文、文學通論、文學理論、思潮與運動、文學傳播、文學類型、作家合論、作家個論、日人作家、戲劇、兒童文學與區域文學等十四類。據方美芬的統計，其中論文產量最高的院校爲中國文化大學，依次爲成功大學、臺灣師範大學、政治大學、東吳大學、清華大學、臺灣大學、輔仁大學、淡江大學、東海大學、中央大學、中正大學、中興大學、中山大學、靜宜大學。由此可以看出各院校對臺灣文學研究的敏銳度與關懷心，以及臺灣文學研究未來開展的方向，同時也呈現出臺灣文學研究隊伍結構急劇改變，這門學科畢竟後繼有人了。（註三二）

進入新世紀後，上述學校排序有變化——僅中央大學李瑞騰一人就前後指導過六十篇臺灣文學學位論文，這從另一方面說明不斷有新人加入臺灣文學研究隊伍，且不斷有高質量的學位論文出版。這些論文有些是對傳統研究的深化，有些則是內容全新的塡補空白之作。不過，這些論文的指導老師和撰寫者在面對蔚爲風潮的臺灣文學研究時，常流露出不同程度的焦慮，這不安見證著建構臺灣文學這門學科糾結著來自文學外部的因素，總是擺脫不了政治因素的干擾，正如臺東師範學院周慶華所說：「人就住在臺灣，還要彼此自稱是臺灣人；甚至研究的已經是在臺灣生產的文學了，也要標榜所研究的是臺灣文學，的確是一件很弔詭的事。這都跟內部分裂的國族認同和外界強權的壓抑而讓人深懷『危機感』有關；臺灣人要追求『自主性』以及臺灣文學研究要塑造『主體性』，恐怕都還有一段路程要走。」（註三三）爲縮短路程，那些重點不在「文學」而在「臺灣」二字的「臺灣文學研究」學者，便加緊培養建構「臺灣主體性」的文化新軍，這樣便有一大批「借文學的活動、傳播和論爭來窺探臺灣政治、社會和文化的變遷，取向是政治學的，社會學的和文化學的」（註三四）的論文產生，如：

〈政治意識形態的解構與重構——中國民族主義與臺灣民族主義之解析〉，二〇〇一年臺灣大學國家發展研究所傅錫誠；

〈臺灣民族主義之研究〉，二〇〇三年臺灣大學政治學研究所陳俐甫；

〈臺灣民族建構中的原住民〉，二〇〇四年東吳大學政治學系莊立信；

〈游移／猶疑？——朱天文、朱天心及其作品中的認同與政治〉，二〇〇四年臺灣大學歷史學系孫潔茹。

上述三篇論文講的是「臺灣民族」值得質疑和討論。其他名目繁多的族群研究，內容可分爲：一、以族群作爲觀察角度：討論清代族群關係；討論日據時代民族意識或反抗意識；以社會學角度透過選舉、新聞或組織討論解嚴以來族群認同問題；以身分認同角度，探討族群意識；建構或反思所謂「臺灣民族主義」的生成。二、以族群書寫、作家作爲觀察角度：對象爲族群作者，或跨族群或以整體族群概況爲對象；另有單一族群爲對象者，如客家族群、省外族群、原住民族群。在這方面，做得最有「文學」意味的是陳國偉的博士論文〈想像臺灣——當代小說史的族群描寫〉（註三五）。該書企圖站在社會與歷史的高度，觀察各族群在解除戒嚴後如何重新建構自我的主體而成爲不同的體系，並從不同的族群主體出發，進入福佬、客家、外省、原住民四大族群的內在世界。該論文透過族群歷史語境的重構以及文體的剖析，將作家隱藏在文本中的族群符碼「轉譯」出來，呈現出他們對於臺灣意識與中國意識的想像及反思。該書資料的詳細體現在附錄的〈解嚴以來臺灣族群大事記〉、〈現有族群研究相關學位論文〉中。

陳映眞在新千年初期曾說：「百分之八十的臺灣文學研究者都是臺獨派，藉由學院複製再生產『偏狹的臺獨史觀』、『貧乏的臺灣文學知識』」。（註三六）這種看法現在看來過於誇張，但在臺灣文學系、所的老師只指導本土文學的論文的現象的確很普遍，如林瑞明指導的〈八十年代臺灣文學的自主性論述——以《文學界》爲分析場域〉。具有強烈的「臺灣主體」自覺的碩士論文則有東吳大學游勝冠的〈臺灣文學本土論的興起和發展〉（註三七）。這是首部有關臺灣文學本土論建構極富理論性和系統性的專著。陳萬益稱讚作者「以宏觀的視野，勾勒臺灣本土論從發軔、式微、再興以至於七十年代、八十年代的持續發展，幾乎把新文學圍繞著本土論興發起來的各種議題、思潮、論戰都加以釐析定位，最後肯定本土論的主要特徵：臺灣文學的特殊性、臺灣意識和臺灣立場、臺灣文學傳統以及臺灣文學的自主性，並且作出『文學的歸文學、政治的歸政治、跳脫漢人種族、歷史文化視野』的建言。游勝冠探索的徑路清晰，在史的脈絡上把名詞和意識型態的紛亂糾葛排解順暢，相信此一努力可使關心臺灣文學的人擺脫纏結，遠離泥淖，而從事更積極的進步的建樹。」（註三八）弔詭的是，這種獨派色彩甚爲鮮明的論文其指導老師竟是著名的左統學者呂正惠。在出書時，呂正惠在序言中稱讚游勝冠勤奮之餘表明自己的立場：「勝冠正如一般的臺灣論者一樣，完全從他們現在自己追求『主體性』的想法，去解釋過去的歷史現象，犯了『以今律古』的謬誤。記得我曾經跟勝冠指出過，七十年代的『鄉土』，原先是用來反對『西化』，而不是針對中國而發的（這一點游勝冠的論文也提到，並沒有隱瞞）。根據這幾年的閱讀資料，我也可以很有把握的說，二十年代的『臺灣話文』問題，表面上是針對北京白話文，其實眞正的目的是要在日文教育的包圍下解決漢文書寫問題。我的目的只是想指出，目前的立場是一個問題，過去的歷史是另一個問題，兩者不應該混爲一談。」（註三九）游勝冠後來主張把確認臺灣文學是中國文學一部分的大陸學者罵爲「老狗」（註四〇）。這是把學術討論與罵人「混爲一談」。

盡管獨派勢力在一天天漲大，但其內部並不是鐵板一塊，內中也有不同聲音，如陳芳明先是「龍族」骨幹成員，後來變成民進黨文宣部主任，再從政治回歸學術時成了「臺灣共和國文化設計師」，最後又從「綠營」跳槽到「藍營」。如此多變，遭到本土派的質疑和攻訐。這方面的論文有林瑞明指導的成功大學碩士論文〈陳芳明現象及其國族認同研究〉（註四一）。這篇體大慮周的論文，其分量已近乎《陳芳明評傳》。論文作者陳明成本人也經歷過從「痛斥民進黨的匪類、嚴批臺獨思想的誤國」（註四二）的「三民主義巡迴講習班」教官，然後成爲本土派的過程，故他對陳芳明的某些轉折有感同身受的體會。他認爲把握臺灣戰後「轉折而多變」的特質，足以在對臺灣文學的建構有重要貢獻的陳芳明的身上找到縮影。掌握了陳芳明各個時期的起承轉合，就能抓住戰後臺灣社會的變遷脈動，特別是知識分子的浮游心影。作爲善變的陳芳明，是激進本土派機會主義的「經典人物」。從他個人的歷史，幾乎可以照鑑臺灣社會在本土化浪潮席捲下一些知識分子載沉載浮的影子。此論文只寫到二〇〇四年四月，且來不及公開出版，但從該論文的結論中，預示了這位原先吃國民黨「文藝營養品」長大的陳芳明又回到原點的未來。

在學位論文中，沒有也不能奢望出現臺灣文學通史一類的著作，但斷代史和專題史卻層出不窮，如中國文化大學廖雪蘭的《臺灣詩史》（註四三），就是一部開創性的著作。作者文言文功底深厚，對漢語詩詞分析極爲透闢。許俊雅的《日據時期臺灣小說研究》（註四四），也是研究日據時期臺灣文學必讀的參考書。梁明雄的《日據時期臺灣新文學運動研究》（註四五），雖然也不叫「史」，但按其內容和體例，實是一部名副其實的《日據時期臺灣新文學運動史》。該書重點是第六章，概分臺灣新文學運動爲開拓期、發展期和戰爭期三種進程，除分別介紹各個社團及其出版的雜誌外，還析論各期之特點與成就，兼及臺灣話文運動與「皇民文學」之反動，以讓讀者瞭解整個臺灣新文學運動過程中出現的重要作家和作品。和游勝冠不同，梁明雄將臺灣新文學定位爲「中國文學的一支流」，並認爲其性質爲反帝反封建的文學、鄉土寫實性的文學。這也是一種聲音，雖然很難得到本土論者的認同。

梁明雄的研究表明，文學專史研究是學術多元化的結果，是臺灣當代文學史研究的一種演進與轉型，只是政治的入侵和史料搜集的困難，使研究難以深入進去。爲了克服這種困難，有些青年學者試圖對某一題材或社團的歷史進行深入的挖掘，以揭示其歷史概貌、演變過程和基本特徵。像秦慧珠的《臺灣反共小說研究（一九四九～一九八九）》（註四六）、陳政彥的《戰後臺灣現代詩論戰史研究》（註四七）、劉正偉的《早期藍星詩社（一九五四～一九七一）研究》（註四八），均具有通史研究者的宏觀視野，作者們對「戰鬥文學」的來龍去脈和現代詩發展歷程瞭若指掌，在論述中體現出一種聚焦和透視能力，對反共小說的興起、終結以及現代詩能提出獨到的看法。

專業師資的嚴重不足，是許多臺灣文學系、所存在的問題。傳統的中文系仍以古典文學爲正統，現代文學尤其是本地的當代文學，普遍被邊緣化。年輕學生寫的以臺灣文學爲對象的學位論文，勇敢地衝擊了這一陳規。像江寶釵寫的第一本臺灣戰後文學的博士論文，居然出在厚古薄今的臺灣師範大學國文系，在九十年代前期被許多人認爲不可思議。進入新世紀後，臺灣文學研究已從邊緣走向中心，在這種情況下，不研究臺灣文學只重視中國大陸文學，反而認爲是不可思議的了。但仍有少數院校堅持研究中國大陸文學，如作爲臺灣第一位主講大陸當代文學的唐翼明，指導的研究生就有不少，其中重要成果有楊若萍的《台灣與大陸文學關係簡史（一六五二～一九四九）》。金榮華指導的中國文化大學中國文學研究所的學位論文，則有不少屬「傷痕文學」的專論。當年唐翼明、金榮華指導的學生以及別的院校畢業的江寶釵、許俊雅、游勝冠、陳建忠等人，均成了教授或論文指導者，這正是臺灣文學研究世代交替的最好說明。

第四節　逐漸式微的「臺灣文學系」

二〇〇〇年首次政黨輪替後，在本土化思潮的推動下，「臺灣文學系」遍地開花，近二十多所大學設立了十八個由「臺灣文學」或「臺灣語文」、「臺灣文化」命名的學系，以及其孿生兄弟「臺灣文學研究所」或「臺灣文化研究所」、「臺灣文學與跨國文化研究所」。

可是好景不長，二〇一六年夏天臺中「中山醫學大學臺灣語文學系」送走最後一批應屆結業生，這象徵著該系又正式倒閉，《文學臺灣》等媒體由此展開討論「臺灣文學系是否將逐一關門」這一話題（註四八）。其中《聯合新聞網》的標題爲〈臺文系倒閉，象徵本土化的黃粱一夢？〉。有網軍稱，「全世界都在學中文，只有這群夜郎在自豪」。這裡說的「夜郎」，是指部分「臺灣文學系」的教師放棄中文而提倡什麼「臺文」，即用中國方言閩南話和客家話寫作。一些網軍對辦「臺灣文學系」很不以爲然，認爲畢業後至少要找到對口的工作不易。以眞理大學爲例，該校一九九七年設立「台灣文學系」，雖然仍在招生，可二〇〇二年設立的「台灣語言學系」，二〇〇七年已停招。其他網路資料顯示，停招原因是臺南校區招生不易，二是母語教學缺乏師資和教材。

「臺灣文學系」不斷縮水，不完全是政治原因，用平常心看，「臺灣文學系」主張臺灣「獨立」的老師和學生並不占多數，即使是有分離主義大本營之稱的成功大學「臺灣文學系」的部分老師，仍把白先勇、張愛玲、余光中等屬中國文學範疇的作家作品當作臺灣文學的主流來處理。成功大學臺灣文學系、所還開設有「中國現代文學選讀」、「從白先勇到郭松棻六十年代現代小說家作品」、「現代詩」、「現代散文」、「後殖民文學選讀」等課程。「臺灣文學系」眾多師生更沒有明確表態：中文系應與「外國文學系」合併。這也就不難理解「高雄大學」創校時，拒不成立「臺灣文學系」，寧願讓「中國文學系」成為亞洲漢學研究中心。「臺灣文學系」和研究所的成立，如本書第三編第一章第十節所說，違反了學術建設的要求，導致二〇一六年眞正叫「臺灣文學系」的全臺只有三所：北部的眞理大學、中部的靜宜大學、南部的成功大學，其他院校鑒於「臺灣文學系」的牌子市場前景不看好，便不斷的更名，如改為「鄉土文化學系」、「臺灣語文與傳播學學系」、「臺灣語言與語文教育學系」等。當下辦得最完整的為成功大學「臺文系」，設有博士班、碩士班、大學部，若順利的話，大概可以讀十年以上。只是大家覺得「臺灣文學系」主要是一個政治主張的文化表現，其自身學術力量嚴重不足，像《台灣文學史》及其分類史幾乎是靠對岸學者所撰寫，有些人一邊批評大陸學者著作，一邊又在論文中或在課堂上加以正面引用。

的確，說著中國話用著中國字，可打出的是「臺灣語文系」的招牌，這使人感到是一種悖論。「臺灣文學系」或「臺灣語文系」的設立宗旨，並不單純是「鬆動」中國文學的一統天下，而是為了與中國文學、中國語文有所區別。曾任「共生音樂節」發起人的藍士博認為，現在「臺灣文學系」的最大挑戰，便是臺灣文學研究體制與國民教育的極度脫鉤。當體制內外的「循環」與「再生產」無法完成，對內無法整合分工，對外無法爭取空間、資源，連有別於「中國文學系」的文化底蘊都無法完成，「臺灣文學系」誕生的「二十年終將只會是黃粱一夢」。準確的說法應該是離開中國文化的本土化將只會是黃粱一夢。此話雖然說得尖刻，但事實本來如此，「臺灣文學系」跟中文系、所的知識體系相比，「臺灣文學系」相對薄弱。

這場「臺灣文學系是否將逐一關門」的討論，有利於中華文化的維護和提升。在某種意義上說，眞理大學「臺灣語文學系」和中山醫科大學「臺灣語文學系」停招，是理所當然。因爲多數人認爲「臺灣文學系」與中國文學「斷奶」是不可能的，也是不現實的。且不說臺灣文學的產生係大陸文人沈光文帶去的火種所點燃，單說當下的臺灣文學創作，哪一個作家沒受過中國文學的哺育？更何況兩岸作家同根同種同文。

除「臺灣文學系」是分離主義思潮下的產物外，還在於不少院校的「臺灣文學系」與中國文學系始終處於對立關係（註五〇），而不是一種互補關係。須知，國民黨過去打壓本土文學固然是大錯特錯，但不能從一個極端走向另一個極端。不能自我剪裁、自我矮化、自我割裂、自我村落化。如果寫臺灣文學史將用北京話寫作的余光中、陳映眞、白先勇等人用「減法」去掉，那臺灣文學史就會大爲減色了。

「臺灣文學系」是否將逐一關門，或不關門就改名？須知，改名不是解決問題的根本辦法，關鍵是學科定位要準確，比如從文學教育方面來說，如果不是設立「臺灣文學系」而是設立臺灣文學專業，更有利於臺灣各大學的中文系、日文系、歷史系的科際整合，有助於培養臺灣文學研究人才，有利於大學的中國古代文學與臺灣地區現代文學分流，有助於臺灣文學研究從邊緣走向專業，使臺灣文學研究、創作與教學成爲文學院發展的一大特色。即是說，「臺灣文學系」如不單獨設立，而作爲中國文學的一個專業來耕耘，讓臺灣文學始終不脫離中國文學的母體，這樣臺灣文學的教育才有正確的方向，才不會像眞理大學「臺灣語言學系」和中山醫科大學「臺灣語文學系」因師資嚴重不足和招不到學生而關門大吉。

第五節　臺灣文學館館長的人選之爭

二〇〇三年十月十七日，正式向社會人士開放的臺灣文學館，早先在名稱、定位及館長人選問題上，一直充滿了鬥爭。堅持「現代文學資料館」名稱的人認爲，應以中國現代文學以迄臺灣現代文學爲主。堅持「臺灣文學資料館」名稱的人認爲，應收藏清代、日據時代以至今日當代臺灣文學作品。從馬來西亞移民到臺灣的陳大爲反對把文學館定位爲臺灣本土，認爲應立足臺灣，胸懷中國，放眼世界。不過，他的調子定得過高，不切合臺灣學術界的實際，因而附和者不多。

爲了平息本土作家對「現代文學」四字看不順眼，或看到「中國」二字便要血壓賁漲的憤怒之情，臺灣當局便決定去掉蘊含有「中國」之意的「現代」二字，因而有「國家文學館」的折衷方案。到了臺灣意識、臺灣精神在臺灣官方字典中不再缺席的年代，這個殘留有「泛藍」色彩的方案終於被「國立臺灣文學館」的名稱所取代。

不僅文學館的名稱會影響定位，而且館址的選擇也與文學館的定位有極大的關係。關於館址設在何處，一開始就有「南北之爭」。「北派」學者認爲：「出版社百分之八十都設在臺北；大部分的學校及研究人員也都在北部，史料放太遠不方便。且臺南舊市府的空間並不適宜，文學資料館需要很大的閱覽或展覽空間，若只做爲典藏單位就失去意義。」「南派」學者卻認爲設館應注意文學生態的平衡，不能做什麼事都要以北部爲中心。陳大爲則直截了當地說：「設館於使用人口相對較少的臺南：根本上就是一種錯誤。這不是重北輕南的問題，而是北重南輕的現實考慮，大部分的文學研究人口及創作人口都在北臺灣。」不管陳大爲這些有眼光的學者如何呼籲，本土化趨勢不可當，在臺南設館已成了事實。

文學館是充滿詩情畫意的文學傳播場所，同時也是文學愛好者和作家、學者的心靈之家。爲了讓文學館能完成自己神聖的使命，不讓文學家們失望，首任館長人選是文學界極爲關心的問題。有人問：他「會是文學界人物？還是官場人物？或有更甚者，一個莫名其妙的人？這是我們第一要注意的。」張默在〈誰是最適任的館長？〉中也認爲：「首任館長極爲重要，他必備的條件是對文學史料的專業、對當代臺灣文學有宏觀與前瞻意識，更具有豐富的行政經驗與不可或缺的廣博與包容性」。這裡雖沒有提及意識形態的紛爭，但南北兩派心目中都有自己的人選。如鍾肇政就推薦曾爲「皇民文學」張目的張良澤做館長。「北派」眼看這時的「文建會」不再是國民黨領導而是民進黨主政，文學館不可能再設在臺北，也就不據理力爭了。果然不出所料，張良澤當了第一個「臺灣文學系」系主任後，和張氏具有同一文學觀念的林瑞明於二〇〇三年十月十七日，成了首任文學館館長。林氏雖然不是「官場人物」，更不是「莫名其妙」的人物，而是對臺灣文學有深入研究和貢獻的學者，但其觀點排中、拒中。他的上臺，標誌著「南派」掌握了詮釋臺灣文學的主動權和發言權。

二〇〇五年九月，林瑞明返校，原副館長吳麗珠接第二任館長（代理）。二〇〇七年三月，臺灣大學教授吳密察接第三任館長。二〇〇七年八月，靜宜大學副教授鄭邦鎮接第四任館長。這些館長都是本土派，其中鄭邦鎮一九九九年當選第三屆「建國黨」主席，並且於同年八月宣布參選臺灣地區總統。他是臺灣文學館第一位副教授級別職稱調任的館長，同時是二〇〇三年開館營運以來，僅有的二位不是代理的館長（另一位是林瑞明）其中一位。吳密察則是李登輝時代欽定的認識臺灣教科書撰寫人之一。鄭邦鎮也是明顯的「激烈本土派」。

在臺灣當代文學史上，臺灣文學館出現了政黨輪替，館長也跟著「輪替」這一引人深思的現象。二〇一〇年二月，國民黨重新執政後不再從中南部選擇人才而破天荒地從北部遴選館長，讓沒有設立「臺灣文學系」的中央大學李瑞騰於二〇一〇年二月出任第五位館長。盡管陳芳明認爲李瑞騰有官派色彩，可李氏畢竟有雄厚的學術基礎、良好的社會關係和廣泛的人脈，因而盡管有人對他不滿，並指責龍應台任人唯親，但這位擔任館長時間最長的李氏，重新享有《台灣文學年鑑》的編輯權和出版權後，在其主導下焦點人物不再是以高揚臺灣意識的作家爲主，《2009台灣文學年鑑》陳信元的文章標題〈中國大陸對臺灣文學研究概述〉也沒有將「大陸」改掉。南下的李瑞騰帶領臺灣文學館發揮更大的能量，策劃及完成了多個出版專案，包括完成三大套叢書，共計一二一冊，分別是計三十八冊的《臺灣古典作家精選集》以及五十冊的《臺灣現當代作家研究資料彙編》，這些作品出版後很受推崇，被評爲具極高文學價值。三十三冊的《台灣文學史長編》，則展現了研究臺灣文學的成果，最特別的是以《山海的召喚：原住民口傳文學》爲首冊，此書也是臺灣首部納入原住民口傳文學的文史專著。

要在臺灣文學館任館長，多半要經過有關部門的嚴格政審，尤其是經得起社會各界人士的監督檢查。二〇一四年一月，畢業於中國文化大學，後獲香港珠海大學中國文學博士學位、任「文化部」影視及流行音樂發展司專門委員的翁志聰接第六任館長時，在臺灣文學界引起軒然大波，林瑞明重炮批評龍應台「不會用人」。陳芳明也認爲「文化部」有很多時間可物色人選，「卻在幕僚中隨便指派，選出對臺灣文學毫不熟悉的新館長，與龍上任後宣稱的泥土化背離，這種人事的僵硬思維，使行政幾近水泥化，無怪乎引起文學界強烈反彈。」賴和文教基金會，楊逵文教協會，作家鍾永豐、林生祥等團體和個人則發布〈臺灣文學界致龍應台部長公開信〉，指責龍應台再次任人唯親。公開信說：「您爲何任命跟臺灣文學沒有關聯的人接任臺灣文學館館長？是否您認爲臺灣文學館館長無須專業就可領導？」公開信最後稱：「龍部長，請以臺灣文學專業說服我們！」其實，翁志聰長期關注文史，尤其在臺北市文獻委員會執行秘書任內對文史搜集與保存的諸多努力，加上行政專長，他的上任會讓臺文館在原來的基礎上扎得更深，推得更廣。可貴的是，翁志聰即便備受干擾，他和副館長張忠進於二〇一四年五月二十四日首次邀請大陸學者古遠清主講「臺灣文學在大陸的傳播與接受」，而不是「臺灣文學在中國的傳播與接受」。

樹欲靜而風不止，臺灣文學館館長換屆引發外界的爭議，一直沒有止息過。二〇一五年七月三十一日，成功大學中文系特聘教授、有豐富行政經驗與文學研究成果的陳益源接第七任館長時，臺文筆會、臺灣教授協會等十多個「獨派」團體，連署強烈抗議起用「立場親中」，擔任大陸所謂統戰單位「臺灣民主自治同盟」（簡稱「臺盟」）下屬的「閩南文化研究基地」顧問、還撰文歌頌「中華全國臺灣同胞聯誼會」會長汪毅夫的陳益源出任館長，本土社團由此危言聳聽說臺灣文學館將從此「淪爲中國閩南文學館」。這些人還質疑，「馬英九此舉是爲了分化與收編臺灣文學系，製造臺文系師生也支持兩岸閩南一家的政治一統假象」。其實，臺灣文學館畢竟是臺灣的文學館，陳益源任期一年內並未「分化與收編臺灣文學系」。他已盡最大力量推廣臺灣文學，臺灣文學館也並未由此淪爲「中國閩南文學館」。

二〇一六年九月一日就任的廖振富也有提出不同的聲音，據中國臺灣網報導：爲迎接雞年到來，臺灣地區領導人辦公室依慣例，印製了賀歲春聯及紅包袋。辦公室公布春聯和紅包樣式，春聯印有蔡英文署名的「自自冉冉、歡喜新春」賀詞。

誰料蔡辦的春聯和紅包袋一經公布，竟立刻招來臺灣當局「文化部」下屬機關——臺灣文學館館長的質疑。廖振富在Facebook發文，質疑該「春聯」有三大問題：

一、「自自冉冉、歡喜新春」這八個字，上下兩句並不相對稱，不是「春聯」，只能稱爲新年的兩句吉祥話。對聯的上下句必須「兩兩對仗，平仄相反」。

二、賴和原詩的這兩句：「自自冉冉幸福身，歡歡喜喜過新春」，原文可能是「自自由由」誤寫成「自自冉冉」，因爲「自自冉冉」是前所未見且語意不通的詞。

三、至於「冉冉」的意思，有以下幾種常見解釋，（一）柔弱下垂的樣子。（二）行進的樣子。（三）歲月流逝的樣子。（四）逐漸緩慢的樣子，如「國旗冉冉上升」。黃重諺引用的是最後一個常見的用法，但「冉冉」本身並不能解釋成「上升」。

除了此次賀歲春聯的問題外，蔡英文二〇一七年一月二日下午在Facebook轉貼臺防務部門發表的元旦短片「和您一起，守護臺灣」，並且加上評語：「我們的每一天，都是臺軍戰戰兢兢的第一天。」網友質疑說：「戰戰兢兢」是貶義詞，應該用「兢兢業業」才合適。

正是憑著敏銳、犀利、敢言的風格，廖振富在臺灣文學館館史上可謂是「驚天一翻」，成爲文學館創立以來最敢於「犯上作亂」的館長。蔡辦則認爲「自自冉冉」用閩南話發音是「自自然然」的意思，結果再被閩南話專家翻出字典「質疑」：「冉」和「然」，讀音、意思都不同。蔡正元指出，過去歷史上有趙高的「指鹿爲馬」，現在則有蔡辦的「指由爲冉」。

廖振富何許人也？據資料顯示，出身臺中霧峰農家的廖振富，在擔任第八位館長之前任中興大學臺灣文學與跨國文化研究所特聘教授兼所長。他的學術生涯前期專研臺灣古典文學，並戮力挖掘各類文學史料。後則著力於透過日據時期臺灣知識分子往來的研究，理解文學與思想的世代傳承關係。他早年曾出版《櫟社研究新論》、《臺灣古典文學的時代刻痕：從晚清到二二八》等學術專著，近年則與臺灣文學館合作出版《林癡仙集》、《林幼春集》、《在臺日人漢詩文集》、《時代見證與文化觀照：莊垂勝、林莊生父子收藏書信選》，與臺灣大學合作出版《蔡惠如資料彙編與研究》，並和作家楊翠合出了一部《臺中文學史》，爲臺灣的文學與思想發展留下重要見證，並深入闡釋其時代精神與文化意涵，曾榮獲第五屆臺灣文獻傑出研究獎。

國家文學館即臺灣文學館，從林瑞明到鄭邦鎭都有程度不同的分離主義傾向。不管館長的人選引發的外鬥如何激烈，歷任館長均十分重視臺灣文學的地域性，在各自任內做出成績。

第六節　《灣生回家》作者造假風波

日本投降後，從臺灣遣返包括軍人、軍眷在內的日本本土人，有近五十萬人之眾，其中，被稱爲「灣生」即在臺灣出生的估計有二十萬人。這裡說的「灣生」，不是泛指臺灣出生的人，而是特指一八九五至一九四六年日本人在臺灣出生、長大的小孩。他們與一般臺灣人不同的是擁有日本護照，生活水平高，屬一等國民，如一般的臺灣小孩只能上普通的公辦學校，而「灣生」可上資源豐厚的小學。即使到日本投降前夕，他們的待遇都比一般人高百分之六十。一些本省人會改名換姓，以符合日本的「國語家庭」，享受跟日本人一樣的待遇。

「灣生」一詞直到記實文學《灣生回家》由臺灣知名出版社「遠流」於二〇一四年十月推出並發行五萬多本後，才廣爲人知，「灣生」這個新詞甚至悄悄地進入臺灣的教科書裡，以讓後一代人去理解這層歷史。

不可否認，身兼《灣生回家》製作人與作者陳宣儒（化名爲田中實加）曾多年投入日本明治、昭和年間，移民、「灣生」在臺灣的探索與研究。她深感僅以個人之力爲「灣生」尋根的影響力有限，爲了讓更多人知道這段被遺忘的歷史，遂於二〇一二年開始著手籌拍《灣生回家》，並將其記錄整理成書。紀錄片《灣生回家》由柯一正導演，他除了用具感性的對白敘說故事外，另有許多老照片與老影像重現記憶，更搭配動畫補足故事內容，製作空拍景象融入時光景象。負責譜曲的鍾興民，配合擁有二十四人的管弦樂團，極大地強化了音響效果。

「中央研究院」臺灣歷史所副所長鍾淑敏曾審訂《灣生回家》一書並專文導讀，作家楊照、陳芳明等人也鼎力推薦。據報導，《灣生回家》問世後不到一個晚上點閱率就大破二十萬人次，後超過五十萬點閱率。紀錄片《灣生回家》二〇一五年在臺灣上映後感動許多觀眾，作者不費吹灰之力就贏利三千多萬臺幣，還獲二〇一五年金鼎圖書獎。爲了進一步推銷作品，陳宣儒曾在臺灣、日本舉辦三百多場演講，場場爆滿，據說每講一場都有人感動得流淚。二〇一六年十一月，日本東京公映《灣生回家》收到十分可觀的經濟效益，電影的日文名稱是《故鄉——灣生歸鄉物語》，收入已經超過一億日圓。

獲得一片喝彩聲的《灣生回家》，內容並不複雜，它刻畫了返回日本之後的「灣生」們，依然將臺灣當作自己的故鄉。雖然經過戰後的七十年，卻仍然懷念在臺灣過的好日子。已經上了年紀的「灣生」們，腦海中總是浮現出在臺灣生活的點滴。作品講述了他們對臺灣的所謂眞愛以及戰後人生的故事，其中一個學藝術的女孩田中實加，原本只是單純想爲日本奶奶家的管家爺爺把骨灰帶回臺灣花蓮，卻隨著尋找他的故里與身世，好似解謎團一般，進而發現了眾多被時代淹沒的「灣生」傳奇。而她自己，也因爲捲入這場時代悲劇的探索，完全改變了原本平靜的生活。

《灣生回家》之所以能在文化界暢通無阻並引發市井小民熱棒，除鋪天蓋地的文宣廣告外，也與日本殖民歷史有關。

「不信眞理喚不回，不信人間盡皆聾。」陳宣儒宣傳《灣生回家》時，自稱是「灣生」後裔，而「外婆」田中櫻代是在花蓮出生的「灣生」。她的經歷引起知情人和研究者的懷疑，陳宣儒先被揭發在網路上截圖盜圖，接著遭日本媒體質疑其身世純屬僞造。對這突然而來的「打擊」，陳宣儒一週內均反應不過來，只好選擇沉默。二〇一七年一月，她承認自己非臺日混血的「灣生」後裔，而是土生土長的高雄人，她也未取得海外學位，《灣生回家》、《我在南方的家》兩本著作所寫的履歷「畢業於紐約市立藝術學院美術藝術科」，均屬學歷造假。此外，她還說明田中櫻代是她高三時在火車站遇到的日本「灣生」。

陳宣儒的道歉聲明導致《灣生回家》的眞實性和信譽一落千丈，就好似從雲端掉入地下深谷。她的身分眞相大白後，爲陳宣儒背書的文化界人士，均結舌瞠目，如政治大學講座教授的陳芳明，在受訪時就表示自己「很受傷」，「這個事件並非只是身分造假，對於臺灣歷史也構成很大的褻瀆。」陳宣儒所造成的社會傷害並不限於當下讀者，還連累了老一輩，人們不禁為日據時抗日的先驅而悲哀。使人憂慮的是，戰後臺灣史研究的公信力，必然會大打折扣。出於輿論壓力，出版《灣生回家》一書的遠流出版社已表示：在相關爭議得到確認前，「田中實加」的作品《灣生回家》和《我在南方的家》將不再供貨，並接受退書。此外，據記者張曉曦報導，由於書籍《灣生回家》在「田中實加」道歉後，臺灣當局文化主管部門發表聲明，表示將邀請專家討論作者身分是否影響金鼎獎結果，並稱「不排除邀集二〇一五年該書獲獎當屆評審重新討論。」

《灣生回家》作者造假事件的形成，引發臺灣輿論廣泛關注，中國國民黨政策會執行長蔡正元、嘉義大學歷史系教授吳昆財等人或發表談話或撰寫文章進行譴責，《聯合報》等媒體也同仇敵愾痛批「假灣生」。這一造假事件不只是歷史失憶，而且是選擇性失憶，更重要的是國族認同錯亂。但是怎樣的社會環境和氛圍孕育了「田中實加」，才更值得臺灣文化人深思。

和熱賣《灣生回家》形成鮮明對照的是由鍾明宏所著的《一九四六，被遺忘的臺籍青年》。此書描寫一九四六年，一群對祖國大陸追求夢想懷抱學術的臺灣青年人，千里迢迢到北京大學、復旦大學、中央大學、武漢大學等名校深造。這些社會菁英所築的中國夢，後來因為內戰無法實現，這些人也不可能再返回臺灣，由此出現許多比陳宣儒筆下的「灣生」更動人、更加盪氣迴腸的故事。鍾明宏作品在向讀者傳送兩岸共同營造的歷史。無論是悲歡離合，還是一時無法實現統一，這都包含有海峽兩岸人民所共有的苦難史和奮鬥史。

第七節　超級「戰神」陳映真告別文壇

從二〇〇六年到中國人民大學講學期間中風算起，陳映眞主要靠呼吸器及插管維繫生命，他整整臥病十年，在文壇「失語」也有十年。這段日子，流言蜚語四起，有他過去在意識形態上的敵人片面宣稱已經和他「和解」了，也有臺灣文學研究界傳言他被「軟禁」在北京。最常聽到的，就是很多人誤以爲他早已經不在人世間了。在他過世的消息傳到兩岸三地後，各種惡毒的傳言更是魚貫而來，一位作家發文說「實際上他已經成爲統戰的人質了。」臺港媒體還說他「客死他鄉」、「未能落葉歸根」，其實，「埋骨何須桑梓地，人生何處不青山」，陳映眞是很願意與大陸人民永遠在一起的。

二〇一六年十一月二十二日告別文壇的堅強民族主義戰士陳映眞，其文學理論最爲人熟知的是臺灣文學是「在臺灣的中國文學」。他歷來主張臺灣現代文學是中國新文學在臺灣的延伸和發展，是中國文學一個重要組成部分。「擔負民族大義，手著家國文章」的陳映眞，爲捍衛自己的觀點，不斷和一些島內外的分離主義者展開論爭，因而有超級「戰神」之稱。

後來成了「臺獨」派文學宗師的葉石濤，是陳映眞的一位重要對手。一九七七年五月，葉石濤發表〈臺灣鄉土文學史導論〉，提出「臺灣意識」這一概念，並認爲只有用這種意識寫的作品，才能稱爲鄉土文學。陳映眞在〈鄉土文學的盲點〉中，認爲「臺灣意識」這種說法很曖昧而不易理解。在陳映眞看來，三百多年的臺灣歷史應納入中國近百年的歷史脈絡裡。日據時代以前的臺灣社會，與近代民族運動之前的中國社會沒有本質區別。「臺灣立場」在最初只有地理學上的意義，具體到臺灣農村，「正好是

『中國意識』最頑強的根據地。」

陳映眞和一些論者的爭鳴，是一種詮釋權的爭奪。一九八四年一月，在聯合國工作的殷惠敏用漁父的筆名寫了一篇評論陳映眞小說集《雲》以及《鈴鐺花》、《山路》的長文〈憤怒的雲——剖析陳映眞小說〉，在《中國時報》發表，後引來陳映眞措詞強硬的〈「鬼影子知識分子」和「轉向症候群」——評漁父的發展理論〉反彈。兩人的爭論集中在「發展理論」、「依賴理論」及第三世界與發達資本主義國家之優缺方面。陳映眞認爲，對方談文學是個幌子，談有關政治理論問題才是眞的。對方是爲新殖民主義辯護，且密告和打擊「民族主義者」，宣揚先進資本主義的光榮和繁華，是買辦知識分子的言論。這種指責也暗含原先認同社會主義後來轉向的陳映眞早年密友劉大任在內。

陳映眞參與的論戰多爲統「獨」論辯，典型的有一九九五年發生的「三陳會戰」，即由陳昭瑛、陳芳明、陳映眞參與的新一輪論戰在臺北進行。詳見本書第三編第二章第六節。

陳映眞參加的論爭最有名的是發生在新世紀初的「雙陳」大戰。詳見本書第四編第一章第一節。

陳映眞對自己政治信仰的堅持始終如一，其態度令人動容，也令人欽佩。他拒絕接受任何冠上「臺灣」之名的文學獎（古按：這有點「過於執」），或打著有特殊含義的「臺灣文學」旗號的選集選用他的作品。一九八〇年代末，鍾肇政受前衛出版社之託，出任《臺灣作家全集》編委會總召集人。鑒於出版社和主持人有不同的政治傾向，陳映眞刻意「缺席」，黃春明、王禎和、白先勇等人以版權問題爲託詞婉拒。「全集」於一九九一年出版。鍾肇政後來表示，「我是編輯委員會的總召集人，有些明明是臺灣土生土長的作家，可是他不同意把他的作品提供出來參加《臺灣作家全集》裡面，他認爲他的作品是中國文學而不是臺灣文學，那我們就不能勉強他。」

又如二〇一一年六月，在北京養病的陳映眞跨海告臺灣文學館出版《臺灣現當代作家資料研究彙編・吳濁流》擅自收入他的〈孤兒的歷史・歷史的孤兒〉一文。臺灣文學館由此發表〈本館收錄未經陳映眞先生授權著作之道歉啓事〉。鑒於臺灣文學館編此書收入陳映眞文章已侵害到陳映眞的權益，因而臺灣文學館「僅此向陳映眞先生表示誠摯之歉意。」關於陳映眞在臺灣出版的多種文選中的「缺席」現象，均不是主事者沒有考慮陳氏作品的入選，而是因爲陳映眞覺得主事者或出版社有政治傾向，不願意讓自己的作品出現在某些機構或出版單位中。對大陸出版他的作品，他則從不「婉拒」或「堅拒」。

左右開弓的的陳映眞，多次險遭封殺。一九六八年五月，陳映眞赴美國參加愛荷華大學國際寫作計畫前夕，因「民主臺灣聯盟」案被「警總」保安總處以「組織聚讀馬列共黨主義、魯迅等書冊及爲共黨宣傳」等罪名逮捕。陳映眞被捕前的舊稿〈永恆的大地〉於一九七〇年二月由尉天驄以花名秋彬刊登於《文學季刊》。一九七五年十月，遠景出版事業公司出版還在獄中的陳映眞小說《將軍族》。此書爲一九六八年前陳氏所寫的各種短篇小說，許多作品彌漫著慘綠的色調，表現出苦悶中的小知識分子濃厚的傷感情緒。作品中不少的主人公係大陸移民，作者寫出他們的滄桑傳奇，並表現了外省人和當地人的密切關係。一九七六年初，「警總」正式查禁《將軍族》。一九八二年，胡秋原主編的《中華雜誌》要求《中央日報》刊登出版廣告，因目錄中有陳映眞的名字，被拒絕刊出。理由是「陳映眞的名字不能登《中央日報》，昨天某書店的廣告因有陳映眞的名字已被刪除。」一九八四年二月，《中華雜誌》再次要求《中央日報》刊登該月目錄預告，雖然《中央日報》刊出了預告，但《中國文學和第三世界文學之比較/陳映眞主講》一行全被刪去。一九八四年三月十～十二日，《中央日報》大幅刊載沈登恩主持的遠景出版事業公司新書廣告，內有陳映眞著《山路》、《歷史的孤兒・孤兒的歷史》，刊登前報社要求刪去，後因先付了廣告費而沒有刪去。左翼人士錢江潮為此寫了〈致《中央日報》社長姚朋先生公開信〉，強烈抗議姚朋企圖封殺陳映眞的做法（註五一）。

驍勇善戰的陳映眞，其論戰的對象除葉石濤、陳芳明外，另有龍應台和法國、日本的作家學者。龍應台一向以觀點上偏見、言語上偏激、立場上偏頗著稱，她在〈請用文明來說服我——給胡錦濤先生的公開信〉中，批評大陸沒有「民主」和「自由」。陳映眞認為，歷來「民主」、「自由」的論說，往往被美麗的辭語抽象化和絕對化。抽象、絕對的「民主」與「自由」，是向來沒有的。考慮「民主」與「自由」，不能不參照不同歷史、社會、階級諸因素。不改堅持馬克思主義信仰和社會主義路線、堅守民族統一立場的陳映眞，在反駁龍氏時再次強調：「分裂民族的統一，至少對我而言，是一個知識分子為了堅持其出生的尊嚴、知識的尊嚴和人格的尊嚴的原點，不能議價，不可買賣、不許交換的。」他批評滿足於「逃亡」的高行健，讚頌不逃亡而堅持抗爭的薩特、加繆。他從不需要那種由屈辱轉化而來的奴隸式激情，他有的是坦蕩的熱情。這樣的激情潛入論爭，就是清醒而有節制的熱力，是淩駕在謾罵之上的控制力。

論深刻，龍應台比不上陳映眞；論叛逆，龍應台更不能跟李敖相提並論。遠在一九九三年，臺北六張犁發現了五十年代白色恐怖時期被槍決者的亂葬崗，引起社會關注。當時埋在六張犁的不僅有中共地下黨員，還有受牽連的無辜民眾。為此，陳映眞撰寫了〈當紅星在七古林山區沉落〉，試圖把蓋棺論定的忠奸倒過來寫。出於左翼立場，他高度頌揚臺籍中共地下黨人的鬥爭。陳映眞將國民黨當局稱之為「匪諜」的中共地下黨人與許多無辜犧牲者，稱之為「壯士」和「英靈」。龍應台跳出來反駁陳映眞：五十年代白色恐怖時的殺戮，不是傷天害理，而是光明正大。正是這種反共立場，使她認為當年那些被國民黨法西斯刑殺的臺灣民眾，是罪有應得。龍應台與陳映眞的爭論可謂是雞同鴨講。這與龍應台後來在《大江大海一九四九》中，對當年受害者表示一些憐憫和同情，形成鮮明的對照。

二〇〇一年初，高行健到臺灣訪問引發陳映眞對高行健「沒有主義」的主張發出猛烈抨擊，詳見第四編第一章第一節。

在東京大學任教的藤井省三，其「獨派」觀點較爲隱蔽，即使這樣，也被陳映眞所識破。詳見本書第四編第一章第一節。

由於陳映眞的觀點有說服力，故島內有一些人爲陳映眞的理想辯護。二〇〇四年九月，學者邱貴玲因爲「雲門舞集」編的《陳映眞．風景》舞蹈賣座率甚低而發表〈山路到不了的烏托邦〉，結果引來楊渡、梁英華、汪立峽在《新新聞》雜誌以及李良、胡承渝等人在「人間網」發表文章反彈，他們均爲陳映眞的社會主義理想及其行爲作激烈辯護，辯論期間陳映眞從頭至尾未置一詞。

又如二〇〇八年初春，臺灣文學館爲提升國民素質而推出《閱讀臺灣．人文100》系列活動，總共提出一〇四本好書。該館當時由激進本土派主持，故不但統派陳映眞的作品沒有入選，連外省作家余光中、朱西甯也都缺席。這引發臺灣文化界的非議，如《中國時報》發表〈書單色彩偏獨，觀點過於狹隘〉的文章加以批評。陳明成也認爲在沒有「版權」或「侵權」顧慮的情況下，「無視文學發展歷史來剔除陳映眞等人的創作，實屬不妥。」

在臺灣，像這樣不斷向分離主義者展開進攻戰的超級「戰神」陳映眞，還眞難找到第二人。陳義芝說得好：「陳映眞是臺灣的良心，因爲他無懼於少數，無懼於孤獨，在庸俗淺薄的社會裡堅持價值與理念，令人欽佩」。（註五二）

注釋

一　楊宗翰：〈文學史的未來／未來的文學史？〉，臺北：《文訊》，二〇〇一年一月號，頁五〇。

二　李魁賢：〈高雄文藝獎風波〉，臺北：《新臺灣新聞週刊》二〇〇〇年七月十六日（總第二二五期）。

三　北京：《中國圖書商報》，二〇〇四年五月二十一日。

四　臺北：《聯合報》，一九七七年八月二十日。

五　廣州：《羊城晚報》，二〇〇四年九月十一日。

六　陳塡：〈退社與信念〉，《笠》第二七八期，二〇一〇年八月。

七　金瑩：〈維護文學，還是娛樂大眾〉，上海：《文學報》，二〇〇七年二月十五日。

八　臺北：《中國時報》，二〇一三年五月二十日。

九　臺北：《中國時報》，二〇一三年六月六日。

一〇　臺北：《中國時報》，二〇一三年六月十月。

一一　臺北：《聯合報》，二〇一三年六月二十日。

一二　臺北：《中國時報》二〇一三年六月十四日。

一三　劉小新：《闡釋的焦慮》，福州：福建人民出版社，二〇一〇年。

一四　沈建德：《臺灣血統》，作者自印，二〇〇〇年初版，另有前衛出版社出版，二〇〇三年。

一五　林媽利：《我們流著不同的血液》，臺北：前衛出版社，二〇一〇年。

一六　王麗華：〈基因會寫家族史〉，高雄：《文學臺灣》第七十七期，二〇一一年二月。朱雙一的文章見南京：《世界華文文學論壇》第三期，二〇一二年。

一七　美　國：《世界日報》社論：〈「臺語文」和「臺獨」的憂鬱〉，二〇一一年五月三十日。

一八　臺　北：《聯合報》社論：〈昔有莊國榮，今有蔣爲文〉，二〇一一年五月三十日。

一九　笑春瘋：〈「臺語文」是什麼「文」？〉，選自網頁二〇一二年四月十八日。

二〇　臺　北：《聯合報》，二〇一一年五月二十六日。

二一　二〇一一年五月二十九日。

二二　二〇一一年五月三十日。

二三　二〇一一年五月二十七日。

二四　二〇一一年五月二十八日

二五　佚　名：〈黑白集・黃春明放棄上訴〉，臺北：《聯合報》，二〇一二年四月四日。

二六　臺　北：《中國時報》報導：〈判黃春明公然侮辱有罪文學界開罵〉，二〇一二年四月三日。

二七　古遠清：〈評臺南地方法院製造的一起冤案〉，臺北：《海峽評論》二〇一二年四月；古遠清：〈反「文字臺獨」無罪〉，合肥：《學術界》，二〇一二年四月。

二八　余光中：《中華現代文學大系・臺灣（一九七〇～一九八九）》〈總序〉，臺北：九歌出版社，一九八九年。

二九　臺文筆會編輯：《蔣爲文抗議黃春明的眞相：臺灣作家ai/oi用臺灣語文創作》，臺南：亞細亞國際傳播社，二〇一一年，頁二〇。

三〇　陳國偉：〈擺脫邊緣，超越科技，建立臺灣學派——「臺灣文學博碩士論文的檢討與展望」座談會記錄〉，臺北：《文訊》，二〇〇一年三月，頁三三、三四。

三一　陳國偉：〈擺脫邊緣，超越科技，建立臺灣學派——「臺灣文學博碩士論文的檢討與展望」座談會記錄〉，臺北：《文訊》，二〇〇一年三月，頁三三、三四。

三二　方美芬：〈有關臺灣文學研究博碩士論文分類目錄（1960-2000）〉，臺北：《文訊》，二〇〇一年三月，頁五三。

三三　周慶華：〈臺灣文學研究與研究臺灣文學〉，臺北：《文訊》，二〇〇一年三月，頁四〇、四一。

三四　周慶華：〈臺灣文學研究與研究臺灣文學〉，臺北：《文訊》，二〇〇一年三月，頁四〇、四一。

三五　臺　北：五南圖書公司，二〇〇七年。

三六　陳映眞的言論，見網路《明日報》二〇〇〇年十月五日報導。

三七　臺　北：前衛出版社，一九九六年。

三八　臺　北：前衛出版社，一九九六年。

三九　臺　北：前衛出版社，一九九六年。

四〇　游勝冠：〈老狗變不出新把戲〉，高雄：《臺灣日報》副刊，二〇〇二年二月四日。

四一　臺　南：成功大學碩士論文，二〇〇二年六月自印。
四二　臺　南：成功大學碩士論文，二〇〇二年六月自印。
四三　臺　北：文史哲出版社，一九九九年。
四四　臺　北：文史哲出版社，一九九五年。
四五　臺　北：文史哲出版社，一九九六年。
四六　臺　北：中國文化大學中國文學研究所博士論文，二〇〇〇年自印。
四七　桃　園：中央大學中國文學研究所博士論文，二〇〇七年六月二十日自印。
四八　宜　蘭：佛光大學中文系博士論文，二〇一二年自印。
四九　彭瑞金：〈臺灣文學系話題再起〉，《文學台灣》，二〇一六年秋季號，頁三三二。
五〇　陳芳明：〈臺文所與中文所〉，載陳芳明《楓香夜讀》，臺北：聯合文學出版社，二〇〇九年，頁三四二。
五一　此文刊《中華雜誌》一九八四年四月號。
五二　陳映眞先生紀念籌委會：〈請硬朗地戰鬥去罷：向陳映眞致敬——臺北陳映眞先生紀念會紀要〉，臺北：《海峽評論》，二〇一七年二月。

第二章　活躍的文學場域

第一節　「南部文學」與「臺北文學」的對峙

十多年前，古遠清在題爲〈天南地北的臺灣文學〉的文章評述「二〇〇四年三月的臺灣『總統』選舉，實際上是一場『南北戰爭』」時寫道：

……這種南北分野的現象，早在二十世紀末的臺灣文壇就有所反映，當時出現了兩極分化現象：一是以臺北爲基地，在城市現代化的導引下，延續中華文學的傳統，創作具有鮮明中國意識的作品和色彩繽紛的都市文學；二是以南部爲主的《笠》、《文學界》、《文學臺灣》爲基地，延續鄉土文學的傳統，用異議和在野文學特質與帶有泥土味的「臺語」創作小說、散文、新詩，書寫他們的所謂「臺灣民族文學論」、「獨立的臺灣文學論」。（註一）

臺北是亞太經濟名城。它的文學有政治化、工業化、商業化的歷史情境。作爲臺灣政治經濟文化中心的臺北：從五十年代起，蔣介石把臺北當成防止臺獨勢力滲透、遏制分離主義思潮發展的樣板——連臺北大街小巷的名字都由大陸的城市名組成，可見蔣介石將臺北徹底「中國化」的良苦用心。反映在文學上，「臺北文學」不同程度上具有「中國意識」。

在陳水扁以前的執政的政策是重北輕南，文學上也如此。臺灣新文學的發源地本在臺北，以後發展壯大也離不開北臺灣。直到一九三四年五月在臺中成立「臺灣文藝聯盟」，把日本的《福爾摩莎》、臺北的《先發部隊》、臺中的《南音》組成聯合陣線，臺灣新文學運動才從臺北盆地的圈子走了出來。但這時期臺中、南投、彰化、高雄的著名作家微乎其微，而北部文學勢力強悍，故人們並未改變「臺北文學代表臺灣文學」的印象。可某些南部作家不甘心讓「臺北文學」占據臺灣文學的中心位置，從一九七〇年開始，中南部新創立了不少文學社團。這些社團由於旗幟不鮮明，在抗衡「臺北文學」時沒有發出自己的強音，因而多半似流星一閃而過。從光復到當下，臺北地區畢竟集中了臺灣文學較多的資源，無論是刊物還是出版社或作家群，都以活躍的姿態出現在廣大讀者面前，讓「南部文學」相形見絀。

日據時期臺灣文學與光復後（尤其是八十年代）的臺灣文學，共同之處都強調「反抗」。日據時期臺灣作家反抗的目標是異族的日本軍國主義者，光復後反抗的對象大部分轉爲中國國民黨及其文人。爲了強化這一點和彌補「南部文學」未能占據中心這一不足，鄭炯明、曾貴海、陳坤崙等人於一九八一年上半年在南部醞釀創辦《文學界》雜誌。此刊名呈中性，是所謂「老弱文學」（註二）代表葉石濤起的，並非「老弱」的文友嫌刊名太過灰暗，至少不像日據時期創辦的的《文藝臺灣》、《臺灣文藝》那樣有「臺灣」二字，但鑒於葉石濤的資歷和威望，與反主流、反體制、反壓迫的團體有密切關係，「我們不能容忍臺北文學全面占領臺灣的文學」（註三）的本土作家，爲避免衝突只好認了這個刊名。

不認同中華民族而認爲自己屬於「臺灣民族」的「南部文學」，鑒於戒嚴時期言論不自由，不能明示自己的政治立場，所以《文學界》創刊時沒有發刊詞，也從未有過社論。南北文學最大的分歧本不是寫實與現代主義之類創作方法上的不同，而是意識形態的分野，彼此對民族之辨析、國家之認同出現了南轅北轍的局面。這「天南地北」的文學現象可從《文學臺灣》葉石濤執筆的「卷頭語」和每期由彭瑞金執筆的「編後記」，能明確看出這一點。如葉石濤在第一期、第五期、第八期發表的「卷頭語」，分別爲〈臺灣小說的遠景〉、〈再論臺灣小說的提升與淨化〉、〈沒有土地，哪有文學?〉。在第一篇「卷頭語」中，葉石濤不經意地亮出了一個重要觀點：「臺灣應整合傳統的、本土的、外來的各種文化價値體系，發展富於自主性的小說。」這裡談的是小說，其實是以小說代表整個臺灣文學。所謂「自主性」，也就是「獨立性」的另一種委婉說法。葉石濤雖然在「中國」與「臺灣」之間尋求平衡點，帶有折衷性質，可這種「欲說還休」的修辭手段，明眼人一看就明白：說穿了，「自主性」是指臺灣文學固然可以吸收日本文學和中國文學的精華，但歸根到柢還是要發展成既與日本文學不同、又與中國文學有異的「獨立自主」的文學。爲了建立這種「自主性」文學，自然不能滿足於「鄉土」、「本土」之類，而必須努力建構「臺灣文學本體論」的理論構架，尤其是要寫出一部充滿「臺灣意識」的文學史，以和大陸學者所鼓吹的「遠古時代，臺灣與大陸相連，後來因地殼運動，相連接的部分沉入海中，形成海峽，出現臺灣島。目前，臺灣省的居民中，漢族約占百分之九十七，他們主要是明、清以來福建、廣東兩省移民的後代，大部分還保留著鄉音，說明了臺灣與祖國大陸有血緣關係」相抗衡，尤其是不被「基於地緣、史緣、血緣的關係，臺灣文學是中國文學不可分割的一部分」的「三緣論」所懾服，以免「把臺灣文學呑併爲中國文學不可分割的一支」（註四）。

「南部文學」不是鐵板一塊，裡面有溫和與激進路線之分。《文學界》據說是稿源不足其實是另有隱情於一九八八年二月停刊。過後的一年半，某些南部文人不甘心豎立起來的「南部文學」旗幟倒下，又在一九九一年十月創辦了刊頭上終於有「台灣」二字的《文學台灣》。鄭炯明、曾貴海、陳坤崙、彭瑞金這些或出錢或出力的作家，寫作或出版之餘全心投入人權、教權、環保、公民投票等運動。他們決定擺脫《文學界》過於柔性的分離主義路線，以雄性的所謂「南部觀點」對話「臺北文學」——其實不是對話而是抗衡；從本質上來說，是在對抗「中國文學」，正如「南部文學」的發言人彭瑞金所說：

> 眞正促使《文學界》的夥伴決定重出江湖的主因，還在於臺灣文學的詮釋權，我們不能禁止別人評論、討論臺灣文學，我們也無法阻止他人要怎樣定位臺灣文學，但我們身爲臺灣文學人，對於臺灣文學的定義、定位，一定有自己的說法，正式（按：疑爲「正是」之誤）《文學臺灣》現身江湖的最重要因素。（註五）

這裡說的「別人」、「他人」，暗指主張「三緣論」的大陸學者，而「臺灣文學人」，是不包括「臺北文學」的作家在內的。彭瑞金又云：

> 我們即深深感受到中國方面有人利用著作《台灣文學史》，以掌控臺灣文學的詮釋主導地位。（註六）

這裡用「中國」而不用「大陸」，弦外之音是作者自己不是中國人。

鑒於北部的《聯合文學》、《印刻文學生活誌》越來越關注大陸當代文學，在大陸讀者眼裡，臺北儼然成爲華語的文學之都。爲了顚覆這一印象，在《文學台灣》創刊號上，不是以中國人而是以「臺灣人」自居的鄭炯明，以「發行人」的身分提出「要共同努力來創造屬於臺灣人民的文學」，這與陳芳明以前講的要撐起九十年代的文學旗幟，以及彭瑞金提出的把臺灣文學的詮釋權從大陸學者手中奪回來，是同一個意思。

《文學台灣》重出江湖，其刊名「臺灣」已不單純是地理鄉土符號，而暗藏有「臺灣」是一個國家之意。一旦把「臺灣」名詞泛政治化，作爲「獨立建國」的符號，則無論是「臺灣文學」或「文學臺灣」，其內涵便發生了質變。正是出於這一點的考慮，《文學台灣》不再標榜純文學路線，而是作好參與各種運動的準備。在第一時期，按彭瑞金的說法，「我們即關注九十年代的臺灣文學怎麼走」（註七）。除了發掘更多更好的具有「臺灣意識」的作品來充實九十年代的文學外，更重要的是確定文學的「獨立」方向。可在島內遭遇到巨大阻力，除了陳映眞們大力抗爭外，並非北部而是彰化的游喚發表了〈八十年代臺灣文學論述之變質〉（註八），稱改變臺灣文學發展方向的葉石濤、彭瑞金等人爲具有政治意圖的「南部詮釋集團」。大陸學者在八十年代後期開始撰寫臺灣文學史，當這一資訊傳到南部時，彭瑞金們更感到深入人心的「基於地緣、史緣、血緣」即「三緣論」，是對他們最大的威脅，因而強調作家要擁抱臺灣的土地，心中要有臺灣人民，不能讓「中國意識」影響「臺灣意識」。此外，他們極力滲透或瓦解「臺北文學」，如據說臺北有主張「大中國意識」的某老牌詩刊已有了他們的代理人。這個研討會及成功「滲透」某雜誌，在用「南部觀點」去對抗「臺北文學」方面，的確收到了一定成效。

彭瑞金們宣揚的「南部觀點」，簡言之就是臺灣文學不是「邊疆文學」，更不能用「鄉土文學」去概括，它不是中國文學的一支流或一部分，而「臺北文學」作家寫的作品或明或暗具有中國或中華意識，並提倡後現代文學，與「南部文學」強調「臺灣意識」乃至「臺獨意識」、不主張現代或後現代文學完全不同。可見，彭瑞金所說的「南部」或「北部」，基本上不是地理概念，而是一種排它性十足的意識形態。所謂「南部文學」，是將生活在高雄具有「中國意識」的余光中、周嘯虹等人排除在外的，而「臺北文學」，也不包括生活在北部具有「臺灣意識」的鍾肇政、李魁賢、陳芳明、向陽等人。

這「南部文學」與「臺北文學」，乍看起來勢不兩立，其實在思維方式上有驚人的相似之處，如在五、六十年代，「臺北文學」以臺灣一省文學代表整個中國文學，而現在「南部文學」，以一部分人去概括整個臺灣文學。到了新世紀，南北兩地的文學選本層出不窮又水火不容，兩家爲了爭奪臺灣文學的主權或霸權，都在中心與去中心之間糾葛，都是在以「臺灣意識爲中心」還是與「中華意識爲中心」之間爭奪。

爲了確立「南部文學」的中心地位，《文學台灣》編輯同仁於一九九六年成立了「財團法人文學臺灣基金會」。基金會成立目的，本是從財力上支持「南部文學」實現臺灣文學國際化或曰「國家化」的終極目標。在第二個五年做的事情遠遠超過以前，重大的事情有與《民眾日報》合辦「臺灣文學獎」，推動全島第一座「臺灣文學步道」的設立，舉辦葉石濤國際學術會議，出版《葉石濤評傳》，制定《葉石濤全集》編輯前期計畫，舉辦「葉石濤及其同時代作家文學國際學術研討會」，承辦葉石濤、高行健對談，推動中小學教科書部編教材的解禁，發起臺灣各大學設立臺灣文學系或臺灣文學研究所，等等。這些重要事情中，其中五件事與葉石濤有關，可見葉石濤是「南部文學」的精神領袖或龍頭人物。

「南部詮釋集團」是個文人團體。他們不光重視參與政治鬥爭——「從愛河、柴山、高屏溪到衛武營，都扮演了重要角色」，（註八）還重視學術建設。在新世紀，他們先後推出《高雄市文學史》、《高雄市文學小百科》、《鳳邑文學小百科》、《高雄縣中小學臺灣文學讀本》、《臺灣詩人選集》、

《臺灣文學史小事典》、《臺南市文學百科》。在這些著作中，最有學術價值的是彭瑞金著的《高雄市文學史》及其主編的《臺灣文學史小事典》。彭瑞金建構南部文學史的雄心初步得到實現，「小事典」既有學術性又有史料性，這是不管哪一派別學者研究臺灣文學均不可缺少的工具書。但這些著述，仍在程度不同上具有「非臺北觀點」所帶來的「去中國化」問題。如《高雄縣中小學臺灣文學讀本》、《臺灣詩人選集》存在著強烈的排他性，入選的作家幾乎都是本土作家，但並不包括像陳映眞那樣的具有中國意識的本省作家。

「南部文學」一直處於在野地位，得不到當局的支援，可他們艱苦奮鬥、自力更生，這種精神尤爲寶貴。二〇一七年，《文學臺灣》創辦二十五年，雜誌出版一百期，也是「文學臺灣基金會」成立二十週年。「南部文學」在沒有政府撥款的情況下，自籌資金舉辦「從《文學界》到《文學臺灣》國際學術研討會」。這些活動，所堅持的仍是臺灣文學的「主體性」和「獨立性」，是對臺灣文學被邊緣化，被大陸學者認爲「臺灣文學是中國文學的一支流」的抗爭。其實，這「支流」說，並不是大陸學者的發明，葉石濤以前多次強調過，盡管葉石濤在出日文版《台灣文學史綱》並改名爲《臺灣文學史》時，將類似的話全部刪去，《文學臺灣》在打破「國立編譯館」的一言堂，在推動臺灣文學的教育方面，也做了許多工作，他們幻想臺灣文學有朝一日會成爲「國家文學」，「臺灣文學系」會成爲「本國文學系」（註九）的目的已難於實現。

如果說，《文學界》舉起「南部文學」的旗幟是在文學路途中的迷茫，那麼，《文學臺灣》的重新出發經過一百期的奮鬥邁出去的「去中國化」那一大步，在中國大陸文學和「臺北文學」的夾擊下，是否有可能拽回去？也許他們認爲，「臺北文學」已逐步被滲透，不再是最重要的威脅，而最大的威脅是來自被彭瑞金稱爲「敵國」（註一〇）的中國大陸學者的「三緣論」，正如游勝冠所說：「『中國』就是臺灣走向獨立、自主最難擺脫、也最難克服的障礙。」（註一一）

也許有人會認爲，臺灣文學南轅北轍是個怪異問題。其實，從文學地理學角度看，這種分別不僅臺灣有，大陸也有。如近代文人劉師培在二十世紀初就寫過《南北文學不同論》這樣的碩儒宏文。對當下臺灣來說，文學分南北，不僅是從地域上立論，更重要的是包含有政治因素在內。本來，臺灣社會出現的「臺獨」是一種典型的流行性病毒，一旦傳染上，夫妻反目，父子成仇，朋友成爲敵人。彭瑞金深知族群內鬥的後果，他一直把統獨惡鬥看成是「分類械鬥」（註一二），要人們遠離它。可他言行不一，由他主編的《文學臺灣》所走的是通過「文學台獨」去鋪平「建國」道路的分離主義路線，難怪一位讀者讀了彭瑞金的文章〈序奧斯定《直銷臺獨》——當喚醒臺灣族魂的鬧鈴再度響起〉（註一三）後，發出驚歎和疑問：「南部文學」爲抵抗中國大陸學者的「三緣論」，是否蛻化爲中國文學與「臺灣文學」、「臺北文學」與「南部文學」「分類械鬥」的工具了？

第二節　李敖的「屠龍記」

李敖（一九三五～二〇一八年），生於哈爾濱，一九四九年四月到臺灣，一九五九年畢業於臺灣大學歷史系。一九六一年發表爲胡適辯護的文章〈播種者胡適〉，從而引發一場中西文化問題大論戰。一九六三年從臺灣大學歷史研究所休學。從一九六六到一九八〇年，他在臺灣全面被封殺。他既是作家又是大坐牢家，號稱臺灣文壇第一狂人、第一鬥士，是極富爭議的人物，曾參加總統競選。出版有《胡適研究》、《胡適評傳》、《李敖生死書》、《傳統下的獨白》、《李敖有話要說》等論述一百餘種，其中有九十六本被國民黨查禁。另有《北京法源寺》等小說集三種，傳記六種，書信集十種，《李敖大全集》二十冊。

政論家與文學批評家本是兩股道上跑的車，但在合二爲一的李敖那裡，常常是政論家舉起屠刀，文學家被其宰得鮮血淋漓。在香港鳳凰衛視與陳文茜聯手批判龍應台的《大江大海一九四九》（註一四）後，李敖另單獨出書《李敖秘密談話錄．大江大海騙了你》（註一五）。在李敖看來，龍應台是一個代號、一個通稱。她「靠著與財團的勾結、靠著財團們提供的金錢與基金會，一路鬧得太囂張了」。

在臺灣，文學的發展方向與政治文化密切相關，或者說是政治文化制約著文學發展方向。這裡講的政治文化，新世紀有兩個擁有文化霸權的代表性人物：左翼的李敖與右翼的龍應台。這兩人的共同特點是敢於罵，理應惺惺相惜才對，但兩人道不同，不相爲謀。李敖認爲，龍應台用心營造起來的「野火」式文明是國民黨意識形態的文明，是偷走大是大非的文明。並說龍應台是「奴才」、「親美派」、「媚日派」、「文化現行犯」、「用銀紙包的臭皮蛋」，這種評判充斥著霸氣，有一種專制傾向，缺少寬容情懷，體現了其刻薄、惡毒的文風。不過也不能一筆抹殺李敖對龍應台的批判，如李敖給龍氏封的另一外號叫「蔣介石超渡派」。超渡是佛家用語，是爲死者誦經咒，以佛力代死者消除前世罪孽。這裡是比喻文化人來超渡已成古人的蔣介石。李敖認爲龍應台是其中之一，不過她是隱性的，而且很有技巧，所以「肉麻度」比較低。李敖以他的法眼看出龍應台在大前提上肯定蔣介石團隊，尤其是肯定她當憲兵隊長的爸爸龍槐生在蔣介石撤退到臺灣時，如何到廣州機場親自爲其保駕護航。在《審判國民黨》的作者看來，頌揚爲蔣家王朝服務的功績「這還得了！」，由此李敖下決心拆穿「龍應台之流」——其實是紅衛兵式的橫掃一切牛鬼蛇神。就人而言，包括葉公超、黃仁宇、胡秋原、錢穆、林濁水、余政憲、沈富雄、李敏勇等。就事而言，是拆穿「龍應台式錯誤」，不限於龍應台個人，而包括張愛玲、陳香梅、聶華苓、蕭乾、張樂平、柏楊、何凡、殷允芃、蔡文甫、齊邦媛、倪匡，還有余英時、余光中、余秋雨等「余家幫」。由此李敖稱龍應台是集「後蔣時代」錯誤思想的大成，這種評判從反面宣傳或曰擴大了「龍捲風」的能量。不管怎樣，李敖就是看不慣龍應台在官場與文壇中穿梭和「似正而妖、言僞而辯」的文風，於是李敖左手舉起投槍，右手亮出匕首，並把自己這本批龍著作阿Q式地稱爲「屠龍記」。

幹「屠龍」這一行，李敖當然是駕輕就熟。出版過《李登輝的眞面目》、《李遠哲的眞面目》、《陳水扁的眞面目》的他，不愧是驅除黑暗、揭露官場黑幕的傳奇鬥士。六十多年來，李敖就像蒼蠅一樣附著在臺灣各種不同文化的皮膚裂縫上，從不同方位解構著這個時代正在出現和即將速朽的文化肌體。他生前坐看打著藍旗的一批人，「退居海隅、竊中國一島以自娛」。隨後又坐看這批人，孵出打著綠旗的一批人，在羽毛豐滿後，「退居邊陲、持中國一島以自毀」。

具有強烈中國意識的李敖，愛國情殷，亦不免於救溺、熱諷與冷嘲。他那熱諷與冷嘲的文字，不僅生動，而且深刻，讓讀者享受到某種叛逆的快感，如：

> 蔣家王朝到臺灣後，它的問題不在及身而絕，而在及身而不絕。它延續出兩股接班人：一股是綠色的；一股是藍色的。這綠藍兩股，爲了爭政權，固然小異其趣，但在大方向上，卻是蔣介石的傳人。傳出了一個像民進黨的國民黨、和一個像國民黨的民進黨。但像來像去，更像蔣介石自己的反射。

左右開弓的李敖，其目光獨到之處表現在看穿藍綠兩派不過是一體兩面，這比上述的「自娛」與「自毀」的文字又深了一層。由此可見作爲一位作家，應該有思想，有歷史感。就這兩點來說，李敖當然不把龍應台放在眼裡，「因爲一九四九的局面明明只是『殘山剩水』何來『大江大海』？何況，明明是『殘山剩水』，卻擺出『大江大海』的架構，正是蔣介石留下來的思維。龍應台的根本錯誤就在她總是做『虛擬演繹』，『虛擬演繹』好比扣第一個扣子，第一個扣子沒扣對，下面的扣子全扣錯了。」

自稱沒有老闆沒有上司沒有朋友的李敖，爲文以六親不認著稱。盡管龍應台十年前在做臺北市文化局長時，曾單獨請李敖用餐，可李敖一點也不感動，反而輪起板斧排頭向她砍去：〈龍應台不寫美國大兵在強姦〉、〈龍應台只會採訪一些小人物〉以及〈龍應台不知道的叛變〉、〈龍應台不知道的密碼〉、〈龍應台不知道的人質〉、〈龍應台不知道的說客〉、〈龍應台不知道的亂倫〉、〈龍應台不知道的斷後〉、〈龍應台不知道的監牢〉、〈龍應台不知道的血祭〉。而李敖自己所知道的是龍應台只會談「現象」而不會說「原因」：龍氏的《大江大海一九四九》，其實，對「一九四九」呈現的眞正問題、核心問題，她根本不敢碰觸、也沒有能力碰觸。她碰觸的，大都是她自己刻畫出來的「現象」，還稱不上是問題。不滿足於談「現象」還談「原因」的李敖，以證據罵人的確比龍應台高出一籌。

李敖和龍應台都是兩岸的文化名人，但他們對兩岸政權的態度完全不同：龍應台擁蔣，李敖卻擁共。以國共內戰長春圍城爲例：龍氏站在臺灣一邊爲國軍辯護，稱長春圍城時被解放軍「餓死的人數，從十萬到六十五萬，取其中，就是三十萬人，剛好是南京大屠殺被引用的數字」。（註一六）龍應台由此提出爲什麼長春不像南京大屠殺那樣被關注？爲什麼長春不像列寧格勒那樣被重視？李敖批評道：南京、列寧格勒是外國人侵略，長春是本國人因革命而內戰，「原因」根本不同。問共產黨爲什麼圍城，爲什麼不問國民黨爲什麼造成被圍城的局面？「第一、你造成『反革命』的政府；第二、你造成『死守孤城』的兵家大忌；第三、你裹脅人民於先，又驅使人民於後，以『饑民戰』惡整敵人；第四、你最後還不是投降了。與其如此，何必當初？要投降早投啊，爲什麼餓死成千上萬的人民以後才投降？一方面投降了，他方面難道不是『光榮解放』嗎？一方面放下武器了，他方面難道不是『兵不血刃』嗎？」乍看起來，憤世罵世的李敖問得尖銳，其實當時中共中央並不同意圍城，可「將在外君命有所不受」的林彪，不聽中央命令，這就造成上百萬人餓死，這是林彪在軍事上犯的一次重大錯誤。

龍應台曾以《野火集》的辛辣、「評小說」的不講情面狠批她看不慣的文學現象和作品。她常用非常權威、比誰都懂文學的身分發言，其指導型的批評既耳提面命作家應如何寫，也教訓讀者應如何讀。她只打蒼蠅不打老虎的策略使其著作不致遭查禁，她那獨立特行、秉筆直書的文風則使其批評文字一時洛陽紙貴，乃至成爲廣大受眾爭相傳閱的社會檔。這回輪到既打蒼蠅又打老虎的李敖用非常權威——比誰都懂政治、懂歷史、懂文學的「大俠」身分向龍應台橫眉冷對了。「野火」本來是龍應台進入文壇的資本，不願做權貴附庸的李敖卻用「煙火」將其解構：

> 在黑夜裡，看看煙火是有快感的，但煙火並不是星光，也不是熒火，更不是革命者的篝火。並且，相反的，龍應台的煙火秀，內容很貧乏，很守舊，很小心翼翼，她跟柏楊一樣，向上冒犯只敢冒犯到警察總監而已。

龍應台的文字光彩照人，李敖的文字同樣警醒世人。在政治舞臺與李敖競技，龍應台還不是對手。比冒犯黨政要人，龍應台缺乏「龍」膽；比歷史知識，龍應台也沒有他豐富；比翻江倒海、鼓動風潮，龍應台還不算是獨行俠。

別看倨傲不遜、豪放不羈的李敖寫起文章來罵個不停，但他書讀得多讀得細，批判時把重點落實到考據上：一點樸學、一點糾謬、一掌摑血、一步一腳印，棒喝給批評對象，說明龍應台的資料如何不全，連張靈甫的訣別書是僞造的都不知道。以如此薄弱的史料基礎去碰《大江大海一九四九》這樣的大題目，未免不自量力。龍應台用採訪的方式寫書不但事半功倍，尤其在高度、廣度、深度上面的眞相，離史實甚遠。

《李敖秘密談話錄·大江大海騙了你》所評的龍應台史料錯訛，無不與國共兩黨政治相關。《大江大海一九四九》本身就是政治題目，故用純文學標準去評論龍書，肯定行不通。一些人認爲李敖的批評不屬文學批評，這與「戰鬥文學」橫行的年代，文學批評蛻化爲思想檢查有關。由於有這一教訓，一些人便認爲文學批評的出路就是不要分析作品的思想，更不要談作家的政治立場。這是一種很大的迷思。文學評論家當然不能做政治家的奴僕，但這不等於說文學評論就完全可以脫離政治。把「警總」查禁書刊與批評家談論政治混淆，把政治性與文學性完全切割，顯然有所偏頗。應該承認，政治文藝學和認識論文藝學，在《李敖秘密談話錄·大江大海騙了你》占了主導地位，而體驗論文藝學和審美論文藝學居於邊緣，但邊緣不等於沒有，如李敖批評胡秋原的「少作」詰屈聱牙以及說詩人余光中「爲人文高於學、學高於詩、詩高於品」，像這種文字如沒有古文功底，是寫不出來的。李敖還指出龍應台把大名鼎鼎的「翁照垣」將軍三次錯爲「翁照桓」，「滿洲國」又多次錯爲「滿州國」，並仔細分析龍應台如何錯用中文「嫣然」。這種批評的審美色彩，還表現在李敖常將一些嚴肅主題以玩笑出之，許多篇章具有文字趣味與悅讀效果，如他不打自招說自己組織的「中國智慧黨」，嚴格說來黨員只有我兒子李戡一人，自嘲與反諷的意味，便躍然紙上。

李敖認爲龍應台寫一九四九這樣的大事件沒有生活體驗，無焦距清楚逃亡的見聞，又沒有坐過牢，其著作沒有一本被官方查禁，因而沒有資格談國家和民族的災難。這邏輯很奇怪，眾所周知，作家寫文章並非都要親歷或親見，否則寫劊子手自己就要去殺人，寫強盜自己就要去當小偷，寫妓女自己就要去賣淫。《李敖秘密談話錄．大江大海騙了你》最大的弊端是大開拳腳，逢人必罵，逢罵必辣，用詞齷齪，文字粗鄙。另用〈龍應台怎樣吃人肉〉、〈錢復從「外交」到「性交」〉這種嚇死人不償命的標題吸引讀者的眼球，無異是嘩眾取寵。至於說龍應台「姿色平平」，這樣的話已近乎無聊。

李敖這本書在臺港兩地同時發行，讀者甚眾。這主要不是因爲李敖驚世駭俗的顛覆性言論，而是因爲他的作品能讓讀者偷窺到李敖這位非聖人的狂人「跳到半空中咬人」然後「在半空中脫下褲子」的種種面相。這種玩世不恭，無人不罵，無書不讀的「面相」具有娛樂價值。此外李敖借「一半出自喉嚨，一半出自鼻孔」的語言狂踩龍應台狂捧自己是國學大師，這是爲了提高身價，最終目的是提高「全中國白話文李敖寫得最好」的知名度，可見李敖並非是人們想像的「其仁心如堯舜，其智慧如孔丘，其志操如精衛，其頑強如刑天」而又超越名利的俠士。可惜他「屠龍」的目的尚未達到，李敖怎麼也想像不到，這位被他看作代表著「頭腦不清」的中國人的龍應台已由「馬英九的文化局長」升格爲「馬英九的文化部長」了。

除李敖批判龍應台外，另有曾健民〈內戰冷戰意識形態的新魔咒——評龍應台的一九四九〉（註一七）。此文比李敖寫得更爲準確和深刻。曾氏認爲該書的主旨是寫中共解放戰爭的殘暴，解放軍的殘暴，是「反共文學」的現代版。

第三節　張瑞芬等人的散文研究

張瑞芬（一九六二年～　），臺南人，畢業於東吳大學中文系博士班，現爲逢甲大學中文系教授。出版有《未竟的探訪——瞭望文學新版圖》（臺北：麥田出版社，二〇〇二年）、《五十年來臺灣女性散文·選文篇（上）》（臺北：麥田出版社，二〇〇六年）、《五十年來臺灣女性散文·評論篇》（臺北：麥田出版社，二〇〇六年）、《臺灣當代女性散文史論》（臺北：麥田出版社，二〇〇七年）、《胡蘭成、朱天文與「三三」——臺灣當代文學論集》（臺北：秀威資訊科技公司，二〇〇七年）。

張瑞芬原先是研究敦煌學的，直到二〇〇〇年前後，考慮到個人才性與學術對社會的必然關注，於是從寫書評入手，掌握最新文壇動向，開始發表當代文學論文。她編寫的《五十年來臺灣女性散文·選文篇》與《五十年來臺灣女性散文·評論篇》，針對臺灣女性散文文本作全面梳理。「選文篇」前有導論，總括臺灣當代女性散文書寫流變。「評論篇」導論則著重論各家的創作風格。張瑞芬通過探討半世紀以降女性散文書寫的變遷與差異，並與大陸當代散文發展相互參照，爲建構臺灣散文史打下基礎。

《五十年來臺灣女性散文》收錄除臺灣出生或定居於臺灣的本地作家外，包括呂大明、喻麗清等旅居海外作家。範圍爲一九四九年至二〇〇五年。凡書寫臺灣人和事或作品在臺發表、出版者，均在收錄之列。從老一輩的蘇雪林（一八九七～一九九九年）到新一代張惠菁（一九七一年～　），計五十一位。入選作者均出版過散文集。每位作者選二篇，與其它選集重複者盡量不選。入選時除注重反映時代精神和女性意識的發展外，還注重女性書寫的美學特質——想像之開發、意境之表現、語言之鍛鑄、句法之實驗、風格之形成。「選文篇」與「評論篇」既獨立又可相互映照、補充。

張瑞芬在從事臺灣女性散文編選工作時，努力挖掘藝術品質好，然而爲一般選集或文學史遺漏者如蕭傳文、雪韻、張菱舲、呂大明、方瑜、謝霜天、趙雲、柯翠芬等人的作品。以其它文類著名作家，散文成就若屬同等水平者，亦入選，如李藍、季季、愛亞、馮青、鄭寶娟。張瑞芬由全面搜集及細讀文本著手，條列歷來相關資料與評論篇目，並出入每位作者其它文類的所有創作，務求對作者的散文風格或文學史作出定位，而非選文題解或作品賞析。於行文之中，多取其它作者同類型質高之作，或該作者其它文類作品作爲參照，並依學術體例詳作批註，以幫助讀者理解。

張瑞芬在專論臺灣近半世紀女性散文的發展與流變時，從現代散文的界定說、「大陸」、「臺灣」、「現代」散文史的範疇劃定，到五十餘年來臺灣重要女性散文作家作品的重新評價。作者以突出「臺灣」、「散文」、「女性」各項議題，爲臺灣散文研究領域打下重要根基。作者用五年功夫寫成《臺灣當代女性散文史論》，是目前海峽兩岸研究臺灣當代女性散文唯一有系統的專書。由七篇論文組成：女性散文研究對臺灣文學史的突破、徐鍾佩鍾梅音及其同輩女作家、琦君散文及五六十年代女性創作位置、張秀亞艾雯的抒情美文及其文學史意義、趙雲張菱舲李藍的現代主義轉折、「古典派」與「鄉土派」——崛起於七〇年代的兩派女性散文、張愛玲散文系譜——胡蘭成、「三三」及在臺灣的承接者。「每篇皆長達四萬餘字，註腳詳贍，考證細密，所提及作家多達百餘位。其中對鍾梅音、張菱舲、趙雲、呂大明、謝霜天等重要卻被遺忘的作家，多所措意，有填補空白的意義。主要論點，包括從近年女性散文書寫的發展反思傳統文學史敘述的盲點；五十年代女性散文的背景與價值；六十年代現代主義對散文創作的衝擊；七十年代鄉土派與古典派散文的分流，乃至於張愛玲旋風在八十年代產生的散文支流。不但多處挑戰著傳統文學史家的詮釋，展現了多元宏觀的視野，且爲臺灣文學研究樹立新的典範。」（註一八）

張瑞芬不僅研究女性散文，還研究男性散文，預定目標有五十位，已發表有〈鏡像與心影的對話——論陳芳明抒情散文〉、〈七十年代顏元叔與吳魯芹的散文〉等篇，爲作者撰寫《臺灣當代散文史》做積極準備。

柯品文（一九七六年～　），高雄人。臺北教育大學藝術與藝術教育所碩士。歷任普門雜誌編輯、空中大學高雄中心面授講師、高雄第一科技大學兼任講師，後獲成功大學博士學位。著有論述《作品與儀式》（臺北：唐山出版社，二〇〇五年）、《創意作文寫作魔法書——兒童基礎入門》（臺北：聯合文學出版社，二〇〇五年）、《創意作文寫作魔法書——兒童進階應用》（臺北：聯合文學出版社，二〇〇五年）、《書寫與詮釋——臺灣八十年代前後家國散文之書寫探勘》（臺北：文津出版社，二〇一一年）。

小說評論家過剩，散文評論家難覓，這與散文文體的特殊性不足有一定關係。簡單的文體分類法爲詩以外的作品都是散文，現在當然不會再這樣籠而統之。這和散文文體的獨特性愈來愈顯著有關係。在這種情況下，研究散文自然不能滿足於鄭明娳那樣做些本體論、構成論的闡釋工作，還可綜論散文在題材和內容上如何表現國族認同這樣重大的問題。〈書寫與詮釋——臺灣八十年代前後家國散文之書寫探勘〉，正是這樣一篇博士論文。據柯品文自述：該書主要採「家國歷史性線軸」與「作家作品類型論」，並輔以作者、作品、時代相互對照，歸納與整理，且透過臺灣散文在「家」（以文化爲主體定義的中華民族）與「國」（以政治爲主體定義的中華民族）兩線軸的寫作思維的整理分析，並以作者、作品、時代交叉分析進行作者生活的時代及其寫作技巧、主題意識與意義指涉等賞析，分析文字的運用、與對相關議題做比較分析的研究。（註一九）全書共分四章：第一章〈導論〉、第二章〈家國散文之歷史回顧〉、第三章〈作家身分論〉、第四章〈作品類型論〉。具體分述而下：

第一，八十年代後因去中心化論述下，大陸遷臺第一代作家早期家國書寫已不再受到讀者廣泛關注，加上部分第一代作家旅居國外的異鄉生活，對「家」的定位已搖擺在臺灣與大陸之間。而第二代外省作家對「家」的定義已放置在出生地臺灣，而對「國」的定位在書寫上也游移在上一代與臺灣現今仍曖昧的國族論述下進行書寫，特別是第二代外省作家在九十年代之後更以跨文類散文書寫，以「家族史、國族史」展現其對中國大陸之眞實、虛構之想像和追尋；本省作家則從自己「生命史、家族史」出發，探討臺灣這塊母土史的家國議題，其中表現在外省作家的歷史散文採用「國族史」的角度進行詮釋，而本省作家則以母土史觀點進行詮釋，這其中的國族、母土的詮釋也正反映外省與本省作家的家國書寫認同觀之不同，於是「生命史、家族史、母土史、國族史」成爲家國散文的史觀回顧。

第二，八十年代後因社會運動與政治解嚴，造成社會集體意識從「臺灣鄉土」過渡到「臺灣本土」。戰時第一代到第二代本土作家在散文書寫上雖不直接碰觸統獨之爭，但在「原住民、客家、臺語作家」以族群界定與身分認同、母語文學的散文書寫策略上，進行臺灣作爲主體意識的家國散文書寫，作爲「家國、族群、身分」與「認同」等概念的辯證。另外，九十年代後到二十一世紀初擺蕩在「出走、回歸」與「定居、逃離」的兩難心境下，原鄉、異鄉的定義產生游移與跨界。在馬華作家與旅外作家家國散文書寫中，以書寫面對當下的自我——包括自我身分與所身處國家的認同，其散文書寫中「臺灣、馬來、異國」皆成爲家國意識的相互對話的書寫議題，並藉由書寫重新詮釋家國意識。

第三，接續八十年代前後間臺灣本土意識的昂揚，九十年代政黨政治的分立與抗衡，國族史與殖民主義的相關理論蓬勃產生，從九十年代到二十一世紀初陸續出版的回憶錄便是家國歷史的紀實再現。在家國書寫的表現上，外省第一代作家以回憶錄處理兩岸離散、回歸的問題；而八十年代後因「全球化、跨國界」思維，所謂「原鄉、異鄉」的定義產生曖昧與矛盾，在戰後第一代與第二代作家之馬華作家與旅外作家、報導文學與旅行散文與之散文書寫中，特別是在九十年代後到二十一世紀初擺盪在「出走、回歸」與「定居、逃離」的兩難心境下，以書寫面對當下的自我——包括自我身分與所身處國家的認同，成爲處理「中國」作爲文化想像的符號之對應，其散文書寫中的相互對話的議題。（註二〇）

柯品文的研究論題與政治聯繫緊密，他充分注意到當下臺灣社會國族認同的複雜性。從一九九〇年間臺灣結與中國結的激烈論戰產生的「臺灣認同意識」，在他筆下已逐漸成爲主流論述。爲此，著者在書中將「本土」概念具體分解如下：承認國際認同的「中國」是中華人民共和國的簡稱，強調「中華民國」的簡稱是「臺灣」而非「中國」：不再僅把中華文化當成臺灣的唯一正統文化，而是發掘舊有或發展新創的本土文化。「同時保留漢（中華）文化的精髓，將之融合內化爲本地文化的一部分；在語言的使用上，不要把中國當成自己的國家，例如不要使用『古今中外』一詞，或將『中醫』改稱爲『漢醫』、中文改稱爲華語或漢文。」（註二一）

柯品文的博士論文視野開闊，閱讀了大量的原始材料，注意論從史出。在研究方法上，全書貫穿著省內與省外作家的對比，馬華作家與旅外作家的對比。在作品分析上，對齊邦媛的《巨流河》區分為「國族、父親」為主線，另一條線為「個人生命史」，這種評論很到位。作者不著重藝術技巧的分析，而著重挖掘其思想內容，這也成為該論文的一大特色。對王鼎鈞的《文學江湖》，也有精到的剖析，並注意和齊邦媛作品的比較。不足之處是敘述欠精煉。

新世紀散文研究還有陳伯軒的《文本多維》（註二二二），論述了臺灣當代散文的空間意識及其書寫型態。應鳳凰編的《漫遊與獨舞——九〇年代臺灣女性散文論集》（註二二三），收入成功大學臺灣文學研究所博士、碩士研究生十六篇論文。第一輯為女體與國族的認同書寫，第二輯為戀物與記憶的歷史書寫，第三輯為時間與空間的旅行書寫，第四輯為傳統與新意的飲食書寫等。作者們從多重視角切入，有利於讀者從概括認識到深入瞭解當代散文的各種主題。此外，還有第五輯：文學與社會的多元對話，其中收錄李友煌〈土地信仰〉一文，討論南臺灣寫作社群的「南方綠色革命」：從男性散文作家群的研究角度，與當代女性散文作家群「相互對看」，以反映九十年代臺灣散文多元面貌。

第四節　應鳳凰的濃郁人文情懷

應鳳凰（一九五〇年～　），臺北人，畢業於臺灣師範大學英語系，後在美國獲碩士和博士學位。《當代文學史料研究叢刊》發起人之一，現為臺北教育大學臺灣文化所兼任教授。出版有《當代大陸文學概況．史料卷》（臺北：「文建會」，一九九六年）、《臺灣文學花園》（臺北：玉山社，二〇〇三年）、《五十年代臺灣文學論集》（高雄：春暉出版社，二〇〇四年）、《文學風華——戰後初期十三著名女作家》（臺北：秀威資訊科技公司，二〇〇七年）、《冊頁流轉》（與傅月庵合著，臺北：印刻出版社，二〇一一年）、《文學史敘事與文學生態：戒嚴時期臺灣作家的文學史位置》（臺北：前衛出版社，二〇一二年）、《畫說十九五〇年代臺灣文學》（臺北：遠景出版事業公司，二〇一七年）等論述多種。編有《鍾理和論述》（高雄：春暉出版社，二〇〇四年），並多次參與文學年鑑、作家作品目錄、文壇大事記要等編輯工作。

在這樣一個貌似生氣逢勃實爲有許多學術盲點的文學研究領域裡，獨闢蹊徑是一種重要選擇。應鳳凰深知，文學研究本質上是不合商品大潮的，而不合時宜的文學研究必然會把市場化置於自己的準繩之下。之所以這樣，是因爲歷史塵封太久會失去眞面目。爲還其眞面目，文學研究必須超越世俗之見和功利主義，讓資料的搜集工作去爲當代文學立史作準備。沒有文學史的研究，文學創作必然會失去參照系。作爲具有文學史自覺的評論家，應鳳凰寫的一系列論著，均透過時空距離還原當年文學現場。每當歷史翻過一頁，她常常回頭審視，通過史料的搜集和甄別，比當事人有更清醒的認識。

從九十年代後期起，以「臺灣文學」命名的系、所雨後春筍般成立，臺灣文學研究從此納入學術體制，文學史料的搜集和整理便成了當務之急。不說光復前的文學史料，因時局的動盪保存極爲困難，單說國民黨退守臺灣後的五、六十年代的文學史料，也隨著歷史的消逝和當事人先後離去，整理起來也決非易事。可應鳳凰不畏艱難，她選取五十年代臺灣文學作爲自己的切入點。以《五〇年代文學出版顯影》爲例，該書的內容是與「自由中國文壇」年代的重要雜誌和出版部門的搜集與採訪，計有《文藝創作》、《半月文藝》、《文學雜誌》及重光文藝出版社、文壇社、明華書局、文星書店、平原出版社、大江出版社、十月出版社的相關資料。這種「出版史話」，目的是通過鉤沉史料留下戰後早期文壇的第一手資料，並及時搶救即將逝去的文學書刊資訊，以便為有關學者建構文學史打下基礎。

學術研究的創新，表現在選題新、觀點新、資料新。應鳳凰另一本《五〇年代臺灣文學論集》，在這幾方面有所突破。她力圖寫出新意，不重複自己以往的成績。這本書論述的是戰後第一個十年的臺灣文學生態，在選題上獨具一格。眾所周知，五十年代文學在臺灣當代文學史上有特殊的地位。一九五〇至一九五九這十年，是臺灣從日本殖民者手中回到祖國懷抱後，蔣氏父子從頭經營建設的第一個十年，是政治、經濟、文化劇烈轉型時期。從文學史範疇看，由於廢除日文使用中文，戰後以北京話書寫的臺灣文學從這一時期正式確立。這十年間，為了把臺灣建成「復興」基地，國民黨動用黨政軍力量推行「反共抗俄」的文藝政策，由高分貝的「國家機器」在文壇上充分運作，與大陸的「文藝為政治服務」、文藝為階級鬥爭服務」體現了驚人的同質性。對這時期的文學研究，已被本土化浪潮所遮蔽。應鳳凰一再以五十年代臺灣文學作為自己研究的題目，這顯示出她的學術敏感與膽識。

從政治的視角轉向文化的觀照，是應鳳凰的學術亮點。作者擺脫了諸如「文學只是受政治制約」、「反共文學覆蓋了五十年代臺灣文壇」等狹窄視野，而嘗試用「內緣性」的書寫去看五十年代臺灣文學，避免了「外緣性」社會決定論的方法。具體到五十年代詩壇時，用「藝術他律」與「藝術自主」這兩個分明相悖的「雙重組構」原則討論其交互作用，最終證明「藝術自主」如何爭得地位的角逐經過。卷一的三章，都試著以文學場域的整體觀念來檢視政治力強勢運作下所形成的特殊生產景觀。在卷三討論鍾肇政、林海音、柏楊、朱西甯等作家則用「作家位置」的理論去詮釋，探討這些小說家在文學場域如何「占位」，如何在「雙重組構」原則中發揮各自角色功能與作用。作者不拿文學文本來分析，而是以文學場域的「作家角色與活動」做分析對象。檢視這些位置的互動關係，不但清晰呈現出五十年代主導文化、政治權力在文學生產場域的運用流程，更附帶讓讀者看出這五十年代文學歷史的微妙變化。

應鳳凰全方位展開的五十年代文學研究，涉及到社會文化身分、作品主題、藝術手段、文章體式、出版行爲、媒體運作等多個層面，最後歸納到五十年代文學在戰後臺灣文學史上的地位。有關五十年代臺灣文學研究，《文訊》雜誌早在一九八四年三月就製作過「文學的再出發——一九五〇至一九五九年的文學回顧」專號，但多爲浮光掠影式，遠未有像應鳳凰挖掘得這麼深入和細緻，如應鳳凰注意到了聶華苓主編的《自由中國》文藝欄，更富有內在的「隱喻」意義，更能透視一個小專欄在大時代裡起的制衡文壇的作用。《五〇年代臺灣文學論集》另一亮點爲對文學史實的挖掘和修補。比如朱西甯早期小說及其文化身分是一個被研究者忽視的問題，但實際上朱西甯的軍中作家身分及其反共文學的論述，對五十年代文藝有著重要的影響，在此書中應鳳凰作了明確的回答和充分的論述。

應鳳凰研究五十年代臺灣文學的觀點新、方法新，還表現在從歷史性研究的有效維度觸及文學經典化問題，由此聯結臺灣當代文學史建構的一個重要環節，使林海音、柏楊、鍾肇政、朱西甯與文學史的關聯獲得「顯影」的效果。在具體研究中，應鳳凰將自己的研究思路分爲「個人史」、「出版史」、「傳播史」、「生態史」四種歷史維度。「個人史」方面有〈鍾肇政與本土文學位置的形成〉，「出版史」方面有《五十年代文學場域與反共文學》，「傳播史」方面有〈林海音編輯生涯與戰後文學發展〉，「生態史」方面有〈特殊政治生態下的文學生產機構〉。盡管「出版史」與「傳播史」難免會有所重疊，但這種不同他人的研究思路畢竟顯示出歷史性研究的有效維度。這在第一章〈五十年代詩壇與臺灣現代詩運動〉中，體現爲史料的翔實與史識的辯證的有機結合，由此全景式呈現五十年代臺灣文壇風貌，同時體現出現代詩在臺灣當代文學史上的作用與地位。卷二〈文學期刊與文學生產〉對政治權力運作下的文學場域的深度透視，也是通過「個人史」、「期刊史」、「傳播史」等視角而形成的歷史性效應。這比起過去作者編的且得到李敖、柏楊首肯的文學書目、文壇大事紀要，也更能對五十年代臺灣文學生產進行充分歷史化的整體性呈現。這是由一種歷史闡釋帶來的濃厚人文情懷，如果沒有數十年的學術訓練，便難以做到如此隨心所欲地信手拈來。人們當然不指望應鳳凰由此捨去史料所長去從事宏觀研究，去建構文學史體系，但人們通過她營造的《臺灣文學花園》以及《臺灣文學書入門一〇八》的冊頁流轉，便可洞察到一些寫史企圖的線索，幫助讀者掙脫只有大敘事而無個案和文本的閱讀困境。

在臺灣，文學史料「專業戶」有周錦、秦賢次、陳信元、蔡登山等人，應鳳凰和他們路數不完全相同，她的著重點在於戰後臺灣文學史料、五十年代臺灣文學生態和女性作家。她出版的史料書系與其說是書癡者的精神漫遊，不如說它爲臺灣戰後文學史的建構提供一磚一瓦，這是對閱讀空氣愈來愈淡薄的當下社會的補救和切實的導引。在忙於賺錢忙於享樂忙於選舉的臺灣，最需要的是應鳳凰這種藏書、獵書、讀書、評書、寫書的人文情懷。

第五節　陳義芝：從文化角度觀照詩歌

陳義芝（一九五三年～　），祖籍四川，生於臺灣花蓮，臺灣師範大學國文系畢業，高雄師範大學中國文學博士，曾參與《後浪》詩刊發行，歷任《詩人季刊》主編、《聯合報》副刊組主任，現爲臺灣師範大學國文系教授。著有詩集《落日長煙》（高雄：德馨室出版社，一九七七年）、《青衫》（臺北：爾雅出版社，一九八五年）、《新婚別》（臺北：大雁書店，一九八九年）、《不能遺忘的遠方》（臺北：九歌出版社，一九九三年）、《不安的居住》（臺北：九歌出版社，一九九八年）、《陳義芝世紀詩選》（臺北：爾雅出版社，二〇〇〇年）、《我年輕的戀人》（臺北：聯合文學出版社，二〇〇二年）等。另有《從半裸到全開——臺灣戰後世代女詩人的性別意識》（臺北：臺灣學生書局，一九九九年）、《聲納——臺灣現代主義詩學流變》（臺北：九歌出版社，二〇〇六年）、《現代詩人結構》（臺北：聯合文學出版社，二〇一〇年）等著作。

畢業於國文系的陳義芝，中國傳統教育在他身上有鮮明的烙印。他師承儒道，延續詩騷的抒情傳統，表現中國人的人性、秩序和美德。在編輯崗位上，他成功地主持了臺灣文學經典評選治動。在研究女性詩歌方面，他不限於文學，而是從更新的文化建構觀點，去探討被表現了幾千年的情欲主題。這位試圖作「女性解讀」的評論家，所關注的不僅是詩歌文本，而且關切文本中透露出來的文化內涵，這正是女詩人思考並在寫作中發揮的空間。

陳義芝這種從文化角度關照詩歌的方法，衝擊了傳統的詩歌研究領地。用這種研究方法，其好處是可從更高視點去把握詩歌，將女性詩歌置於更寬闊的跨東西文化背景下去審視和詮釋，這就能取得更扎實和更有新意的成果。

「臺灣戰後世代女詩人的性別意識」，是一個很有意義的研究課題。一九四五年後出生的臺灣女詩人，享有盛名的有一大批，其中極富女性意識的的作家創作盛豐，流派紛呈，如有的富有人道主義的情懷，有的氣質浪漫，有的有典重之風，有的風格婉約，有的在文體上打上了典型的女性烙印，有的還帶有東方神秘主義色彩。對此，應如何把握與評價？弄不好會流於空泛和片面。然而，陳義芝對此還是嫻熟地借藝術眼睛操控的科學手術刀將其迎刃而解。這不是那種見林不見樹的流派研究，也不是見樹不見林的單純的作品研究，更不是不見樹又不見人的作家研究，而是既見樹又見林的析論臺灣女詩人的性別意識的作家作品及其流派研究。作者以多視角、多元化觀點試圖全面論述臺灣女詩人的性別意識，客觀整體地把握女性詩學的走向，對鍾玲、尹玲、李元貞、零雨、沈花末、羅任玲等有代表性的作家作品進行個案的分析與闡釋。全書除導論、結論外，另有五章分別論述臺灣戰後世代女詩人作品中的男性形象、臺灣戰後世代女詩人的情欲表現、兩性觀、服裝心理學、作品中的旅行心理。這種章節安排，目標非常明確：旨在申論女性詩人作品中「永恆的男人」的烙印，探討女性經由情色而觸發的創造生機及其變聲的焦慮。寫得最富特色的是從服裝這一自成系統的語言，找尋女詩人到底「說」了什麼，以及從樂園的追尋與迷惘，去分析女詩人的旅行心理。作者在全球化語境下，選擇從現代到後現代，從意象派到新藝術派的作家作品進行新理論指導下的新闡述，在文本解讀方面就生理的、心理的、精神分析的、社會的、政治的多方面抽絲剝繭地剖析，說明作者沒有被女性詩歌異彩紛呈、令人眼花繚亂的思潮和流派遮住眼睛，盲目地搬用西方的心理分析理論，作六經注我式的論述，而是用冷靜而不乏洞察力的眼光，指出臺灣女性詩歌從抒情美學的講究以至於生命意識的潑辣追求，從表現某種東西以至於質疑某種東西的演變。對這種演變的歸納，難免仁者見仁，智者見智，但作者以此爲脈絡去探討戰後世代女詩人的性別意識，不失爲自成一家之言的有益嘗試。

讀《從半裸到全開》，還不難發現「性別意識」、「女性主義詩學」、「情欲表現」等幾個詞不斷出現。凡是關注女性詩歌的研究者，都對「女性意識」一類的詞有自己的理解。當然，也有人不承認有什麼「女性詩歌」，對「女性主義詩歌」尤爲反感。實際上，女性主義詩歌是一種客觀存在，不承認不是一種實事求是的態度。在面臨世紀轉換的時刻，對臺灣戰後世代女詩人的研究，不能不去尋找隱藏的女性自己，辨明臺灣女性主義詩學的內涵及其走向。從陳義芝對「性別意識」等幾個詞的詮釋和對文本所作的優美解讀中，不難看到一位臺灣學者的立場堅持和價值取向。

臺灣幾乎沒有職業詩論家，陳義芝退出媒體也有多年。從臺灣詩壇結構看，他已逐漸成為學院詩論家。這裡講的學院詩論家，主要不是指活躍在當代詩壇的前沿陣地，以中文系教授的身分評品詩壇現象和推介作家作品，而是指他以學位升等為平臺不斷推出新的學術論著。當然，陳義芝的詩人和編輯家身分也非常突出，但他的編輯生涯遠沒有瘂弦輝煌。這種似乎難以歸類的身分，讓文學史家找不到他的身分認同，這正好無法樹立他的「時（詩）評家」的權威地位，也給了他詩學研究的空間和評論的張力，使他不受詩壇風向的牽引做自己該做的學問。

二〇〇七年，陳義芝到臺灣師範大學任教後，一邊教學，一邊寫詩。其中他對臺灣現代詩學的研究，一直沒有停止過。他的《聲納——台灣現代主義詩學流變》，其關鍵詞除「新詩」、「詩學」外，另有「現代詩」。陳義芝認為，「現代詩」的稱謂從一九五六年紀弦創組「現代派」，一直盛行到一九七〇年代，後因現代詩過於難懂，詩壇重新起用「新詩」的名稱。「新詩」包括民國以來的、以白話為主的、向現代西方取法的，是相當於舊詩、古典詩的一個現當代文類，是專門的文學術語。「現代詩」的退場，不等於說「現代詩」走向衰亡。相反，它在六十年代後仍掀起波瀾，甚至八九十年代以至進入新世紀，它匯合了傳統的詩學思維與臺灣的鄉土現實因素，始終未被取代，未被消滅。該書結合理論、運動和文學創作，分析臺灣新詩發展以來在詩學影響上的流變，企圖弄清什麼是現代主義及其對臺灣詩學產生實證影響的個別主義有哪些；臺灣現代詩學前輩水蔭萍的詩觀內涵是否等於超現實主義，其詩作有無蹤跡可尋；紀弦的「新現代主義」如何形成以及如何重新估價覃子豪、紀弦兩人對臺灣新詩現代化所作的貢獻；《創世紀》詩刊接續「現代派」傳統後，對現代主義做過什麼樣的革新；後現代主義詩學在藝術上對現代主義詩學做了怎樣的繼承和發展，尤其是夏宇對現代主義詩學的發展有何開拓性？在論述這些問題時，陳義芝把握了不同年代的詩學主張與創作方法的演變，論述主流詩學與紀弦們作品的契合之處，從而勾勒出臺灣新詩美學在曲折中前進的軌跡。他這種不求大、全而只從現代主義詩學切入的論述方法，與蕭蕭的《台灣新詩美學》和簡政珍的《台灣現代詩美學》，有明顯的差異。

在臺灣詩壇，陳義芝並非以詩評、詩論著稱。要不是在學院謀生，他不會去寫這些專著。難能可貴的是，他寫這些論著時，不是爲了應付交差，而是動用了自己平素積累的詩學修養和對詩壇的親歷體驗，故能擺脫固有的觀念和視角，如對現實主義與現代主義如何以揉合、協商的姿態鑄造出六十年代臺灣新詩的新進程，以及古典傳統的回歸在形式與精神召喚上，如何爲七十年代的臺灣新詩美學奠定了基礎？書中充滿了問題意識，在論述時既擺脫了傳統學院派的八股腔，又遠離了以西化文類話語解讀的模式。

和創作從哪裡起步一樣，陳義芝從事詩論工作，也有過從何起步的問題。和別人不同，陳義芝是從變革傳統思維的視角和方法上邁開腳步，這充分體現在他的第三本詩論集《現代詩人結構》中。該書除緒論〈從「文化研究」的角度〉外，共分八章：林亨泰——語言與時代的斷裂；余光中——文化認同與傳統再造；瘂弦——故園情結，心靈歸向；戰後世代《笠》詩人——從歷史未解的矛盾出發；「外省第二代」詩人——在地的意識與意象；外文系詩人陳黎、陳育彩——中西承傳與轉化；女性詩人——臺灣女性詩學；臺灣詩人的「空」義表現——詩心與佛智，另有〈社群與出版、歌詞與詩選〉

以及〈臺灣的文化政策和文化環境〉兩個附錄。

從上述論述對象可看出，陳義芝論詩不局限於意識形態。不管是本土的還是外省的詩人，只要對詩壇有影響，只要作品是優秀的，他就一視同仁，並從特定歷史、文化結構中觀照，結合政治、社會制度等因素從美學角度審視。

《現代詩人結構》不單純是一本現代詩人研究論集，同時也是詩史的專題研究論著，更是詩與個人、社會、家國、時代、經緯各種關係之條分縷析的論述。該書採用「文化研究」視角，運用社會學結構概念——含制度結構、關聯式結構、具象結構等多種觀點，探討臺灣詩人的出身經歷及其社會環境，外加歷史文化和心靈模式以及由此產生的創作特徵。從早期跨越日文和中文的林亨泰到戰後的世代的女詩人，多元並存，呈現出一幅譜系分明、脈絡清晰的現代詩人結構圖。

無論自覺還是不自覺，詩歌創作和詩歌研究的呼應、對話，在陳義芝那裡已漸成氣候。絲毫不用擔心邏輯思維的寫作會影響陳義芝的形象思維運用能力。相反，他把形象思維的才能運用到詩歌研究中，使其對詩作的剖析十分到位，且語言簡練生動，充滿詩的要素。此外，他還不講情面，對一些詩人未能寫出代表作加以批評。就這樣，陳義芝論詩的獨特品格朗然在目，其三部詩論著作爲臺灣詩論史添加了亮色，爲這個領域的耕耘繼往開來增補了新的活力。

第六節　極具叛逆精神的楊宗翰

楊宗翰（一九七六年～　），生於臺北。中國文化大學中文系文藝創作組學士，靜宜大學中文研究所碩士，佛光大學中文系博士。歷任「植物園」現代詩社社長、《台灣文學研究》總編輯、秀威資訊科技公司副總編輯、龍圖騰文化企劃經理，現爲淡江大學中文系副教授。著有評論集《臺灣文學的當代視野》（臺北：文津出版社，二〇〇二年）、《台灣現代詩史：批判的閱讀》（臺北：巨流圖書公司，二〇〇二年）、《台灣新詩評論：歷史與轉型》（臺北：新銳文創（秀威），二〇一二年）。另和楊松年合著世界華文詩歌賞析，並主編《文學經典與台灣文學》（永和：富春文化公司，二〇〇二年）、《台灣文學史的省思》（永和：富春文化公司，二〇〇二年）、《林燿德佚文選（五冊）》（臺北：天行社，二〇〇一年）。

在臺灣當代詩評版圖上，楊宗翰的論述首先是以「臺灣文學的新生針刺」（註二四）給人留下深刻印象的。他不迷信權威，不迷信主流論述，更不盲從與本土化、「去中國化」密切相關的「政治正確」，大膽地揮起自己的「針刺」，向臺灣、向大陸的名家進行針砭。比如臺灣出版的不乏創意、把兩岸文學融合在一起寫的《二十世紀中國新文學史》（註二五），楊宗翰尖銳地指出由潘麗珠執筆的該書現代詩部分，其撰述框架在相當大程度上「參考」了大陸學者的著作，卻又不注明出處，這是學風不正的表現。爲了證實自己的觀點，他將潘氏的論述與大陸學者寫的《臺灣新文學概觀（下）》（註二六）作了比較：「兩文不僅架構相近，連所舉詩社、詩人都高度重疊，只是潘文限於篇幅而縮緊字數，介紹味趨濃而評論性更淡」。（註二七）不僅如此，在專門和潘麗珠商榷的〈權力的遺忘？〉（註二八）一文中，楊宗翰指出這位以研究現代詩學著稱的學者在爲《臺灣文學年鑑》寫年度詩評時，連羅葉、夏菁的性別身分都弄不清楚，望文生義把這兩位男詩人「變性」爲女詩人。從他指出這個「男女不分」的細節中（註二九），可見楊宗翰咄咄逼人的「針刺」鋒芒。

楊宗翰無疑是極具反叛精神和懷疑意識的評論家。在他的論文中，充分地顯示了他初生之犢不畏虎的可貴勇氣：不僅對臺灣本地學者，而且對大陸學者古繼堂的批評，也發人之未發。他指出古繼堂的《台灣新詩發展史》（註三〇）出現了許多詩集名的錯誤（如《一九四九之後》誤爲《一九四九年之後》），由此可看出這位年輕的楊宗翰所具備的校勘功夫。對葉石濤《台灣文學史綱》（註三一）、彭瑞金《台灣新文學運動四十年》（註三二）的批評，也保留了學院知識分子獨立思考、不斷質疑的嚴謹治學精神。他這樣做，是爲了避免讓自己重蹈「老眼昏花」的學者的潮濕腐味。這種不願效忠學術上任何一派的做法，使他能大體上跳脫統與獨、左與右、南與北的二元對立論述模式，試圖超越「臺北中心觀」或「南部本土派」的詮釋框架而面對新的時代，新的文學。

如果把楊宗翰單純理解爲只會高喊「惡聲來了」的酷評家，那就不是楊氏的本來面目。楊宗翰一方面在「破」陳舊的學術觀念和指出別人硬傷的同時，一方面在「立」自己的文學史觀。比如他不滿足兩岸史學界流行的把臺灣新詩史簡單化爲詩社史的做法。他認爲，詩史之所以不等同於詩社史，主要還不在於有些著名詩人如席慕蓉不屬於任何詩社，還因爲詩社不等同於詩壇。作爲詩壇的構成，還有更複雜的因素。基於這種認識，他和孟樊合作卻胎死腹中的《台灣新詩史》，就不是按詩社分期，而是按時間段分期。具體說來，共分爲七個時期：萌芽期（一九二四～一九三二年）、承襲期（一九三三～一九五二年）、鍛接期（一九五三～一九五八年）、發展期（一九五九～一九七一年）、回歸期（一九七二～一九八三年）、開拓期（一九八四～一九九五年）、跨越期（一九九六年～）（註三三）。這種分期，的確很有新意，但優點往往伴隨缺點而生。先不說分得過於繁瑣，單說這種不按詩社論述的做法，先是把余光中「切」爲三段，然後再把洛夫「腰斬」爲五段，這種論述就給人「雞零狗碎」之感。另外，他兩人寫的這部詩史提綱是典型地把文學史等同於作家作品史，而完全忽略了臺灣新詩史也是一部詩歌論爭史，還有出版史、接受史等也不見蹤影。可見這個章節架構新中有舊，其「舊」的成分也不輕。

楊宗翰說：「我們都是違規者，卻也是創造秩序的人」（註三四）。「違規」即違反常規向介紹性、酬答性、因襲性的「史筆」挑戰。但對前輩的論著單靠反思和批判、挑錯和重構，單靠「不畏虎」的勇氣是遠遠不夠的。即是說，「針刺」的鋒芒必須建立在扎實的學風上。以這點而論，楊宗翰是夠格的。受過嚴格學術訓練的他，編制作家研究資料彙編，尤其是鉤沉林燿德的佚文時所花的伏案功夫，令人讚歎。他論文中的注釋，不像別人那樣只是簡單注明出處，而是補充文中的見解和觀點，讀起來一點也不枯燥。比如他認爲「文化中國」是「神州詩社」最先提出來的（註三五），這一考證，自成一家之言。

《台灣新詩評論：歷史與轉型》是楊宗翰詩歌理論的代表作，它旨在追索臺灣新詩評論的起點、變貌及兩者間的中介接點「轉型」。「新詩話」的誕生與「詩人批評家」的出現，楊氏將其視爲臺灣新詩評論的眞正起點：從日據時期到一九五〇年代建構出的詩人批評家樣貌與印象式批評手法，到了六〇年代面臨英美「新批評」之強力挑戰。後者的代表人物有來自民間的李英豪，及來自學院的顏元叔。在他們努力耕耘下，臺灣新詩評論由一般的評論轉向學術探討，連帶提升了詩評家的獨立地位。楊宗翰還認爲：自從臺灣新詩評論確立「轉型」趨勢後，各式新興文學理論逐一登陸，批評手法之擴充及新變蔚爲大觀。其中尤以女性詩學、後現代詩學爲當代臺灣新詩評論性別、性質上最重要的兩大變貌。考察過女性詩學、後現代詩學這性別、性質上的兩大變貌後，該書繼續探索評論變貌下的最新分衍：「十大詩人」、「青春結社」、「詩集出版」等等。

總之，讀楊宗翰的論著，不時有發現的驚喜。他使人確信：楊宗翰不是什麼「中文妖孽，台文謬種」（註三六），而是有膽有識和充滿「針刺」鋒芒的學界新銳。

第七節　蔣勳：美學大師？文化明星？

蔣勳（一九四七年～　），福建長樂人。一九五〇年隨父母親到臺灣。畢業於中國文化大學歷史學系，並獲該校藝術研究所碩士，後負笈法國巴黎大學藝術研究所，一九七六年返臺。歷任《雄獅美術》月刊主編、東海大學美術系主任、《聯合文學》雜誌社社長。出版有論著《藝術手記》（臺北：雄獅美術出版社，一九七九年）、《美的沉思——中國藝術思想芻論》（臺北：雄獅美術出版社，一九八六年）、《給少年的中國美術史》（臺北：東華書局，一九九〇年）、《寫給大家的中國美術史》（臺北：東華書局，一九九〇年）、《藝術概論》（臺北：東華書局，一九九五年）、《蔣勳藝術筆記》（臺北：敦煌藝術中心，一九九八年）、《給青年藝術家的信》（臺北：聯經出版事業公司，二〇〇四年），另有《孤獨六講》（桂林：廣西師範大學出版社，二〇一〇年）、《生活十講》（桂林：廣西師範大學出版社，二〇一〇年）等多種著作在大陸出版。

蔣勳成爲著名美學家、作家、畫家，與母親對他起的啓蒙作用分不開。作爲前清旗人官宦家庭的獨生女，她經常給少年小蔣勳講述中國古老的傳說，這是蔣勳記憶中最早的文學感動。而大龍峒廟口看的歌仔戲，也開發了他對藝術發生興趣的智商。蔣勳的出生地西安古城，同樣爲蔣勳上了最早的中國文化第一堂課。民族主義戰士陳映眞，則是蔣勳後來的人生導師。他在讀中學時，其詩作除了被瘂弦推薦到《青年雜誌》等處發表外，當時教他英文的陳永善即後來成了著名作家的陳映眞，在鼓勵蔣勳參加陳氏主持的話劇團的同時也常常指導他的小說創作。蔣勳走出校門後積極投入社會運動，通過自己的藝術實踐掀起本土化與民族化討論的熱潮，其作品中所體現的濃烈中國意識和人道主義精神，尤其是對眞善美的追求，都可以看到陳映眞的影子。

蔣勳的學術論述主要有兩類：一是高頭講章式的藝術史兼美學論述的《藝術概論》。這類作品在蔣勳的的著述中不占主要部分。此「概論」無論從框架還是其他學術規範看，均典型地體現了學院派特點。二是逸出學術規範的軌道：不做皓首窮經之人，更不做埋首書齋之輩，而把學術著作寫得通俗易懂，且有趣味性，如《給少年的中國美術史》、《寫給大家的中國美術史》。但他這兩種著述，遠未有他的把美學與日常生活相結合的著作影響大。像《生活十講》，蔣勳在廣闊的生活中選取了十個側面，借用生活中司空見慣的現象，說明文化的本質。他那文辭優美直指本質的著作和娓娓道來的演講，帶給人們一種發自內心、溫暖而堅定的力量。這就難怪他的講座常常是一票難求，而文字的傳播無遠弗屆。中信出版社聯合推出蔣勳另外幾部經典作品，包括圖書和音像，這對於蔣勳大陸的粉絲來講又是一個值得期待的吸引點。隨著將蔣勳散文作品摘選成《路上書》、《忘言書》、《欲愛書》，以及《蔣勳說紅樓夢》、《美，看不見的競爭力》、《蔣勳說宋詞》、《蔣勳說唐詩》進軍大陸文化市場，蔣勳文化名人的身分也逐漸爲大陸文化圈及其追星族所熟悉和認可。

一些知識分子死讀書讀死書，把自己搞得滿臉浮腫，一身鬱結，而蔣勳學養豐厚，卻又不爲躁鬱所苦。他這些年做美學的推廣，重要的是希望人們能夠用一種修行的、思辨的態度看待周圍的事物，所以他大膽稱母愛有時是一種「暴力」。蔣勳的成功之處，正在於這種逆向思維的運用。如說起「孤獨」，人們馬上會聯想到鰥寡孤獨這個成語，聯想到那些沒有雙親的孤兒，沒有子女贍養的是獨居長者。用儒家的話來講，孤獨是倫理不夠完美。在這種狀況下，最後每個獨立的個人是找不到自己的。但蔣勳告訴我們：一個人如果就是孤獨的話，那兩個人難道就不孤獨嗎？在蔣勳眼中，華人世界不是孤獨太多了，反而是太少了。孤獨並不可怕，不妨倒過來看：「可是你同時發現，戲臺上有了某種倒掛，皇帝稱自己是寡人，這就不再是倫理學中的可憐者，而是變成了有點兒自負的含義，像是莊子『獨與天地精神往來』的感覺，有自賞和孤傲在裡面。」（註三七）蔣勳這樣講，與其說反叛傳統，不如說在人的物化、官學的限制、信仰的缺失和急功近利的二十一世紀，文化知識需要更新和碰撞，這樣才有可能建立起一個華人社會自己的倫理。

從上世紀九十年代開始，蔣勳一邊在大學裡教美術史、美學，一邊多次舉辦畫展，並開始用演講的方式普及經典。他對《紅樓夢》獨特且全方位平民視角的解讀，讓著名影星林青霞每週必自香港飛臺灣親聽蔣勳授課《紅樓夢》，並稱蔣勳老師是她唯一的偶像。在普及生活美學知識方面，他也有灼見。比如對美是什麼這一玄虛話題，蔣勳主張不妨氣定神閒、雲淡風輕地用聊天的方式來討論。按他的說法，美都在生活之中，在食衣住行裡，離開生活是不存在美的。蔣勳由此引用康德所說「美是一種無目的的快樂。」是一種無所求的快樂。這種如沐春風般的授業解惑，在越來越功利的生活中，當然會教會讀者如何閒庭漫步，去享受綠色的人生和有朝氣有情調的生活。

新世紀到北京後，蔣勳繼續做這方面的工作，在普及美學常識和美化人們的生活方面同樣引發轟動效應。這與他認爲眞正的哲學家不僅是論述，就是論述也不能爲古人背書，而必須用現代人的眼光解讀經典，爲今天的讀者詮釋傳統文化有關。比如社會上流傳「做企業用儒家，人在失意的時候用莊子，老年用佛學」這種說法蔣勳認爲對此不妨用逆向法思考：謝安其實就是用老莊打了勝仗，他此前隱居四十年，眞的是富貴如浮雲，沒有輸贏心態才會打仗。有些話看起來好像很消極，但是正因爲有了這個部分，反而走向世俗，所有東西都可以放開享有，花開草長都開心。「我自己覺得我是個很開心的人，可是底層上是非常大的虛無，生命到最後是很大的荒涼感，但是這不影響你在片刻裡跟每個生命的短暫相處，那個珍惜的當下，是非常非常珍貴的。每個片段加起來才是有意義的，這個也是存在主義要講的，存在主義並沒有終極的東西。」他的演講就這樣融入了個人記憶和獨立思考，既有語言的親和力，又有一定的理論深度。

蔣勳曾寫過這樣的詩句，「生命的賭桌上，我一定輸完才走。」其實，蔣氏在大陸二〇一〇年前一直是大贏家。無論是學識還是演講才能，蔣勳均不會輸於北京「中央電視臺」「百家講壇」的講者。他本人也很關注這個講壇，裡面講的經典都是他青澀歲月在臺北重慶南路閱讀過的作品，且經典裡其實也有很多與現代社會相關的東西。蔣勳舉例說：「《論語》裡有個故事，說爸爸去偷別人的羊，然後兒子就去告他爸爸，大家都說這個兒子不錯，就跟孔子講，孔子很不以爲然地說『父爲子隱，子爲父隱，直在其中矣。』」蔣勳起初聽這個故事時以爲孔子說的隱是隱瞞，後來才明白孔子說的是隱惡揚善。一個社會到了父親告兒子、兒子告父親，到了全部訴諸法律的時候，這種大義滅親的行爲是十分可怕的，因爲法律之外還有更複雜的人跟人的關係。孔子思考得很深，他提醒我們，在這個過程中，事情不一定非要這樣做。蔣勳由此感歎：「經典停留在那裡其實就是要被挑釁的，經典應該是每個人用生命行爲去印證。」蔣勳在這裡沒有把經典疑固化定格化，而是由表及裡，由此及彼，與古人與聖人對話，且是深層次的對話，並舉出很多現代的實例來強化自己演講的可聽性，年輕人對這樣的傳述方式自然會感到比課堂上聽「高級而無趣」的授課更有吸引力。正是借著這種機會，讓下一代去讀原典，接下來就是比較名家聽觀點然後得出自己的看法，這便是「高級而有趣」的蔣勳重建倫理道德及傳播精神文明的眞正目的所在。

在大陸，人們最初知道蔣勳是在臺北曾獲得中興文藝獎及《中國時報》散文推薦獎的詩和散文。其文筆清麗流暢，說理明白透闢，兼具感性與知性之美。蔣勳曾說：「我寫過小說，出了兩本詩集，散文卻一直是我最喜歡的一種文學形式。但是我也知道，散文到最後，恐怕不只是文學技巧，而是要在情懷、氣度上完成一種典範。」他認爲作爲作家「入場券」的散文幾乎一直是中國文學的正統，而作爲作家「身分證」的詩和小說都必須要從散文的基礎發展出來。正是憑著這種「入場券」與「身分證」，蔣勳在大陸分別以「蘇東坡寒食帖——從臺北故宮一件書法眞品談起」及「宋徽宗詩帖」爲講題，從純藝術角度出發，引導觀眾用心體會中國書法美學的獨特魅力。蔣勳擅長將藝術現象加以哲理化和戲劇化，從而做到了深入淺出而非淺入深出。「如果說文字是蔣勳美學的表達，那建立蔣勳美學緣分的則是詩與畫。在《忘言書》中，蔣勳在花木桀竹、貓雨苔蟬、舊人往事之外，還配上所畫簡單、靈動的插圖，清新雋永，令人回味無窮。而本書名也極具美學禪意，取自『欲辯已忘言』，指的是生活中普通平凡的事物、隨生隨滅的想法。而最爲大家所稱道的則是蔣勳導讀的〈富春山居圖卷〉，作者在書中用優美的語言引領讀者賞析渾厚大氣的長卷風景，同事也注重解析對畫卷背後的哲思，並且對畫作的美學價值及歷史價值進行深度剖析，將畫卷背後獨特的東方美學和人生哲學娓娓道來。蔣勳表示，黃公望在〈富春山居圖〉圖卷裡傳達了他信仰的老莊道家哲學，萬物靜觀，沉澱出清明悠遠的生命情懷，對生活在匆忙急迫中的現代人，更可以提供精神上的另一種嚮往。」(註三八)

作爲近年來受大陸最多追捧的一位藝術學者蔣勳，他的《蔣勳說宋詞》、《蔣勳說唐詩》以及《漢字書法之美》，一直是讀書界、出版界的熱點。由於傳媒及粉絲們的捧場，蔣勳順理成章地被戴上「美學大師」的高帽。但潮流滾滾，不免泥沙俱下。浙江大學傳媒與國際文化學院江弱水教授，接連對蔣勳文本進行細讀，並以〈蔣勳的書是中文世界裡的三聚氰胺〉、〈美言還是不信的蔣勳〉等文章指出蔣氏著述中諸多的錯誤，如蔣勳說：越王勾踐一次給吳王夫差送去十幾個美女做間諜。據江弱水的考證，其實只送了西施和鄭旦兩人。又如陶潛詩云：「采菊東籬下，悠然見南山。」蔣氏認爲「這其實是另外一種蒙太奇。『南山』講的是終南山，在陝西，可是他已經有了對『南山』的嚮往。」江弱水反彈道：陶淵明時在柴桑。南山指廬山，或云此處用《詩經》「如南山之壽」的典，因爲采菊是服食延年的意思，都跟終南山沾不上邊。此外，蔣勳對「縱浪大化中，不喜亦不懼」的解釋也錯了。「大化」不是蔣氏講的「生死」，而是指「自然」或「天地」。「縱浪」也不是「衝浪」，只是放縱、放浪、放達其中耳。蔣勳還將兩漢四百年縮短爲三百年（註三九）。在講『紅樓』時，又把唐玄宗寫的〈鶺鴒頌〉說成是唐高宗所作。諸如此類的錯誤，使人想起當年金文明寫的《石破天驚逗秋雨》（註四〇）所指出余秋雨百多種知識硬傷。江弱水在權威面前一點也不示「弱」，這又使人想到大陸另一位借《百家講壇》走紅的名人于丹所犯的同類常識性錯誤以及對岸的南懷瑾著作中的錯謬。

第八節 《求索》：陳映真研究的新突破

趙剛（一九五七年～），臺灣人，美國堪薩斯大學社會學博士，歷任《人間・思想》主編、東海大學社會學系教授。著有《小心國家族：批判的社運・社運的批判》、《告別妒恨：民主危機與出路的探索》（臺北：臺灣社會研究季刊雜誌社，一九九八年）、《四海困窮：戰雲下的證詞》（臺北：臺灣社會研究季刊雜誌社，二〇〇五年）、《知識之錨：當代社會理論的重建》、《頭目哈古》、《求索》（臺北：聯經出版事業公司，二〇一一年）、《橙紅的早星——隨著陳映真重訪臺灣一九六〇年代》（臺北：人間出版社，二〇一三年），另翻譯有《法國一九六八：終結的開始》。

作爲社會學者，趙剛於一九八〇年代末所寫有關工人運動的博士論文，論述了作爲臺灣第一波的自主工人運動即遠東化纖罷工的重要意義。趙剛後來對工人運動仍保持著濃厚的興趣。一九九一年從美國留學返回臺灣後，趙剛用自己的社會學專長及對現實問題的高度敏感，積極介入的社會運動和關注勞工、原住民問題，從中歸納和提煉出屬於左翼第三世界的社會學理論。

隨著臺灣社會的變化，九十年代中期本土思潮向主流論述邁進，以及族群撕裂後兩派嚴重對峙，趙剛又以其罕有的熱情投入論戰，寫了〈帝國之眼〉、〈新的民族主義，還是舊的？〉，批駁本土派的謬說。正是這種無畏精神，使趙剛在學術界成爲一匹黑馬。他不留情面向權威人士挑戰，指名道姓批評社會學界同行，被人指責爲違反學術倫理，不符合學界規範，但以「剛」著稱的趙剛，不懼怕別人的攻訐，繼續研究與所謂「臺灣民族主義」有關的省籍情結。他用田野調查的方式進行族群問題的深入研究，並不斷擴大自己的知識面，包括大陸的古籍和臺灣的徐復觀及神州大地的社會主義歷程的思考。

這種學術背景使趙剛在尋求切近歷史現實的另類思想資料的途徑中，把陳映真看成自己對現狀敏感和對體制不滿的知音，把陳氏作爲戰後思想界、文化界的標竿人物進行解剖。趙剛的出發點非常個人化，但其所關心的包含著當代臺灣左翼知識人對臺灣歷史、對臺灣左翼、對世界左翼知識傳統的批判性反省。他猶記得自己當年讀陳映真的書感動得流淚的情形。但這時的趙剛並沒有真正進入陳映真所締造的藝術世界，更多的是因爲陳氏小說氛圍給同樣壓抑的他找到了冰火相激相蕩的共鳴點。

趙剛對陳映眞的認識經歷了從量變到質變的過程。從九十年代起，由於臺灣民粹主義論述的出現，陳映眞的左派思考不符合所謂「大聲講出愛臺灣」的潮流，同樣不符合「臺灣意識」這把標尺，從而被文化界冷卻。許多人認爲陳映眞不屬於臺灣，他是典型的「中國統派作家」。這裡的「中國」和「統派」在許多人心中都是貶義詞。「作家」而「統派」，也可見陳氏並不是純藝術的作家，而是政治化的作家，因而這種作家寫的作品難免成爲政治的圖解。對這一點，作爲遠距離觀察的留美學者，趙剛也一度認同，因而不得不與「老左」陳映眞拉開距離。在自認爲是「新左」的趙剛看來，陳映眞盡管值得敬重，且他也一直在越洋訂閱《人間》雜誌，但陳映眞所尊奉的民族主義是反動保守的，這與來自於西方的民主左派認爲公平正義、社會解放、人格解放的前提是民主的架構的看法南轅北轍。

一直到二〇〇五年前後，趙剛仍無法眞正接近和認識陳映眞。後來受到關注第三世界問題陳光興的影響，尤其是在陳光興主辦陳映眞研討會邀請趙剛提供論文時，趙剛開始梳理自己對陳映眞的認識，並反思「爲什麼我在青年時代讀陳映眞會感動？感動點在哪裡？」爲回答這個問題，趙剛下決心重讀陳映眞的小說，由此把陳映眞的作品分成小說與論文兩大塊。在動筆時，他不用那種就文學論文學的方式，而是將小說嚴格保護在陳映眞創作時的歷史空間中，以便探討特定時代下即一九六〇年代的臺灣，白色恐怖、威權主義、資本主義的發展正在臺灣生猛前進而造成城鄉、階級矛盾的狀態下，特定主體——就是陳映眞把自己投射在小說文本中的那些左翼青年，的特定問題——即不可告人的左翼道德理想，與同樣不可告人的性的苦悶與欲望。爲了不使論述大而空，趙剛將陳映眞的文本一一細讀並作出筆記。

作爲從西方「新左」學術背景成長起來的趙剛，他研究陳映眞所用的是客體的知識方法，而非中國傳統的「六經注我」。沒有帶著先驗理論去整理資料和閱讀陳映眞作品的趙剛，多採用與笨功夫相對應的方式「巧」，這是以一種省事便易的概念繁衍。在閱讀陳映眞作品時，雖然不是每一篇小說都能有所得，但確有幾篇能讓他產生與陳映眞「神遇」的感覺，猶如隧道鑿穿之時透出的光。在寫作達到飽和狀態的時候，他甚至會在夢中與陳映眞擁抱，相擁而哭。不敢說趙剛的理解一定對，比如《蘋果樹》他就沒完全讀懂，但某些篇章他確實有讀「通」的感受。他對陳映眞的興趣是被他小說中豐沛的思想所牽引出來的，這不是通常意義上的文學評論，而是通過文學評論發掘陳映眞小說中的思想寶藏。爲此，趙剛將陳映眞小說創作歸納出三個維度：文本、作者與歷史。爲使這三個維度互相關聯，趙剛把文本跟作者、歷史理解爲一種複雜的互動關係，而不是以文本作爲單一對象。即使是陳映眞的現代主義色彩濃厚的小說〈祖父和傘〉、〈獵人之死〉和〈一綠色之候鳥〉，他認爲都滿溢出人道主義的溫馨，都是架構在作者所感覺到的眞實的歷史與社會的情境之上的寫作。陳映眞企圖透過這些寫作來面對他在眞實的歷史情境中自己的困擾、痛苦、掙扎、猶豫，所以趙剛認爲陳映眞的文學嚴格說起來是一個「爲己之文學」。這個「己」絕不是現代主義所經營出來的孤獨蒼白、高度纖細的個體。這些個體都不是陳映眞的「己」，陳氏的深刻之處在於把「己」和「人」關聯起來，即「己」與歷史、社會、人的關聯度非常高，對世界的剖析也包含了自剖。爲不把「己」做小，陳映眞不直接展現自身經歷，以便由小見大。陳氏的創作從始至終都沒有把自己置之於小說之外，這一傳統源於魯迅。可一旦當陳映眞放下文學之筆而與人論戰時，其思想往往就受到局限，部分失去了小說中常見的那種豐富性和複雜性。陳映眞在小說中深入宗教、性、無政府主義、中國傳統等領域，可謂浪花四起，精彩萬分，但這些問題在他的論戰文章中卻幾乎都看不到。如果和魯迅的雜文與小說的關係進行比較，陳映眞和魯迅的確有所不同。趙剛爲此

慶幸自己因爲偶然的原因再度接觸了陳映眞，不深入到他的小說的大世界，從而獲等如此豐富的思考寶藏。（註四二）

從「孤獨的左翼思考者」僞裝甚嚴的文學創作中，趙剛細究出六十年代臺灣文化人的多重面貌，尤其是陳映眞如何拷問時代和反省自身，顯得視野開闊，意義豐富。爲了弄清陳映眞留下了怎樣的思想資源，他把陳氏小說放在世界左翼運動的背景下，放在中國社會主義運動的歷史情境裡，以及中國近現代文學傳統中考察，這具體體現在趙剛的代表作《求索——陳映眞的文學之路》中。這本書第一章〈頡頏於星空與大地之間——左翼青年陳映眞對理想主義與性/兩性問題的反思〉，牢牢把握住陳映眞的每一篇作品，剖析單篇後把它們串聯起來。第二章〈反帝，與反帝之難——陳映眞〈六月裡的玫瑰花〉的刺與美〉、第三章〈從仰望聖城到復歸民眾——陳映眞小說〈雲〉裡的知識分子學習之路〉，自成天地的同時在某些地方交代了它們與其他相關小說之間的關係。第四章〈「老六篇」論——在歷史、思想與文學交會處的書寫〉以小論大，從幼看老，對陳映眞文學創作整體的核心關懷與困惑作出申論。所論的雖然是六篇作品，可在效果上是整體勾勒。趙剛盡量保留他當年特定小說理解的「昨非」，而不僅是呈現他今天的所是。

呂正惠曾用「眞了不起」這樣的字眼來形容趙剛對陳映眞早期幾篇小說的細讀。他認爲，像《祖父與傘》那樣的詮釋，恐怕任何人都想像不到。對《永恆的大地》的「破譯」，讓自以爲猜對了一半的呂正惠由此恍然大悟，認爲那才是「正解」。呂正惠跟趙剛戲稱，他天才地創造了陳映眞三大詮釋，另包括〈麵攤〉。後來呂正惠又陸續讀到趙剛的其他論文，其中對〈一綠色之候鳥〉、〈兀自照耀著的太陽〉、〈最後的夏日〉和〈雲〉的解讀，雖然都跟呂正惠原來的想法不一樣，但也立刻表示折服。呂正惠又說：「關於陳映眞許多具體作品的『破解』，趙剛遠遠超過所有以往的陳映眞評論。趙剛對陳映眞的整體研究，爲我們作了一個作家研究的示範，讓我們知道：在戰後這一個極端扭曲的臺灣社會裡，像陳映眞這樣一個知識分子，如何在青春的烏托邦幻想與政治整肅的巨大恐懼下，曲折地發展出他的小說寫作的獨特方式，以及藉由小說所折射出來的思想的軌跡；隨後，在越戰之後，他又如何發展出一套第三世界想像，並借著另一種小說，思考臺灣知識分子的位置及其潛在問題。雖然趙剛對陳映眞的研究，還伴隨著他個人作爲一個知識分子的自我反省，但把趙剛的主觀成分加以過濾，我們仍然可以看到陳映眞五十年來的創作與思考的完整的歷程」。（註四三）在戰後臺灣文學的研究中，呂正惠認爲趙剛所作的工作是獨一無二的，因爲只有對陳映眞的完整瞭解、只有在這瞭解的對照下，人們才能眞正領悟戰後臺灣文學甚至臺灣社會的根本問題。「就此而言，趙剛的研究應該得到所有臺灣文學研究者的重視。」（註四四）

趙剛對陳映眞的思想與作品的探討是一個良好的開端。他的研究表明：陳映眞的作品是一塊值得繼續深耕的重要園地。人們希望通過陳映眞及其師承的魯迅，找到更多的思想內涵與知識感覺，超越並克服長期以來兩岸知識與思想的斷裂狀態，改變過去只關注西方的偏頗，從而提煉出一種扎根於區域與歷史的知識主體性。

第九節　外來兵團：馬華學者的臺灣論述

從一九六〇年代初開始，馬來西亞到臺灣定居或學習過的馬華作家，有黃懷雲、李永平、張貴興、陳慧樺、溫瑞安、方娥眞、張錦忠、黃錦樹、林建國、陳大爲、鍾怡雯、林幸謙等。他們大部分能寫、能評、能編，尤其是以蕉風椰雨的異國情調成功地介入臺灣文場。到了一九九〇年代，旅臺馬華作家在臺灣文壇大放異彩：他們或勇奪兩大報文學獎，或在大學開設東南亞華文文學課程，或通過《中外文學》這樣的權威刊物製作馬華文學專輯，或在臺灣舉辦馬華文學研討會，或在有分量的出版社出版《南洋論述》、《馬華散文史讀本》等書，進入學院體制和占領文學講臺。他們還以自己的「臺灣經驗」審視馬華文學，在馬華文壇掀起陣陣波浪。

按陳大爲的說法，在臺灣的馬華文學可分爲「旅臺」的馬華文學和「在臺」的馬華文學。前者只包括當前在臺灣求學、就業、定居的寫作人口（雖然主要的作家和學者都定居或入籍臺灣），不含學成歸馬來西亞的「留臺」學生，也不含從未在臺居留（旅行不算）卻有文學著作在臺出版的馬華作家。從客觀層面看來，「旅臺」的意義著重於臺灣文學及文化語境對旅居的創作者產生了直接的影響，直到在臺結集出書，終成臺灣文壇一份子的過程。（註四五）王潤華便屬於旅臺的馬華詩人兼學者。陳大爲又說：「在臺」的馬華文學則是現階段馬華文學在臺灣發展的一個現象，其存在依據有一部分來自「在臺得獎」，更大的一部分來自「在臺出版」。必須先有了「旅臺」作家成功建構出風格鮮明的「赤道形聲」，再加上其餘「非旅臺」馬華作家在臺的出版成果，由此聯繫起來的馬華作家總體形象，方才構成「在臺馬華文學」的全部陣容。「馬華在臺作家」，是以人爲依據的概念，只要在臺灣出版、發表、得獎才算。「馬華在臺文學」等同於「馬華旅臺作家」卻大於「馬華旅臺文學」，這是以書爲依據的概念，只要在臺灣出版、發表、得獎都算（註四六）。不過，旅臺文學尤其是做研究的人數不多，同時期活躍在臺灣、馬來西亞文壇上的名字有陳慧樺、李有成、張錦忠、林建國、黃錦樹、陳大爲、鍾怡雯、高嘉謙等人。下面著重介紹王潤華等四人。

王潤華（一九四一年～　），生於馬來西亞吡嚦州。畢業於臺灣政治大學西語系，一九六七年赴美國加州大學，後轉入威斯康辛大學攻讀碩士及博士學位。一九七三年先後在南洋大學、新加坡國立大學中文系任教，曾任新加坡作家協會會長。二〇〇三年從新加坡國立大學退休後到臺灣元智大學任人文學院院長兼中國語文系主任，二〇一二年任馬來西亞南方大學副校長。出版有詩集、散文集數種，論著有《中西文學關係研究》（臺北：東大圖書公司，一九七八年）、《魯迅小說新論》（臺北：東大圖書公司，一九八九年）、《司空圖研究》（臺北：東大圖書公司，一九九二年）、《從新華文學到世界文學》（新加坡潮州八邑會館，一九九四年）、《華文後殖民文學》（臺北：文史哲出版社，二〇〇二年）、《跨界跨國文學解讀》（臺北：萬卷樓圖書公司，二〇〇四年）等。

從臺灣披上現代詩人衣衫的王潤華，到美國深造後發現現代派早已成爲「過去式」，他便輕解現代彩衣，回歸「天然去雕飾」的風格。他在努力把新加坡及東南亞華文文學帶向國際文壇的同時，運用自己學貫中西的長處，從事比較文學研究，就連寫單篇論文也常用比較方法，如〈沈從文小說創作的理論架構〉以及〈從沈從文的「都市文明」到林燿德的「終端機文化」〉。王潤華還從學術史的角度，探討中國文論的建構以及學者之間的學術交流和影響，如〈典範轉移：盧飛白、「芝加哥批評學派」與中國文論〉，重點評介了芝加哥批評學派的批評典範及主要成員盧飛白爲建構中國文論所進行的的實踐活動，也就是在西方文論的基礎上努力建構中國文論，用此方法來重新詮釋中國文學。

王潤華後來轉向後殖民研究，他在韓國召開的「東亞現代中文文學國際學術研討會」上發表的〈從政治文化圖騰看香港、臺灣、新加坡的後殖民文化〉，（註四七）視野開闊，在三地比較時注重從文化圖騰角度切入，從中發現圖騰的建構與當地後殖民文化相似之處。涉及到臺灣時，指出「傲慢的殖民者走後，臺灣去中國化，提倡單一的本土文化」，其後果是使「政治與社會充滿了亂象」，這種看法有著作者感同身受的體會。

黃錦樹（一九六七年～　），生於馬來西亞柔佛州，祖籍福建南安。臺灣大學中文系畢業、淡江大學中文碩士、清華大學中文系博士，現爲埔裡暨南國際大學中文系教授。曾獲臺灣《中國時報》「文學獎短篇小說首獎」、馬來西亞《星洲日報》「花蹤推薦獎」等。著有論文集《馬華文學：內在中國，語言與文學史》（吉隆玻，華社資料研究中心，一九九六年）、《馬華文學與中國性》（臺北：元尊文化出版公司，一九九八年）、《謊言或眞理的技藝》（臺北：麥田出版社，二〇〇三年）、《文與魂與體：論現代中國性》（臺北：麥田出版社，二〇〇六年）。

作爲六字輩的旅臺作家，黃錦樹是一位播種者，爲馬華文學在國外的傳播作出貢獻。他同時又是一位馬華文壇上的縱火者。在九十年代，黃錦樹以〈馬華文學經典缺席〉、〈馬華文學的悲哀〉、〈馬華現實主義的困境〉、〈中國性與表演性〉、〈誰需要馬華文學〉等一系列挑戰性的論述，用其犀利的筆鋒、尖刻的用詞、偏頗的行爲，刺傷、燒傷許多守舊的寫實主義文人——包括向方北方等前輩舉起投槍，提到一批長期受肯定的作品不過是「一堆文字垃圾」，這涉及到馬華文學發展現象及未來的走向，以至在馬華文藝界引起「燒芭」效應，被王德威戲稱爲「壞孩子」，何啓良則稱之爲「黃錦樹現象」。（註四八）

黃錦樹雖然「燒芭」，但他不像日本的某些東南亞學者認爲根本沒有所謂馬華文學，可他否認馬華文學拓荒者的貢獻，還於一九九七年馬華文學國際學術研討會上提出「斷奶論」，要與以大中國本位爲中心把馬華文學當作支流控制的奶水斷絕關係，認爲馬華的作家再喝這種奶水是對馬華文壇的一種荼毒，其實是一種意識上的斷奶。溫任平、陳雪風等人認爲中文與中華文化關係密切，此奶怎麼可能斷得掉。他們認爲黃錦樹狂妄自大、失卻理智，與「瘋子」無異。其實無論是作爲評論家還是小說家的黃錦樹，歷史是他無法迴避的命題。他處理這些命題的手法和他評述馬華文學一樣，顯得紛繁複雜乃至以「後設敘事」、歷史解構等先鋒姿態引人矚目。

馬華文學始終糾纏在複雜又弔詭的中國性上，有所謂是「在馬來西亞的中國文學」還是「在馬來西亞的華文文學」、是「馬華文學（馬來西亞的華人用華文書寫的文學）」還是「華馬文學（馬來西亞的華人用非華文書寫的文學）」的爭論。這種二元對立在臺灣也是司空見慣，如臺灣文學是「在臺灣的中國文學」還是與中國無關的「獨立」文學，兩派就此問題不斷打筆仗。黃錦樹將這種爭論歸納爲：

> 正統的「臺灣文學」定義中有著等級之分，最高級的是「本省籍具臺灣意識的文學創作」，次一級的是「外省籍具臺灣意識的文學創作」；被排除在外的是「本省籍、不具臺灣意識」及「外省籍、不具臺灣意識」的文學創作。（註四九）

黃錦樹是外來者，他當然不會贊成狹隘的臺灣文學定義，認爲廣義的臺灣文學至少應該包括上面四種。這種看法雖不「正統」卻非常客觀，從而把自己和本土論者乃至臺獨論者明確區分開來，顯示出「當局者迷，旁觀者清」的本色。黃錦樹認爲藍綠兩派的衝突是臺灣人悲哀的表現，「而馬華文學企圖清理出『臺灣化的馬華文學』，也更反映出馬華文化人無知的悲哀。」（註五〇）黃錦樹在這裡提出的

「臺灣化的馬華文學」概念，有利於馬華文學全球化，至少可擴大馬華文學在國外的影響，也可使馬華文學多一種風格。當然，如果只用臺灣標準要求馬華文學，那就會扼殺馬華文學的多元發展。排斥和清理「臺灣化的馬華文學」固然是無知的表現，但如果要求所有的馬華文學都要臺灣化，則同樣是一種無知的悲哀。對此，走火入魔的黃錦樹無疑缺乏清醒的認識。

由於黃錦樹對馬華文學有深入的研究，臺灣大百科全書網站曾請他撰寫「在臺馬華文學」詞條。作為觀察敏銳、文筆犀利、視野寬廣的評論家，無論是論大陸還是臺灣的小說，黃錦樹均用謊言和眞理作爲評判小說藝術的兩把標尺。他目光如炬，思維活躍，如批評陳芳明的《臺灣新文學史》（註五一）用「後殖民」來概括解除戒嚴以後的文學，導致他捉襟見肘。因爲「被殖民是歷史事實，再殖民論欠缺正當性（以漢人立場如此立論，有吃原住民豆腐之嫌）。後殖民論是當道的理論話語，占據的是已『人滿爲患』的邊緣位置（借王德威教授的用語）」（註五二）；又不因鄉誼和友情尖銳地批評陳大爲《最年輕的麒麟——馬華文學在臺灣（1963-2012）》的許多怪異之處，尤其是他的「三大板塊論」、「旅臺文學世代論」有商討的餘地（註五三）。黃錦樹立場嚴正的評論還表現在二〇一三年挑起有關散文的論爭（註五四）。在作品評論方面，黃錦樹有評駱以軍小說《遣悲懷》的〈死者的房間〉。在黃錦樹看來，駱以軍很可能是同輩小說家中最早確立自己寫作方向的。這部作品技術更純熟，形式也更趨完美。對張愛玲的《小團圓》，黃錦樹主張用新的眼光審視。在他看來，此書堪稱張愛玲的巓峰之作。《小團圓》比所有違反張愛玲意願「出土」的少作更有價值：「它是一個比較完整的張愛玲的世界，一部冷酷的成長小說。」其評論就這樣自成一說，誰也不敢小視他的存在。

陳大爲（一九六九年～　），祖籍廣西桂林，生於馬來西亞怡保市。臺灣師範大學文學博士，現爲臺北大學中文系教授。著有詩集、散文集數種。論文集有《思考的圓周率：馬華文學的板塊與空間書寫》（吉隆玻：大將書行，二〇〇六年）、《亞洲閱讀：都市文學與文化（1950-2004）》（臺北：萬卷樓出版公司，二〇〇四年）、《亞細亞的象形詩維》（臺北：萬卷樓圖書出版公司，二〇〇一年）、《亞洲中文現代詩的都市書寫（一九八〇～一九九九）》（臺北：萬卷樓圖書出版公司，二〇〇一年）、《存在的斷層掃描：羅門都市詩論》（臺北：文史哲出版社，一九九八年）、《最年輕的麒麟——馬華文學在臺灣（1960-2012）》（臺南：臺灣文學館出版，二〇一二年），另主編《馬華當代詩選》、《馬華文學讀本》等。

讓臺灣讀者見識馬華學者另類華語想像的陳大爲，其論述與臺灣文學呈現出疊合與互補的關係。他的〈從馬華「旅臺」文學到「在臺」馬華文學〉，（註五五）區分「留臺」、「旅臺」、「在臺」的概念，體現了思維的縝密。材料的翔實，能引發出馬華文學研究者對那些在臺灣文學史上具有重要意義的作家及作品的關注。《最年輕的麒麟——馬華文學在臺灣（1960-2012）》過高估計文學獎的作用，忽視了馬華學者在臺的學術化實踐，在章節分配上不均衡，影響了此書的價值。盡管如此，他在其他方面獨到的見解，畢竟可進一步激發臺灣文學如何吸納外來養料的討論。他的創作和論著在臺灣發表和出版，在某種意義上可視作馬華文學接受的轉向。

陳大爲的「邊緣人」身分，使他面對幽暗詭魅的吉隆坡文壇同時，又比照中國海峽兩岸，論述的對象更爲豐富。他從赤道審視臺灣，又從北京反觀南洋。他用自己的論述突現了一種常被忽略的移民史觀，使其和黃錦樹一樣，成爲「臺灣化的馬華文學」的鼓吹者和實踐者。他書寫的旅臺文學顯現出其「異質」的「混血」的張力，已成爲馬華文壇愛恨交織的一個關鍵詞，這充分體現在他的代表作《馬華當代詩選》〈內序〉中（註五六）。此文用臺灣文學標準審視馬華作家，用臺灣文學的口味鑒賞馬華新詩。他用「愛之深，責之切」的方式猛批馬華詩人的膚淺與無能：「馬華的詩史少說也有七十年。我對一九七〇年以前的詩不感興趣，大多是粗糙的吶喊，不堪入目。」又說：北京出版的馬華文學選集，「其中『爛詩』與『非詩』占了百分之九十，實在有損馬華詩譽。」這種偏激的言論，去掉其不合理的成分，畢竟有助於馬華文學閱讀譜系的強化和創作水平的提高。陳大爲這種不唱讚美詩的戰鬥性格，使其和主張「與中國文學斷奶」的林建國一樣，成爲讓馬華文壇產生莫大敵意的隊伍的一員幹將。

鍾怡雯（一九六九年～　），馬來西亞怡保市人，祖籍廣東梅縣。臺灣師範大學國文系畢業，爲臺灣師大國文所碩士、博士。曾任《國文天地》雜誌主編，現爲元智大學中語系教授。論文集有《莫言小說：歷史的重構》（臺北：文史哲出版社，一九九七年）、《亞洲華文散文的中國圖像：1949～1999》（臺北：萬卷樓圖書公司，二〇〇一年）、《無盡的追尋：當代散文詮釋與批評》（臺北：聯合文學出版社，二〇〇四年）、《內斂的抒情：華文文學論評》（臺北：聯合文學出版社，二〇〇八年）、《馬華文學史與浪漫傳統》（臺北：萬卷樓圖書公司，二〇〇九年）、《經典的誤讀與定位：華文文學專題研究》（臺北：萬卷樓圖書公司，二〇〇九年）。

兼有作家及評論家身分的鍾怡雯，創作融合感性與理性，評論兼及馬華文學與臺灣文學。鍾怡雯創作的題材幾乎無所不包，對臺灣文學也有與眾不同的解讀。她的評論分兩部分，一是學院體的長篇論文，如〈從追尋到僞裝——馬華散文的中國圖像〉。（註五七）作者認爲，馬華散文對中國的書寫，是一種文化認同。面對現實性中國已赤化的事實，只有透過象徵符號與歷史聯結才能發揮其中國想像。涉及臺灣文學的有〈詩的煉丹術——余光中的散文實驗及其文學史意義〉（註五八）：透過解讀余光中

〈剪掉散文的辮子〉，探討余氏的散文實驗精神。鍾怡雯先從余光中的方法論出發，論述他對五四白話文的反省和批判；另從建設的角度，橫向分析他充滿形式主義色彩的散文實驗，縱向論及他與梁實秋、胡適之間的對話關係，借此論述餘氏散文觀在文論史上的意義。此外，還有文學時評，如在《聯合報》發表批評當前文學獎亂象的〈神話不再〉（註五九），以誠信和道德的尺度，對某些作者爲獲獎而消費愛滋感染者的做法提出質疑，引起爭論和非議。

綜觀臺灣文學系統內馬華文論的生產，其所占據的位置和論述對象的邊緣性，並不妨礙它在華文文論版圖上占有重要板塊。它使過於單一的臺灣本土論述保留了一個特殊的華人溝通地帶，進一步調整臺灣文壇有關鄉土、族群、離散和後殖民議題的關係，同時開闢宗教、雨林、移民史等題材的論述內容。

總之，作爲臺灣論述的馬華學者，是臺灣文壇人數眾多、地域最集中的外來詮釋集團。這種「文學奇兵」（註六〇），對臺馬文學之間的影響和互動顯然有極大的意義。它除補足過去臺灣本土文學對外來文學接受的局限外，同時擴張了臺灣文學的外部視野。在臺馬華教授的這些發聲盡管有時針鋒相對，但畢竟具體揭示了臺灣文學的多元，呈現出中國臺灣和馬來西亞兩地文學重疊的結構。不過，他們的邊緣性決定了馬華作家在臺灣的論述無法進入臺灣文壇主流，其研究成果也因爲「愛臺灣」氛圍的壓抑，無法取得更多的知音。

注釋

一　成　都：《當代文壇》，二〇〇七年第三期。

二　宋澤萊：〈呼喚臺灣黎明的喇叭手——試介新一代小說家林雙不並檢討臺灣的老弱文學〉，載

《誰怕宋澤萊？》，臺北：前衛出版社，一九八六年。

三　彭瑞金：〈從《文學界》到《文學臺灣》這段文學路〉，高雄：《文學臺灣》，二〇一七年七月。

四　彭瑞金：〈從《文學界》到《文學臺灣》這段文學路〉，高雄：《文學臺灣》，二〇一七年七月。

五　彭瑞金：〈從《文學界》到《文學臺灣》這段文學路〉，高雄：《文學臺灣》，二〇一七年七月。

六　彭瑞金：〈從《文學界》到《文學臺灣》這段文學路〉，高雄：《文學臺灣》，二〇一七年七月。

七　彭瑞金：〈從《文學界》到《文學臺灣》這段文學路〉，高雄：《文學臺灣》，二〇一七年七月。

八　《臺灣文學觀察雜誌》，一九九二年七月〈總第五期〉。

九　彭瑞金：〈從《文學界》到《文學臺灣》這段文學路〉，高雄：《文學臺灣》，二〇一七年七月。

一〇　彭瑞金：〈從《文學界》到《文學臺灣》這段文學路〉，高雄：《文學臺灣》，二〇一七年七月。

一一　游勝冠：《臺灣文學本土論的興起與發展》。臺北：前衛出版社，一九九六年七月，頁四四一。

一二　彭瑞金：〈從《文學界》到《文學台灣》這段文學路〉，高雄：《文學臺灣》，二〇一七年七月。

一三　高　雄：《文學臺灣》，二〇一五年四月。

一四　臺　北：李敖出版社，二〇一一年。文中凡引李敖的話均出自此書。

一五　臺　北：天下遠見出版公司，二〇〇九年。

一六　臺　北：天下遠見出版公司，二〇〇九年。

一七　曾健民：〈內戰冷戰意識形態的新魔咒——評龍應台的一九四九〉，臺北：《臺灣立報》二〇一一年十月七、二十一日。

一八　《台灣當代女性散文史論》內容簡介，臺北：麥田出版社，二〇〇七年。

一九　柯品文：《書寫與詮釋——台灣八十年代前後家國散文之書寫探勘》，臺北：文津出版社，二〇一一年，頁一。

二〇　柯品文：《書寫與詮釋——台灣八十年代前後家國散文之書寫探勘》，臺北：文津出版社，二〇一一年，頁二九五~二九七。

二一　柯品文：《書寫與詮釋——台灣八十年代前後家國散文之書寫探勘》，臺北：文津出版社，二〇一一年，頁一二七。

二二　臺　北：秀威資訊科技公司，二〇一〇年。

二三　臺　北：秀威資訊科技公司，二〇一〇年。

二四　楊宗翰：《文學經典與台灣文學》，新北市：富春文化公司，二〇〇二年，頁二〇〇~二〇一。

二五　新北市：駱駝出版社，一九九七年。

二六　黃重添、徐學、朱雙一合著。廈門：鷺江出版社，一九九一年，頁一五一～一七〇。

二七　楊宗翰：《台灣現代詩史：批判的閱讀》，臺北：巨流圖書公司，二〇〇二年，頁三二七、一六七。

二八　楊宗翰：《臺灣文學的當代視野》，臺北：文津出版社，二〇〇二年，頁一四五、二一。

二九　關於「男女不分」的現象，大陸學者也曾出現過。一九八三年，福建人民出版社出版了一本廣東學者編的《臺灣與海外華人作家小傳》，把「尹雪曼」誤爲女作家。臺灣學者知道後，一再嘲笑大陸學者研究臺灣文學連作家是男是女都弄不清楚，「還有什麼資格去研究！」其實，當時兩岸隔絕多年，出現這類錯誤不足爲奇。如果要舉臺灣的例子也可列出不少——不過，不是「男女不分」，而是「生死不明」，比如兩岸文學交流初期，臺灣某博士以「中華商工管理協會」的名義邀請「大陸十名人」訪臺時，把去世十一年的張恨水也列入名單。

三〇　臺　北：文史哲出版社，一九八九年。

三一　高　雄：文學界雜誌社，一九八七年。

三二　臺　北：自立晚報文化出版部，一九九二年。

三三　楊宗翰：〈台灣新詩史：書寫的構圖〉，臺北：《創世紀》，二〇〇四年十月，頁一一四～一一六。

三四　楊宗翰：《台灣文學的當代視野》，臺北：文津出版社，二〇〇二年，頁二一。

三五　楊宗翰：《台灣現代詩史：批判的閱讀》，臺北：巨流圖書公司，二〇〇二年，頁三二七、一六七。

三六　周樹人：〈中文妖孽，臺文謬種〉，臺北：《文訊》，二〇〇二年十二月，頁九六。

三七　姜　妍：《蔣勳：美學的本質或是，孤獨》，《鄭州晚報》，二〇一〇年四月九日。

三八　〈蔣勳：一個美學之外的大師〉，濟南：《齊魯週刊》。

三九　江弱水：〈蔣勳的書是中文世界裡的三聚氰胺〉，廣州：《羊城晚報》，二〇一二年四月二十八日。「三聚氰胺」是大陸藥品市場出現的僞劣產品。

四〇　山　西：書海出版社，二〇〇三年。

四一　見張中行對南懷瑾的批評，廣州：《羊城晚報》，二〇一三年四月二十一日。

四二　此節參考了李孟舜根據二〇一〇年九月二十四日中國社科院文學所亞洲文化論壇邀請趙剛演講整理的講座錄音，李娜校訂，趙剛審定。見《華文文學》二〇一〇年第五期「重讀陳映眞」專輯。

四三　呂正惠：〈爲趙剛喝采——《求索：陳映眞的文學之路》序〉。

四四　呂正惠：〈爲趙剛喝采——《求索：陳映眞的文學之路》序〉。

四五　陳大爲：〈從馬華「旅臺」文學到「在臺」馬華文學〉，汕頭，《華文文學》，二〇一二年第六期。

四六　陳大爲：〈從馬華「旅臺」文學到「在臺」馬華文學〉，汕頭，《華文文學》，二〇一二年第六期。

四七　朴宰雨主編：《東亞現代中文文學國際學報》，首爾：二〇〇五年創刊號。

四八　何啓良：〈「黃錦樹現象」的深層意義〉，吉隆玻：《南洋商報》，一九九八年一月十八日。

四九　黃錦樹：〈馬華文學的悲哀〉，吉隆玻：《南洋商報》，一九九六年十二月十八日。

五〇　黃錦樹：〈馬華文學的悲哀〉，吉隆玻：《南洋商報》，一九九六年十二月十八日。

五一　陳芳明：《台灣新文學史》，臺北：聯經出版事業公司，二〇一一年。

五二　黃錦樹：〈誰的臺灣文學史？〉，臺北：《中國時報》「開卷副刊」，二〇一一年十月二十九日。

五三　黃錦樹：〈這隻斑馬——評陳大爲《最年輕的麒麟——馬華文學在臺灣（1963-2012）》〉，臺南：《台灣文學館通訊》，二〇一三年三月。

五四　黃錦樹：〈文心凋零〉，臺北：《中國時報》，二〇一三年五月二十日。

五五　陳大爲：〈從馬華「旅臺」文學到「在臺」馬華文學〉，汕頭，《華文文學》，二〇一二年第六期。

五六　馬來西亞：《蕉風》第四七一期，一九九六年三、四月號。

五七　鍾怡雯、陳大爲主編：《馬華散文史讀本（1957-2007）》，第一卷，臺北：萬卷樓圖書公司，二〇〇七年，頁三三七~三八二。

五八　汕　頭：《華文文學》，二〇〇八年第四期。

五九　臺　北：《聯合報》，二〇一二年十月七日。

六〇　陳雅玲：〈文學奇兵逐鹿「新中原」〉，香港：《光華》第二十三卷第七期，一九九八年七月。

第三章　臺大外文系評論家群

余光中談到五、六十年代時說：「文學史寫到哪一章，簡直像臺大外語系的同學錄」（註一）。以評論家而論，臺大外文系出身的就有顏元叔、余光中、葉維廉、劉紹銘、李歐梵、歐陽子、張漢良。二十世紀末至新世紀，又出現了第三編所述的廖炳惠及本編論及的張誦聖、廖咸浩、劉亮雅等人。

臺大外文系評論家是一個群體，而不是流派。其共同點都是用西方文論研究當代臺灣文學，文中雜用眾多名詞述語，愛用外文加注，文風酷似翻譯體。

第一節　張誦聖：海外學者的新寵

張誦聖（一九五一年～　），祖籍安徽，生於臺灣屏東，臺灣大學外文系畢業，美國密西根大學文學碩士，史丹福大學文學博士。歷任臺灣大學外文系客座講師、美國堪薩斯大學東亞系助理教授、美國德州大學亞洲研究系及比較文學研究所教授、美國中文及比較文學學會會長。出版有英文著作《現代主義與本土對抗——當代臺灣中文小說》（*Modernism and the Natiuist Resistance: Contemporary Fictions from Taiwan.* Durham: Duke University Press, 1993）、《當代臺灣文學生態：從戒嚴法則到市場規律》（二〇〇四年），中文著作有《文學場域的變遷》（臺北：聯合文學出版社，二〇〇一年），另與安卡芙合編《雨後春筍——當代臺灣女作家作品選》，還有多篇討論臺灣現當代文學、文化之中英論文。

海外華人學者不是一個聯繫緊密、共性突出的理論群體，他們還未形成理論流派。不管是李歐梵、王德威，還是在世紀末叱吒文壇的張誦聖，各人的研究對象和研究方法並不雷同。比起同是臺灣大學外文系出身的李、王二人來，張誦聖的研究沒有全面開花，而是以臺灣現代小說研究爲主。

在五、六十年代，對臺灣現代主義的評價主要有兩派：一是持高度肯定的新批評學派，二是認爲現代主義小說蒼白、頹廢、逃避的鄉土派。張誦聖認爲，這兩派看似針鋒相對，其實所秉存的均是本質主義的思維方式：將文學作品看成封閉的個體成品，這裡蘊含著靜態的、分離式的文學史觀。爲了從這種思維方式走出來，張誦聖用關係主義去匡正。這種「主義」強調在某個特定的歷史時空中，去考察「現代主義」這一文學符碼與本地主流文學符碼構成的衝撞、衍化等動態的文學演變方式。她指出，「如果我們接受後結構主義理論的啓示，而認識到所有的意義單位，包括作品和個人的主體意識，實際上都是由文化社會中各種意義系統交匯而組構成的，那麼我們文學研究的最重要的對象，便應該是各種意義系統交會時的動態關係。由這個觀點出發，我們研究現代主義對臺灣文學的影響時，便應著重於這一套外來的文學符碼所帶來的各種意義系統（包括認知形式和美學原則等）被個別作家吸收採納的情況，以及它們和臺灣原來通行的文學成規、審美意識、寫作閱讀習慣之間互相衝擊而演化出新秩序的過程。」

沿著這種思路，在研究臺灣六十年代爲何會崛起現代主義風潮時，張誦聖從當時的文學與文化環境考察，認爲冷戰的政治氛圍、黨國教化詮釋體系、在安定中求經濟繁榮的集體意識，使得社會充斥著「類似維多利亞時代的中產社會自足保守和安定停滯的意識形態以及中國傳統文化在這樣一個社會中的積澱」。對五、六十年代流行的戰鬥文學與懷鄉文學，張誦聖不贊成將其籠統概括爲「反共懷鄉文學」，而應看到兩者的差別：戰鬥文學是硬性的，懷鄉文學是軟性的，它「糅合古典抒情與五四浪漫遺緒的軟性寫實文學形式，這一美學框架暗中設定了作家處理題材的方式」，從而使得五十年代的琦君、林海音、朱西甯、潘人木等人往往不能超越常情所界定的舒適範圍去挖掘經驗的眞實。六十年代以《現代文學》雜誌爲核心的白先勇等現代派作家，則企圖通過現代主義這一新的文學思潮，去表達他們所感受的生活眞實與富有懷疑意識的文化批判。具體而言，在臺灣的現代派文學實踐中，張誦聖認爲有兩種美學原則最爲突出：第一，「高度知性化地追求文學形式（表層結構）與『現代』認知精神（深層結構）之間精緻的對應和結合」；第二，「服膺『唯有透過最深徹的個人體驗，和最忠實的微觀式細節描寫，才能呈現最具共通性眞理』的弔詭（或悖論）原則。」

作爲外文系出身的學者張誦聖，一直在埋頭做自己與國外大師的「聯繫」工作。她引進一些新理論新方法，滿足了年輕一代對西方文論的饑渴與崇拜，另一方面也爲詮釋臺灣文學現象開闢了一條新路。如在詮釋紀弦、白先勇的現代派文學時，她「拿來」雷・威廉斯的主導文化、反對文化、另類文化的架構，將受西潮影響、具精英主義特質的現代主義文學運動看成爲相對於臺灣戒嚴時期主導文化的另類文化形構，而將傾向於民族主義、社會主義的鄉土文學運動，當作爲戒嚴時期的「反對」文化形構。張誦聖的另一貢獻是爲臺灣學界引進布爾迪厄「文學場域」的概念，來扭轉眾多學者以作家、作品、思潮爲文學史中心的實證性傾向，轉而強調「整體文學場域裡的結構關係」的思考面向。她以場域理論檢視八十年代臺灣文學，重點研究文化場域內部結構關係，呈現出一種有自我特色的頗成系統的文學生態。在討論臺灣現代主義文學時，張誦聖不贊成小視文化社會經濟層面的「主觀論」和「客觀論」，也不認同忽略「主動者」的「內部分析」和「外部分析」，從而肯定布爾迪厄發明的「field」（場域，具有自主性和獨特的運作規則）和「habitus」（習性、氣質、身態及心態、受形塑且具有形塑潛能的秉性及行爲模式）的觀念，去闡明主客之間彼此滲透的途徑和必然性。在張誦聖看來，「布迪歐理論的優點，在於強調文化生產場域的自我運作規則與權力場域之間弔詭的互動關係。占有（或取得）資本、資源雙方面優勢的作者或文化機構，一方面得到傳播管道以及其它『政治正當性』的象徵利益，另一方面卻必須參與自主性逐漸強的文化場域內『文化正當性』（cultural legitimacy）的激烈爭逐。而後項競爭同時受到個別作家（或文化機構的領導者）的才情與企圖心、藝術流派師承、位置攫取策略等等因素所制約。因此要瞭解這個文學現象，不是抽象地指出『物質或象徵利益』的流向就可了事，而是需要耐心探究、以求能夠準確地描述出政治對文化場域的主導如何轉譯為具體的藝術風格、主題取向、美學原則等等文學表徵。」據鄭國慶分析，在運用布氏這一理論架構來觀察臺灣文學史的發展變動時，張誦聖細膩出入內部／外部、美學／社會之間的精微研究，對於目前臺灣某些文學研究族群立場掛帥的簡單化傾向是個有效的針砭。對於大陸當代文學研究擺蕩於強調「純文學」與「介入」、藝術性與政治性二元對立之間的偽命題也提供了一個更為複雜與有效的研究模型。（註一）

不人云亦云的張誦聖，不走傳統流行路線。她研究臺灣女性文學，不按牌理出牌，不從女性主義立場出發。在〈臺灣女作家與當代主導文化〉一文中，她試圖從文類成規、美學風格與主導文化關係的角度來探討臺灣女作家的文學書寫。張誦聖特別區分了「官方意識」與「主導文化」。在她看來，主導文化雖受官方意識支配，但並不能因此與官方意識劃等號，因為它還受到文化場域自身內部規則、編輯、作家個人能動性等因素的影響，比如臺灣二十世紀五十年代反共宣傳性質的文學與在產生反共文學的文化氛圍中出現的文化產品，就不能一概而論，後者雖然與前者同受到文藝政策的制約，但仍然有它自己的特性。張誦聖概括歸納臺灣五十年代軟性威權政體下的主導文化的文學特性為：第一，經過轉化的中國傳統審美價值；第二，保守自限的世故妥協心態；第三，與新興都市媒體一起成長的中產品味。這樣一種軟性、主觀、抒情、偏右翼性質的文學類型，在五十年代的當道也適時提供了戰後第一代臺灣女作家的生長空間，此中「文類形式的性別化」是這一文學問題的關鍵。

八十年代以後，臺灣文學評論界的一個重要變化是學院派的出現。從事批評的人不再是兼職的作家，而主要是教授或講師。日趨專業化的批評與之相伴的是術語化的出現，這就難怪張誦聖的論著，名詞述語特多：其概念多來自於國外，而不是從作品本身生發出來的，給人食洋不化之感。與此相關的是文字詰屈聱牙讀來非常費勁，但她引進的「文學體制」概念，仍有積極意義。在〈「文學體制」與現當代中國/臺灣文學——一個方法學的初步審思〉中，張誦聖借助德國學者彼德·何恆達關於「文學體制」的定義，重申此概念對於傳統文學史研究所忽略的面向可能的補足。這個文學體制，既包括了影響文學生產和接受的文化體制如出版、媒體、教育體制等，也是經由各種體制性力量的傳播，獲得正當性的有關「何爲文學」的種種論述與觀念。「文學」作爲一種現代社會體制，不僅是個人創作想像力的結晶，更是社會上多股力量交叉、集體經營的產物。張誦聖強調說，之所以用「文學體制」這個新詞，「主要是希望能看清一些傳統研究裡不常正視的力量結構性的運作」。這與她使用布爾迪厄「文學場域」的概念來突破傳統文學史研究的「實性」傾向其實是一脈相承的。在這篇論文中，張誦聖更指出在處理中國/臺灣文學研究中特別必須注意的「在地性」：非西方國家「被動性現代化」以及「不均衡現代性」（前現代、現代、後現代在不同地域的共存、交叉與混雜）的歷史情境之下，「文學」作爲一種現代社會體制可能具有的特殊性質與功用。近年來有關文學體制與場域的研究，北京大學洪子誠、邵燕君等人曾作出呼應。

新穎的文學觀念與對白先勇《孽子》準確的定位及其理論闡釋，使張誦聖的文學研究獨樹一幟。進入新世紀後，她一邊出版論文集，一邊回臺演講，適時地提出新的研究思路，如她在臺灣大學的演講中提出了一些新構想：以東亞爲範疇的比較文學框架，這與中國大陸學界近年「以亞洲爲方法」的研究議題有相似之處。張誦聖指出冷戰時期東亞國家文化場域具有某種程度的同構性，可以作有意義的比較，同時非西方社會現代化進程與美學現代主義之間的關係絕不能做西方式的類比，如傑姆遜「三段式」對應的說法——寫實主義跟資產階級資本主義、現代主義跟繁盛期資本主義、後現代主義跟晚期資本主義之間的對應，「將臺灣、中國大陸、日本在二十世紀不同時段裡所發生的現代主義文學運動和當時歷史脈絡之間的關係稍作對比，可以觀察到一個有趣的現象：現代主義作爲一個文化場域裡的美學運動，當它輸入臺灣（二十世紀三十年代的後半期；五十年代末到六十年代），中國大陸（二十世紀三十年代和八十年代），或是戰前的日本、戰後的南韓，似乎都巧合地是在當地社會進入一段快速經濟成長的現代化時期『之前』，而不是『之後』，因此顯然無法純粹地將它視爲對『現代性』的文化反應。」張誦聖所提出的這一新歷史語境的考驗，同樣是正急劇加入全球資本主義的中國大陸的文學研究者必須面對的難題。（註二）

張誦聖另一重要課題「臺灣文學生態」，不強調近距離的文本解讀與美學品鑑，或中距離的流派認定與作家分類，而是以一九四九年後臺灣文學場域次第蟬變的過程爲主要觀察對象，試圖找出它由政治主導過度到服從市場法則的變遷過程及歷史動因。由於她前一本英文著作處理的是現代主義文學和鄉土派對它的反擊，這本書的重點就放在與戒嚴時期強勢主導文化相互對應的主流文學位置上，以及這個主流位置在七、八十年代臺灣經濟飛躍、政治力狂飆、公民社會崛起的熱鬧無比之場景中所產生的質變。張誦聖捨棄一般人所熟悉的「流派」、「運動」等常用詞彙而使用「位置」，是因爲這個從皮耶．布爾迪厄的場域理論發展出來的概念，有利於將觀察的焦點從作家、作品轉移到較爲抽象的「文學生產場域」之上——包括這個場域的組成結構、支配規律與網路關係等。張誦聖認爲在文學場域裡占有位置的，不只是作家，也可以是編輯家、出版家或出版社、讀者、雜誌、文學社團、學術研究單位等，甚至可以是某個次文類、文學事件之類。（註三）

總之，作爲臺灣小說研究家的張誦聖，從八十年代後期起關注臺灣文學現象相關議題，尤於文學場域及相關論述上下功夫最多。她將注意力從以被絕對化的思潮轉移到這些被引介的思潮在本土場域中如何擴散、生根轉化等的過程，跳出將政經場域的運作規律或直接或迂迴地投射到文化場域的評論模式，而開創出新的評論視野，她本人也由此成爲海外學者的新寵。

第二節　探討現代性和後現代性的廖咸浩

廖咸浩（一九五五年～　），臺北人。畢業於臺灣大學外文系，後獲美國史丹福大學文學博士學位，另在哈佛大學從事博士後研究。曾任臺灣大學外文系主任暨研究所所長、《中外文學》發行人、中華民國比較文學學會理事長、臺北市文化局局長、臺灣大學主任秘書。現爲臺灣大學外文系教授、逢甲大學兼任講座教授。著有散文集《迷蝶》（臺北：印刻文學生活雜誌出版公司，二〇〇三年），評論集《愛與解構——當代臺灣文學評論與文化觀察》（臺北：聯合文學出版社，一九九五年）、《美麗新世紀——前現代．現代．後現代》（臺北：印刻文學生活雜誌出版公司，二〇〇三年），編有《八十四年度小說選》（臺北：爾雅出版社，二〇〇五年）。另有專論《紅樓夢》、臺灣電影及美國現代詩之學術著作以及中、英文詩歌集。

廖咸浩研究範圍包括文學與文化理論（精神分析，後殖民理論，全球化與跨國主義，德勒茲，後人類理論）、現代與後現代性、文化政策、比較詩學、英美現代詩、西方後現代小說、《紅樓夢》、電影詩學、道家美學、臺灣文學及文化等。

廖咸浩寫過詩、散文與小說，也是臺灣少數能以詩入歌且能自彈自唱的詩人。大學時於臺大創辦「眾神詩社」，即開始以木吉他伴奏，於各校演唱會及咖啡廳演出自己的詩歌。他的文學研究也有如「移動的迷宮」，不斷給讀者新的啓示。

八十年代中期返臺後的廖咸浩，最初的研究領域爲比較詩學，以現代性與後現代性爲關注核心。後因躬逢社會巨變，目睹種種迷離眩目的文化現象，基於求知欲與使命感，由此展開臺灣文學與文化的相關研究。一九九二年他擔任《中外文學》總編輯期間，在八月號以開啓「良性互動的理性討論風氣」爲名，刊登了邱貴芬與廖朝陽就臺灣人身分認同與方興未艾的臺灣文化與後殖民論述問題的對談文章，爲後來吳全成任總編輯時期所安排的「對話空間」作了先導。在辦刊和教學過程中，廖咸浩隨即發現臺灣與現代性的糾葛，實須回到明清時期中國之本土現代性與西方現代性協商互動的歷史，以探其根柢，遂將原已涉入的紅學研究加以深化。新千年則因參與文化政策的規劃與執行，另開發文化政策研究。又復因對傳統道家身體之論述及實踐的接觸，而能與西方當代理論中論系統與能量之一支相互彰顯，並開展從生命與能量角度展開相關的詩學及身體的研究。無論哪個階段，廖咸浩均以「現代性」與「後現代性」爲研究核心，以當代理論之融會使用爲經，歐美與華文世界的互動爲緯，發展出下列五個互有牽聯、互相燭照的研究領域：

一、現代主義及後現代（比較）詩學及美學，其中以前衛及後現代主義爲主要探討對象；

二、西方現代性從殖民時期到全球化時期對於臺灣現代文學及文化之影響——以本土主義、現代性及文化傳統之間的互動與協商爲主；

三、透過對明清之際興起的「中國現代性」與西方現代性的互動與協商，對《紅樓夢》進行全面重讀；

四、文化政策理論與操作——以臺灣特殊情境下的文化政策爲探討核心；

五、從生命與能量出發，對詩學及身體的研究，其中以德勒茲爲主，並佐以當前最具解釋力的新理論，如系統理論、混沌理論、繁複理論。

下面是廖咸浩對當代臺灣文學理論研究的重點與貢獻：

一　現代主義及後現代（比較）詩學及美學

在此領域的研究廖咸浩分作三階段：自一九八六至二〇〇〇年間以建立個人詩學爲主，從建立抒情詩的模式到當代對其美學基礎的反思，到前衛詩與後現代詩對詩學的延展，完成對前衛詩學的初步探討。二〇〇〇至二〇〇五年之間，則集中重審前衛詩發軔的根源「布爾喬亞現代性」。二〇〇六年起聚焦在前衛現代性與本土文化的翻譯與番異關係。此三階段的成果將前衛詩的西方源頭、本土變異做了徹底的檢視，不僅建立了華語世界獨樹一幟的前衛詩學，對西方中心的前衛美學亦能補其缺漏。這部分研究已整合成兩本書：《前衛美學的系譜：當代與在地》及《眞實政治學：從前衛運動到後現代主義中的美學、倫理學、眞實》。

廖咸浩於一九八六年開始發表比較詩學相關論文。一九八六至一九八九年的論文以拉崗及海德格理論，爲抒情詩的「自我」與「他者」間的動能建立三種類型，以解釋抒情詩的人我關係。一九九二年的論文開始探討前衛詩的議題。其中二篇論文在美國當代詩的研究上深入前人未及的領域：一是一九九六年發表的〈咄咄書空：「語言詩派」的「後現代」文本政治〉，以「語言詩派」的語言策略爲對象，探討「前衛」在當代的可能性；另一是一九九五年發表的〈水晶的誘惑〉，以波希亞之誘惑理論，鉤勒美國詩人Ashbery的後現代視域及後現代詩的可能性，在美國當代詩的研究上深入前人未及的領域。二〇〇〇至二〇〇五年間的五篇相關論文則檢視前衛詩的背景——布爾喬亞現代性——中的相關重要議題，其中尤以於二〇〇〇年應日本東京大學邀請發表的專題演講論文，從亞洲社會（以臺灣爲例）對後現代性的接受，看後現代性與布爾喬亞現代性之間既批判又共謀的關係，最受矚目。〈斜眼觀天另有天：文學現代性在臺灣〉等三篇論文，分別探討了前衛、現代主義、馬克思現代性與布爾喬亞現代性輸入中國大陸及臺灣如何影響現代詩的發展與面貌；西方現代性與本土現代性的互動與協商，以及西方現代性的誤讀與在地化。

二　殖民時期到全球化時期，西方現代性對臺灣現代文學及文化的影響

廖咸浩在這個領域的研究分兩個階段：一九九〇至二〇〇五間，展開對臺灣文學與文化的思考，由國族認同議題切入，將陳舊的國族主論述以當代理論重新審視，並逐漸發展出以cyborgian practice 或 politics of amorphousness爲基礎的文化觀。二〇〇六年迄今進一步演繹上述文化觀，推展爲「後中國文學與文化」架構，作爲實際操作的範式。該範式不但在兩岸三地獲得迴響，東亞地區亦受到矚目。

廖咸浩於一九九〇年第十四屆全國比較文學會議發表的以德勒茲理論爲基礎所撰的〈方言的文學角色：三種後結構視角〉，展開臺灣文學與文化的相關研究，此後持續耕耘臺灣研究。〈南方的覺醒〉（一九九二年）以海峽兩岸與法國的兩部電影《悲情城市》及《牛棚》，檢視兩岸同時呈現的「南方意識」對中原中心思維的挑戰；《迷蝶》（一九九六年）針對張愛玲現象，指出臺灣左右兩翼論者對張氏的不同評價各自的盲點，並鉤勒其獨特文化位置；〈漢夜未可懼，何不持炬遊〉（一九九八年）乃是臺灣第一篇討論原住民權力運動所激發的原住民新文化論述，分析其貢獻與困境，曾收入多部論文集，包括日本學界編輯的論文集。

另有兩篇論文雖未在會議發表仍具指標意義：〈導言：一種「後臺灣文學」的可能〉（一九九九年）。此文在戰後臺灣文學發展屆滿五十年之際，提出臺灣文學的知識構成必須加速進入「後臺灣文學」時期，在過度排他的國族主義與過度隨興的後現代主義之外，找到第三種超越性的可能。另一篇論文則深入民族國家對身分的透明性與首要性二者的要求，追索其布爾喬亞現代性的根源，並以此洞察審

視〈迷園〉與〈第凡內早餐〉有關身分的新思維，及其對臺灣文化多元走向的啓示。以上乃廖咸浩以當代理論對臺灣現代文學及文化所進行的開拓性研究，所涉議題既廣——如認同政治、國族主義、本土主義、語言政治、歷史詮釋、殖民主義、傳統與現代化、全球化等，探討亦深，頗可見出廖氏研究累積的連續性及見解的獨到。此外，廖氏在澳門大學舉辦的「近代公共媒體與港澳臺文學經驗」國際學術研討會上所發表的〈朝向「後中國文學」：從殖民主義及跨國主義再論華文文學的意義〉等四篇論文，均係在過去研究成果的基礎上的深化。他對臺灣的認同議題與現代性、全球化、跨國主義等議題的糾葛，從當代理論的角度——包括後殖民、跨國主義、拉崗、德勒茲、德希達、巴迪烏、阿甘卞、後人類主義、繁複理論等所做的最新觀察。另外兩個篇論文，或針對《色．戒》中的性處理，提出隱含的對國族主義的批判；或就兩部在臺灣頗受矚目的紀錄片，探討其中較隱晦的國族議題，說明臺灣知識界對國族思考可能的曙光；或就《多桑》與《戲夢人生》兩片，探討臺灣人的入贅情結，同時對比兩片中不同的politics對臺灣文化的開拓意義。《朝向「後中國文學」：從殖民主義及跨國主義再論華文文學的意義》則提出一個新的典範，即「後中國文學」，爲臺灣與大陸文學的關係，甚至東亞諸國間文學的關係，提供較具建設性的共構框架。以上論文形成完整的「後中國文學與文化」架構，以供實際操作。

三　以明清之際的「中國現代性」與西方現代性的互動與協商重讀《紅樓夢》

廖咸浩這個領域的研究分兩個階段：一九八五至二〇〇一年間，開始以當代理論重新審視《紅樓夢》，確立《紅樓夢》的後設小說架構，因而對該書許多難解、甚至自我矛盾的細節，做出了貫通的詮釋。二〇〇七年開始，則對《紅樓夢》被遺忘的政治面向進行再思考，並提出迥異前人的新詮釋。

廖咸浩於一九八五至二〇〇一年之間，先後出版與發表的相關論文有六篇。前四篇論文開啓了以當代理論研究紅學的濫觴。一九九四年的論文〈詩樂園的假與眞：《紅樓夢》中的後設論述〉尤具突破意義。該文以後現代主義、後設小說、自傳理論爲基礎，鉤勒出《紅樓夢》書中的（類）後設小說結構，並據此展示開創性見解，更大幅度的重新詮釋這部古典名著，使得後續兩篇論文遂得運用更具當代性之理論，由此對該書提出新看法。

廖咸浩對《紅樓夢》的突破性詮釋——尤其是發掘該書的後設小說結構、及對「反清悼明」內涵的再思考，在紅學界言人所未言，已受到兩岸學者的重視。

四 文化政策理論與實踐

廖咸浩於二〇〇二年應邀在臺灣師大「文化研究與英語教學研討會」作主題演講，開始以文化研究的角度切入文化政策相關的研究，同年並獲邀撰寫市長競選時的文人白皮書，而展開文化政策的介入。其後，因接任臺北市文化局長，復主持臺北市「文化產業」政策的規劃與執行，從而對文化產業相關政策亦有廣泛而深入的思考與實踐，並在諸多研討會發表論文。文化政策相關學術研究在臺灣尙屬起步。廖咸浩因有文化政策撰寫及實踐之實務經驗而有獨特的研究視點，故雖屬新研究領域，但頗有後發先至之氣勢。

五　從生命與能量出發，對詩學及身體之研究

廖咸浩重拾二十年前在臺灣率先開拓的德勒茲研究，並佐以當前最具解釋力的新理論開拓對身體、觸動、生命等的探討。研究將對照傳統道家與西方的身體與生命觀，一方面系統化道家相關論述，另一方面與西方理論互相補足。此比較研究首先將應用於比較詩學，最終將建構全新的、且不同於西方的、對身體、藝術與認同的認知。

廖咸浩由學者—官員—學者最後變身爲前衛文論家。作爲氣象開闊、實力雄厚的臺灣文學外文系學者群中的一員，他以「解構中國」的中心議題所作的探討與論辯，將記載在當代文論史上。

第三節　劉亮雅所營造的「欲望更衣室」

劉亮雅（一九五九年～　），金門縣人。臺灣大學外文系、外文所畢業，美國德州大學奥斯丁校區英美文學博士。歷任哈佛大學訪問學者、臺灣大學外文系教授兼主任、外文所所長。著有《欲望更衣室：情色小說的政治與美學》（臺北：元尊文化公司，一九九八年）、《情色世紀末：小說、性別、文化、美學》（臺北：九歌出版社，二〇〇一年）、《後現代與後殖民：解嚴以來臺灣小說專論》（臺北：麥田出版社，二〇〇六年），與人合著《台灣小說史論》。英美文學方面論文散見《中外文學》及

重大會議。並曾編譯《吳爾芙讀本》，導讀和審定《海明威》、《吳爾芙》、《康拉德》。

作為一位外文系出身的評論家，劉亮雅除研究文學外還旁及文化論述，以當代臺灣文學、英美現代主義文學、美國黑人女性小說、女性主義文學與理論、同志文學與理論為探討對象。

劉亮雅的第一本著作《欲望更衣室：情色小說的政治與美學》，所論述的是情色小說的政治與美學之間的關係。這裡所說的「更衣室」不同於試衣室，按作者的說法，這是充滿騷動的空間。裡面一穿一脫，也許就穿越了各種性別從而造成身分的轉換。在更衣室中，人們面對鏡子所看到的是眞實的自我，同時也可以透過聯想變身角色。而走過欲閉還開的更衣室，流轉的目光不僅可以勾起偷窺的欲望，而且還可以進一步聯想到其中蘊含的權力關係。

作為充滿變異性的更衣室，女人可以在這裡扮男裝，或扮少婦或老媼，而男人同樣可以穿裙子扮女人，這也許就是男變女或演繹成為同性戀變異性戀，甚至女異性戀變男同性戀、男同性戀變女同性戀。總之，是各種性別與性身分的穿越與轉換。

想像力超強的劉亮雅，認為欲望離不開男女關係，作為研究者更應去窺探由此而來的性意識及其權力關係。《欲望更衣室：情色小說的政治與美學》出版後，劉亮雅繼續研究情色文學與「同志小說」，發表了一系列有關同性戀和酷兒的論文，較重要的有〈邊緣發聲：解嚴以來的臺灣同志小說〉，（註四）最重要者則為〈後現代與後殖民：論解嚴以來的臺灣小說〉。（註五）後者長達五萬餘字，除導論外，共分「文化層面上臺灣的後現代與後殖民」、「解嚴以來臺灣小說中的後現代與後殖民」兩大部分。作者專論一九八七年以後的眷村文學、情欲寫作、原住民文學、後現代寫作，還包括媒體與出版業生態以及翻譯的後現代與翻譯的後殖民，在作文本的分析的同時兼有深度的歷史回顧。

隨著民主化和本土化運動、臺灣經濟持續的穩定和繁榮，以及各種西方思潮的引進，在臺灣文論界先是有羅青等人於八十年代中期譯介的過於歷史化的後現代，接著是被嘲弄為過分國際化的後殖民在九十年代初期起風靡一時。兩者各占據自己的舞臺，它們時而對峙、時而又呈現融合狀態。參與後現代、後殖民討論的首先是大專院校的學者，其次有文藝界的評論家，後來許多報紙副刊編輯也捲了進來。在或強調重構圖象和族群身分、或凸顯多元異質及身分流動的學術氛圍裡，劉亮雅試圖脫離角力的怪圈，走兩者並具、混雜的第三條道路，把後現代與後殖民的長處結合起來。她認為，不論是後現代還是後殖民，都標榜去中心，「中心」不是指此岸的中國國民黨就是對岸的中國共產黨。這是一種非白即黑的線性思維方式，其特點是意識形態掛帥，劉亮雅委婉地主張拋棄這種封閉性的思維。其實，「後現代與後殖民主導文化下的多元、去中心，一方面使文學受到某種程度擠壓，另一方面也刺激更多文學獎的成立。」（註六）其中後現代思考可使後殖民論者注意到更細緻更邊緣問題的存在，而後殖民思考在一定程度上也可以改造後現代去脈絡化思維方式。兩種文學思潮互補後，可給臺灣文學研究帶來新的活力和新的思維方式。

劉亮雅理論功底深厚，文本細讀尤其下了許多功夫：從外省第二代、閩客小說到原住民意識、女性意識、同志與酷兒、在臺馬華小說，到都市、跨國性、多重殖民等主題小說都做了深度閱讀。討論的作家包括張大春、林燿德、李昂、陳燁、舞鶴、楊照、袁瓊瓊、蘇偉貞、朱天心、朱天文、平路、田雅各、宋澤萊、王家祥、施叔青、賴香吟、邱妙津、章緣、成英姝、駱以軍、紀大偉、陳雪、洪凌、張貴興、黃錦樹等。通過這些作家作品的分析，劉亮雅試圖回答在小說中如何顯示後現代與後殖民的位置、如何呈現多元身分主題或對多元身分的交涉或反動，還與後現代與後殖民有何關聯？跨國性和離散這類主題的出現有何意義，與後現代和後殖民有什麼關係？借此探討解除戒嚴以來臺灣小說的複雜風貌。關於「二·二八」白色恐怖主題，劉亮雅著重分析了下列小說：陳燁的《泥河》、李昂的《迷園》、舞鶴的《調查：敘述》、楊照的《暗巷迷夜》。其中對《泥河》的寫作方法的分析極為中肯：「基本上採取寫實主義，但摻雜了超現實、意識流、象徵主義和印象主義技巧，呈現敘述充滿缺口和緊張，創傷記憶如夢魘般縈繞不絕。」（註七）在談到眷村小說時，則比較了《荒人手記》和《古都》風格的不同。所有這些，均表明劉亮雅銳敏的藝術感悟力。

從九十年代劉亮雅等人的研究開始，同志和酷兒小說從「邊緣發聲」開始向主流論述過渡。劉亮雅所營造的「欲望更衣室」站在新的高度，結合後現代與後殖民的長處來詮釋解嚴後的小說，真正從創作主題上把握「同志文學」的真諦，在前人論述的基礎上發展了情色文學的特性，使它從比較原始的小說類型演變為具有較高欣賞價值的文類。

在臺灣的「同志文學」研究中，不乏劉亮雅這樣的「他者」，但缺乏來自「同志」隊伍的聲音。創作「同志文學」的人多半是社會菁英，但他們只搞創作幾乎少有人從事文學研究。即使偶有發表，也不敢以真面目示人，所用的是各式各樣的奇怪筆名。在西方，「同志」學者倒不少，相信在臺灣只要學者和「同志」聯手打造嶄新的「欲望更衣室」，就將大大提高「同志文學」的研究水平。

注釋

一　鄭國慶：〈現代主義、文學場域與張誦聖的台灣文學研究〉，《廈門大學學報》，二〇〇八年第六期。

二　鄭國慶：〈現代主義、文學場域與張誦聖的台灣文學研究〉，《廈門大學學報》，二〇〇八年第六期。

三　張誦聖：〈臺灣七八十年代以副刊爲核心旳文學生態與中產階級文類〉，載胡金倫主編：《台灣小說史論》，臺北：麥田出版社，二〇〇七年。

四　臺灣師大國文系主編：《解嚴以來臺灣文學國際學術研討會論文集》，臺北：萬卷樓圖書公司，二〇〇〇年，頁四二～一一七。

五　劉亮雅：〈後現代與後殖民：論解嚴以來的台灣小說〉，載陳建忠、應鳳凰、邱貴芬、張誦聖、劉亮雅合著《台灣小說史論》，臺北：麥田出版社，二〇〇七年，頁三四七、三五七。

六　劉亮雅：〈後現代與後殖民：論解嚴以來的台灣小說〉，載陳建忠、應鳳凰、邱貴芬、張誦聖、劉亮雅合著《台灣小說史論》，臺北：麥田出版社，二〇〇七年，頁三四七。

七　劉亮雅：〈後現代與後殖民：論解嚴以來的台灣小說〉，載陳建忠、應鳳凰、邱貴芬、張誦聖、劉亮雅合著《台灣小說史論》，臺北：麥田出版社，二〇〇七年，頁三五七。

第四章　文學史前沿

第一節　臺灣文學：充滿內在緊張力的學科

高等院校是文化傳承的重要載體，是文化創新的重要源泉，也是學科更新的不可缺少的平臺。在臺灣文學學科發展中，它經歷了怎樣的過程，如何才能建設不脫離中華文化母體的臺灣文學學科？這是兩岸學者長期思考的問題。

一　從非法到合法

最早開設「臺灣文學」課程，應是一九七〇年張良澤在成功大學中文系上的同名課，但在只准講「中華民國文學」的年代，張氏的做法屬「偷渡」行爲，因而他惹來能否繼續留任的麻煩。八十年代中期，隨著強人政治的崩潰和本土化思潮愈演愈烈，「臺灣文學」一詞正式重新登上文壇。

「臺灣文學」課程名正言順在大學講壇出現，則是在解除戒嚴之後，尤其是一九九七年淡水工商管理學院及後來各大學成立了二十餘個包括語言、文學、歷史、客家、原住民研究範圍的臺灣文學系和臺灣文學（化）研究所，「臺灣文學」課程由此遍地開花，像蒲公英一樣四處亂飛，乃至成爲某些院校的一種時髦學問。只要尊重事實，就不難發現臺灣文學之所以成了熱門學科而不是次等的、民間的、鄉土的知識組成部分，完全拜政治所賜，而非學術界獨立自主發展出來的學科。這就難怪師資爲什麼缺乏，教材建設總是跟不上。林文寶、周慶華、張堂錡、陳信元等撰寫的《台灣文學》（註一），須文蔚、陳建忠、黃美娥等撰寫的《台灣的文學》（註二），莊萬壽、陳萬益、施懿琳、陳建忠編著的《臺灣の文學》（註三），正是在這種情況下問世的。

臺灣文學通識教材編寫團隊是思想庫，它擔負著文明的啓蒙，引領社會的文化走向。爲了使這走向不過於政治化，這三本臺灣文學通識教材的學術觀念和著述體例所沿襲的是學院派的思路。這適應了臺灣文學系和臺灣文學研究所成立的文化需要，也爲新的綠色教育體制所支持。如果不建立臺灣文學系、所，或無教師這一職業，許多文學研究工作者就不會從事這類教材的編寫工作。

臺灣文學課包括兩個層面：一是臺灣文學的定位，二是臺灣文學的發展過程及其主要作家作品。在新世紀，作爲一門公開合法且具有權力話語的臺灣文學通識課，其確定與演進始終與教育體制和文化政策分不開。編寫臺灣文學通識教材和開設課程，不只將其作爲本土化實踐和有別於地域文學的知識體系來描述，不少學者更是將它作爲「國族建構」去把握。安德森曾說過，民族國家是一個「想像共同體」。那麼，臺灣文學課便爲這種想像提供了複雜豐富的內容。以《台灣の文學》爲例，它分三大部分：臺灣古典文學、現代臺灣文學、當代臺灣文學。第一章從臺灣文學的源頭談起，然後根據臺灣文學各類專題及不同需要，編者用二十個章節來闡釋臺灣的不同時代、不同族群及各有相異的門類的文學創作概況。無論是從早期原住民、荷西、鄭轄、清領還是日據和民國以來有關臺灣作家作品，都不問其所在地，不問作家持什麼護照，也不論作品的主題類別以及是使用漢語或「臺語」，認爲凡是在臺灣這塊土地上出現的文學現象和文學作品，都視爲臺灣文學。

臺灣文學課程具有創新意識、培育人才、傳承文化、服務社會的功能。大學要服務社會，教材必須要有特色，不能停留在短期的功利性的成果輸出，更應該用自身的框架體系告訴學生應崇尚什麼文化，應閱讀哪些對社會有益的經典文本。從這個角度看，《台灣文學》也是編撰結構嚴密、體系相對完整，且不只注意表層具象的建設，同時重視臺灣文學深層內涵建構的教科書。該書共分十章，其中古典文學只占極少數的篇幅，可見這其實是一部臺灣當代文學概論，由此也可瞭解到一種趨向：中文系偏重於中國古典文學，臺灣文學系偏重於本地的現當代文學。和《台灣の文學》另一不同的是該書不設數位文學及劇本的專章，注重臺灣的文學現象和美學研究，另還有臺灣作家的分布、海峽兩岸文學交流的專章以及文壇大事紀要。

通過以上比較，可見《台灣文學》、《台灣の文學》教學目的相同，教學方法略有差異。須文蔚雖是新潮文學家，但他主編的書古典文學占了兩大章。該書以歷史階段劃分臺灣文學，是以臺灣文學入門者爲對象設計的多媒體書，每章之後附有進階閱讀書目，書中的ＤＶＤ中更有影片、教案與數位化的自我評量，另還有眾多圖片。在注重史的傳授的同時注意文本的解讀，如該書全文引用瘂弦的〈如歌的行板〉並加以分析。當然，以文類設定課程的《台灣文學》在介紹各個時代的文學變遷時，也有分析作家作品的藝術技巧。這樣做的目的，是爲了增強教材的可讀性、合理性和合法性，使學生不會感到這門課如嚼雞肋，能獲得文學創作的感性知識。

二 從迴避權力與意識形態同謀到學科內部存在危機

作爲文學教育的一個重要組成部分，臺灣文學通識課在將近四十年的發展中，總是按照臺灣社會的急劇變化與主流意識形態外加課堂教學需要，建構一套特有的話語體系，形成一種從原住民到省內外作家作品的閱讀範式。不管是早年的張良澤，還是後來寫《台灣文學史綱》（註四）的葉石濤，在傳授臺灣文學知識和爲臺灣文學定位時，均無法擺脫意識形態的掌控。鑒於當年戒嚴沒有解除，作者們定位時無不審時度勢，謹慎小心。爲了不給「警總」約談，也爲了讓文學史具有「准生證」，葉石濤以「臺灣文學始終是中國文學不可分離的一環」的論述作爲自己宣揚臺灣意識的保護色。到了「自由中國」解體而言必稱「臺灣」的年代，臺灣意識已逐漸脫離中國意識，因而臺灣文學教材的編寫者，多數拋棄葉石濤早先的定義，但爲了教材的穩定性，他們並不緊促地跟風，更不性急地認爲臺灣文學就是「母語文學」。政治大學新聞研究所出身的博士須文蔚，便迴避權力與政治意識形態的同謀，注意文本的思想穿透力與藝術張力。林文寶等撰寫的《台灣文學》同樣拒排體制化的收購，不以「政治正確」作爲審定教材的標準：既不同意單純從區域性給臺灣文學定位，也不主張從意識形態立場立論，而用五點來體現臺灣文學的特殊風貌，其中第一點出現了臺灣文學「是中國文學一支脈流」（註五）的判斷，並數次出現「臺灣地區」一詞。此外，該書還把「反共文學」、現代派文學也看作臺灣文學，且不認爲只有用「臺語」寫作才是臺灣文學，故這種觀點與「建立民族文學」（註六）的論述有明顯不同。

一門課程的文化旨趣與風格，反映了學校的品味與編寫者的價值觀。教材建設應站在珠穆朗瑪峰巔，而不是在精神窪地上矮化自己的人格。可在風雲激蕩且時刻變遷著的時代，一些通識教材對一些敏感的問題多半沒有明說也不便說。再加上對岸日益強大，正走向世界舞臺的中心位置，在這個大前提下，「中國當代文學等於大陸文學」成爲許多人的共識。大陸出版的眾多以「中國」命名的《中國當代文學史》——如北京大學洪子誠的同名書（註七）、復旦大學陳思和主編的《當代中國文學史教程》（註八）、中國人民大學程光煒和孟繁華合著的《中國當代文學發展史》（註九），均不寫臺灣文學，甚至臺灣文學在他們的教材裡連「邊疆文學」的位置都沒有，這種現象致使臺灣作家產生這種迷思：這「很諷刺地與大陸官方所主張的一個中國的政策恰恰相反，在這些文學史中多數完全不收臺灣文學，只有少數將臺灣文學吊在車尾，或當附錄。」（註一〇）這種說法還算含蓄。

民族史觀的不同，價值觀的差異，在教材的表徵具象上就會有形形色色的表現。臺灣本是資訊發達的多元社會，教材編寫者有時對臺灣文學的屬性難分清是非和做出抉擇。以《台灣的文學》講義爲例，它在圈定範圍，理清思路的同時盡量做到心平氣和界說臺灣文學：

> 所謂臺灣文學是：臺灣這個島嶼所產生的文學。它是由出生或曾經居住在臺灣這塊土地的人，以臺灣地區使用的語文來創作的文學。（註一一）

潛臺詞爲「臺灣人」不是「中國人」，但從「使用的語文」來看，編者把戰後來臺的外省作家運用北京話寫成的作品算作臺灣文學，說明撰寫者盡可能弱化政治的介入，以體現自己獨立的學術人格，使這個定義有可取之處，但該書是「百納衣」，是多人合作的產物。它有總策劃，有總校訂，有召集人，有執筆人。按政治派別劃分，其中有多種成分，該書將鹿港文人洪棄生的《臺灣淪陷紀哀》作爲經典文本給學生傳授，必然會以犧牲臺灣文學的藝術性作代價。

「臺灣文學」作爲供大學生使用的通識教材，是有組織有計劃的課程，具有共同的讓學生熱愛臺灣、瞭解本地文學知識的教學目的。但少數人是要通過這門課把中文系併入外文系；在國族認同問題上，雖不是把臺灣學生改造爲日本學生，但至少是要把臺灣人變爲不是中國人。在現有政治、教育體制下，臺灣文學專業不可能隸屬於中國文學系，正是這種政治掛帥因素，促成不少老師志在「運動」而不在學術，造成臺灣文學這門學科無論從知識積累還是從教材建設的成果看都不夠理想。臺灣文學系、所的設立，本是出自本土化政治的需要，主倡者最感興趣的是「臺灣」二字而非「文學」，故拔高臺灣文學的結果，就是使它離臺灣文學多元化的實踐越來越遠。

三　從臺灣文學系到所謂「假臺灣文學系」

政治本是一把雙刃劍。臺灣文學學科在享受政治給它帶來禮遇的同時，也受到意識形態對其產生的波動與震撼。政黨一輪替，主流話語亦改變，臺灣文學的定義也得隨時修定。還未出現「藍」「綠」對峙以前，有先見之明的葉石濤在《台灣文學史綱》出日文版時，便把「臺灣文學始終是中國文學不可分離的一環」及相似的論述全部刪去，即是一例。爲了不重蹈葉氏覆轍頻繁地修改教材，編者們只好採用中性的臺灣文學定義，盡可能不走偏鋒。像「『臺灣文學』就是『臺灣人』用『臺灣語言』創作的任何作品！』」（註一二）的論述，理智的學者是不會採納的。

臺灣文學課的每一次理論反省，每一回的方向調整，都與教材參與人員的立場有關。相對大陸來說，臺灣的學者很少採用兵團作戰的方式寫文學史或編教材。可爲了應付臺灣文學教學的急需，臺灣文學通識教材很難以個人專著形式出現。這些教材的撰寫團隊爲了平衡，許多老師上課時除不採用「具有臺灣國籍的作家寫的作品才是臺灣文學」的定義外，也不認同「以『臺灣爲中心』的文學爲臺灣文學」（註一三）或「所謂臺灣文學，就站在臺灣人的立場，寫臺灣經驗的文學」（註一四）這種極端說法。出現這種情況的另一背景是，這些編著者差不多均出自中文系、所，中國文學對他們的影響從年輕時就開始。這種現象，引起激烈本土派的強烈不滿。他們稱這種教材是舊瓶裝新酒，給臺灣文學下定義時使用「臺灣地區」一詞是在「擴充原中文系的地盤」，使用這種教材的臺灣文學系、所是「中華民國文學系、所而非臺灣文學系、所」，或稱其是「半仿仔臺灣文學系、所」，嚴重一點說是「假臺灣文學系、所」，（註一五）以被認爲是本土化樣板的成功大學臺灣文學系爲例，所開的課不是現代系列、理論系列，就是現代創作系列、各式文學系列，以致使學生質疑「我們和中文系的差別在哪裡？除去『文學』的部分，我們的『臺灣』在哪裡？」（註一六）另有人說，這是想借「臺灣文學系、所」的成立復辟「中文系、所」的幽靈。（註一七）鑒於「臺灣文學系蛻化爲中華民國文學系」的情況占多數，這類殘存中國意識的主事者均不把「臺語文學」當重點，用蔣爲文的話來說：「許多臺文系所的入學考試只考華語而不提供考生選考臺灣母語的權利；課程只要求必修第二外語，卻不要求修臺灣母語；上課只談華語或日語寫的作品，卻不屑談母語文學」（註一八）。如要求獨立開設這門課程，非本土學者就「猶找種種理由來推搡」，政治大學還讓臺灣文學系招生時考《中國文學史》和《國文》，極端本土派學者均批評這種做法是「掛羊頭賣狗肉。學生考上之後難免有受騙的感覺。」（註一九）甚至說「臺灣文學系是謀殺臺灣母語的共犯」（註二〇）。可見，兩派之爭是如此強烈地制約著這門學科的發展。

理想的校園應該有安寧的靜氣，濃濃的書卷氣，浩然的英氣。可選舉的鞭炮聲和喇叭聲總是打破校園的寧靜氣氛，社會上的惡俗文化和各種誘惑不斷分解，這也就不能理解臺灣文學通識教材的出版會存在著魚龍混雜的現象。

四　這門學科依然不夠成熟

形成這種情況的另一個原因，是這門學科的門檻不算高，中文系出身的學者略變身就能輕意闖入，而且人們也常見像龔鵬程這樣功力深厚的學者在出版《臺灣文學在臺灣》（註二一）後便悄然撤離。這不是要否認臺灣文學是一門極有活力同時又充滿內在緊張的學科。應該看到，它不僅培育了眾多以臺灣文學為研究對象的學生，單是碩士論文、博士論文的撰寫，數量就很龐大。但這門學科依然不夠成熟，如對臺灣文學的「主體性」，雖然出版過由李喬等人編寫的《台灣主體性的建構》（註二二），但那基本上是政治論述，如該書認為存在著「臺灣民族」，這就屬於陳芳明所說的不是「發現」而是「發明臺灣」了（註二三）。其他論者也多停留在口號式的倡導，未能從文化、文學與教育方面等學理層面說深，並將其與「全球化」關係說透。

無論從理論構架還是研究隊伍上看，臺灣文學系都還未像中文系那樣形成合理的師資結構及其深厚的學術傳統。它的學術潛力有限，發展空間遠未有「中國文學」深廣。讓人尷尬的是，這類課程迅速擴張可教材是如此貧乏和單薄——臺灣文學知識邊界到底在哪裡，與中國文學關係如何？對這類基本問題，均很難有人能作出科學系統的回答。要擺脫這個局面，除提倡個人著述外，編撰者還必須有自我反思的衝動，當務之急是擺脫政治的干預，走出「本土化」的迷思，克服浮躁的學風，這樣才不會讓這門學科的生命受到壓抑，才談得上重視和強化教材建設的跨學科、跨文化的詮釋框架，從而讓臺灣文學課程保持強大的生命力以致進入全球化的學術場域。

第二節　許俊雅：建構日據時期臺灣文學史

許俊雅（一九六〇年～　），臺南人。臺灣師範大學國文系畢業，後在該校獲碩士和博士學位，現爲臺灣師範大學國文系教授。著有《臺灣文學散論》（臺北：文史哲出版社，一九九四年）、《日據時期臺灣小說研究》（臺北：文史哲出版社，一九九五年）、《臺灣文學論——從現代到當代》（臺北：國立編譯館，一九九七年）、《日據時代臺灣小說選讀》（臺北：萬卷樓圖書公司，一九九八年）、《有音符的樹——臺灣文學面面觀》（桂林：廣西師範大學出版社，二〇〇三年）、《我心中的歌——現代文學星空》（臺北：文史哲出版社，二〇〇六年）、《黑暗的追尋——櫟社研究》（上海：東方出版公司，二〇〇六年）等十多種。

日據時期的臺灣文學研究，一直未受到充分重視。在解除戒嚴前對它的研究和大陸的淪陷區文學研究一樣，是令人生畏的領域。當然，不是說沒有研究成果，如四十年代後期，有楊逵等五位作家寫過這方面的論文。一九五〇至一九五七年，此一領域研究者仍然寥寥無幾，例外的是一九五四年在《臺北文物》上出現過短暫的研究高潮。到了七、八十年代，這種研究領域開始有所突破——不僅是資料的發掘，而且論文比過去有所增多：不再像過去由作家包辦，而是由學院派的顏元叔、林載爵、張良澤唱主角。在這些學者中，後來居上的許俊雅，其《日據時期臺灣小說研究》是第一本有關臺灣新文學為研究對象的博士學位論文。在政治大學、輔仁大學、中國文化大學、臺灣師範大學等校出現的同類學位論文中，許俊雅的作品是最有分量的一部。該書共分六章：日據時期臺灣新文學的發展、日據時期臺灣小說之作者及其背景分析、日據時期臺灣小說蘊含的思想內容、日據時期臺灣小說創作形式之探討、日據時期臺灣小說中的人物形象、結論：日據時期臺灣小說總評。從以上論述內容看，此書實際上是日據時期臺灣小說史。當年的作品絕大部分用日文寫成，既未整理，也未翻譯，許俊雅不畏艱難，為了掃除研究中的障礙，專門學習日文四年。

評論日據時期的小說，有一個為作家定位的問題，如曾擔任「臺灣文藝聯盟」常務委員長的張深切，有人認為他是「堅決反抗日本統治階層而主張臺灣民族解放運動的民族主義者」，也有人認為他是「多彩多姿的自由人」。許俊雅不滿足於這種論述，還從其小說家、評論家的身分去進一步論證。對生逢亂世、累遭日吏迫害的楊逵，許俊雅也不是簡單地說他是「無產階級心聲的眞摯代言人」，而是從當時世界發展的局勢、臺灣的社會背景和經濟狀況以及日本當局政策的變化來作全盤分析，由此求得對這些知識分子的深切瞭解。

研究日據時期臺灣小說，不能繞開皇民文學這一敏感話題材。許俊雅懷著一種責任心，去釐清皇民文學這種文學現象產生的特殊原因，著重探討皇民文學表現了什麼，作者為什麼要去迎合日本人以及臺日作家的關係如何，其作品藝術特點有哪些。許俊雅沒有皇民作家那種親歷性和眞切的記憶，有時過境遷所不具有的優勢，但為了使即將消失的歷史留下更鮮活的形象，許俊雅努力去還原文學現場，去理解周金波們的創作心態，認爲這些作家均有「一段辛酸的心路歷程，當時許多作家即使不願理會皇民文學，但是爲了活命又不得不敷衍，甚者亦有受日人愚民政策毒化而人格扭曲猶不自覺者。被迫遺忘自己的語言、習俗，被迫改造生命、思想，這是歷史的悲劇」。（註二四）這種「不忍提及更不苛責」的態度，不等於作者完全認同皇民文學，這從「受日人愚民政策毒化」等詞語可看出。從「悲劇」方面立論，顯示了許俊雅不同於左翼評論家的地方。

爲了能夠抓住日據時期臺灣小說貫穿始終的精神紐帶及由此而來展開的歷史變異，許俊雅在確認時間跨度後，將日據時期臺灣小說分成三個階段：一九二〇至一九三一，一九三一至一九三七，一九三七至一九四五。這種分期，一方面接續了光復後臺灣當代文學發生的原點，另方面也出於對日據時期臺灣小說研究理論水平的提升和再評價。本來，每個文學史家都有把歷史視爲一個整體的意圖。基於此，許俊雅就必須對各階段文學特點進行歸納，如她認爲三十年代臺灣新文學本土論的興起，離不開社會主義運動的影響，同時也離不開臺灣話文與鄉土文學。這種論述，使文學與歷史問題形成辯證和互動的關係。這種強調通過外緣因素與內緣因素而感知歷史的存在，歸根到柢是爲了更好理解臺灣新文學產生的原因。

以往說到日據時代的作家，不是稱其爲抗日戰士，就是標榜其作品充滿反帝反封建的精神。許俊雅沒有滿足於將這些作家同質化的論述，而是注意這些作家作品的差異性。是生活道路和文化背景的不同，使他們表達自己的題旨時互不雷同。就是像龍瑛宗這樣受到高度肯定的作家，許俊雅也指出他曾被迫無奈寫作過配合戰時體制的作品。至於這是不是皇民文學，還得仔細推敲。許俊雅同意羅成純的結論：「在無容反對戰爭、反對體制的時代，作家要不違己身之信念，而又不觸怒當局，其表現的方法就

成了極大的問題。龍瑛宗的這個『融合』論，可以說是那迂迴曲折的表現方法之一吧。」（註二五）

就許俊雅研究臺灣文學而言，她的文學史觀念的創新與實踐，均因歷史的積澱及其所下的功夫——如資料盡量收集全，盡可能考辨資料的眞僞，使其研究品質顯著提升。《日據時期臺灣小說研究》一大特點是跳出了抗日主題演變的常規思考，給了人們另外視角的啓示，那就是從文學語言與文學體式的演變來檢視日據時期的臺灣小說。在第四章中，作者專門探討了閩南方言詞彙在小說中運用諸問題，還對方言詞彙的詞類及構詞法作出詳細的分析，並對朱點人、楊守愚、賴和等十位作家所使用的北京白話文與臺灣話文進行抽樣比較，從而讓讀者瞭解到臺灣小說在語言運用上各顯神通的局面。盡管臺灣白話小說成績比不上日文小說，但其語言風貌仍獨具一格，這其中融合著土語與口語之間的撞擊，也有白話文如何吸收民間有益的養料的交纏爭鬥和彼此滲透。此外，許俊雅還對小說作品時雜日語借詞及音譯詞分門別類作出研究。這種分析法，無形中開啓了臺灣文學與其他民族文學既相同又相異的獨有的文學性搜索，這預示著日據時期臺灣小說資源豐富而多元，開放而宏闊。

許俊雅還讓讀者看到日據時期的臺灣小說與傳統文學是密切相關的，不可割捨的。她注意到日本占領臺灣半世紀以來，每個階段政治策略不同，文官總督時代與武官總督時代不同，七七事變發生前後也不同，導致作家主體精神心態的嬗變，從而在文體上有所不同，進而在風格借鑑與師承淵源上各自相異。她分析了《台灣文藝》所刊登的作品其數量質量比前此刊物有何長足進步，又闡明了葉石濤的小說如何由浪漫趨向寫實，由唯美轉爲鄉土，由愛情寫到史事。可見，許俊雅在研究方法上不是將各種不同類型的作家籠統歸納爲某一創作群體，而是具體問題具體分析對其進行細緻入微的觸摸。這種研究不僅能貼近評論對象的實際，而且可幫助讀者感受到作家的精神魅力與運用語言的巧妙。

《日據時期台灣小說研究》另一特點是收集許多老照片，讓這些圖片外加年表融入日據時期臺灣小說史的建構。如果再加上〈日據時期台灣小說作者分布圖〉、〈日據時期台灣小說作者資料表〉和〈廣告、雜誌封面〉以及附錄的〈日據時期台灣小說刊行表〉、〈日據時期台灣文藝雜誌一覽表〉等六項，讀者會感到這些資料是對作者建構日據時期臺灣小說史的強大支持，或者說這些正支撐這本書變成一座「日據時期臺灣小說歷史博物館」。正是這座「博物館」，使許俊雅扮演著權威的日據時期臺灣文學研究家的角色。她總是在生產自己的拳頭產品，《台灣文學散論》同樣是這樣一部力作。

和《日據時期台灣小說研究》不同的是，此書加入了研究古典詩的內容。長期以來，不少人認爲舊文學是僵死的、腐敗的，對當時文化的發展起著開倒車的作用。許俊雅並不這樣認爲，她自己覺得有責任「讓古典詩歌之眞貌彰顯於世，並且在此基礎上，研究其與新文學之關係，以瞭解當時文壇眞貌」（註二六），因而她在《台灣文學散論》中專門闢了〈光復前台灣詩鐘史話〉、〈延斯文於一線——日據時期台灣傳統詩歌〉、〈三臺才女黃金川及其詩〉等系列專題，在讀者面前展現了民族風味甚濃的古香古色的文學世界。許俊雅古典文學根底深厚，她用研究古典文學的方法來研究臺灣新文學，注意義理考據和作品產生的背景、詩人創作的心路歷程，從而展現出臺灣新文學產生時所經過的選擇與鑑別的過程，以此反映歷史的複雜性和豐富性。

作爲閱讀日據時期臺灣文學資料最多的學者之一，許俊雅的研究言必有據，資料翔實豐富。《「薄命詩人」楊華及其作品》簡直就是一部小型的詩人評傳。論「詩鐘」，也達到了還原歷史，從審美角度建構日據時期臺灣文學史的願望。論楊守愚小說及相關問題以及論「冷筆寫熱腸」的呂赫若，亦體現了作者書寫文學史的新角度、新思維。許俊雅評價每一位作家，均可視爲她在爲建構日據時期臺灣文學史添磚加瓦。她選擇的每一位研究對象，不僅有可能產生重新評價的異動，而且還會讓這些讀者十分陌生的作家在文學史中盛裝登場。

每位有建樹的文學評論家，都不會放過學術史的研究。在寫學位論文前，許俊雅搜集了大量的有關研究資料，並由此確定自己的研究方向以便超越前人。這是一種學術史的思考。這就難怪無論是《日據時期台灣小說研究》還是《台灣文學散論》，都闢有〈日據時期台灣文學研究概況〉專章，其功用不在於對海峽兩岸及日本、美國學者的研究成果作出評介，而是通過分源別流，讓後來的學者瞭解前人的研究情況，盡量少走彎路。做這種工作，對許俊雅自己來說，是一種自我訓練，同時是一種學術探尋。既與前輩研究者對話，也在思考做這個課題時如何出新。她從研究日據時期臺灣的小說、詩歌起步，然後研究櫟社，研究當代作家楊青矗等人，這是一種學術突圍，也是一種自我拯救。

《日據時期台灣小說研究》、《台灣文學散論》自然不是許俊雅著作精華的全部，但這兩本書確是九十年代以來日據時期臺灣文學研究的一次檢閱與匯展。她與時俱進，把自己著作中的「日據」改爲「日治」，這是後話。

第三節　楊照論戰後文學史

楊照（一九六三年～　），原名李明駿，臺北人。畢業於臺灣大學歷史系，歷任中央研究院史語所特聘助理研究員、民進黨中央黨部國際事務部主任、《明日報》總主筆、《新新聞》週刊副社長兼總主筆。出版有《異議筆記——臺灣文化情境》（臺北：張老師出版社，一九九三年）、《文學的原像》

（臺北：聯合文學出版社，一九九五年）、《文學、社會與歷史想像——戰後文學史散論》（臺北：聯合文學出版社，一九九五年）、《夢與灰燼——戰後文學史散論二集》（臺北：聯合文學出版社，一九九八年）、《困境臺灣——我們還能怎麼辦？》（臺北：印刻文學生活雜誌出版社，二〇〇六年）、《十年後的臺灣》（臺北：麥田出版社，二〇一〇年）、《夢與灰燼——戰後文學史散論》（臺北：印刻文學生活雜誌出版社，二〇一〇年）等論述多種，《場邊楊照》等散文集多種，《蓮花落》等小說集十餘種。

在二十世紀末臺灣文壇，楊照身兼多種文化身分。作為活躍在第一線的文化工作者，同時又有創作實踐和編輯經驗的作家，楊照的文學評論帶有深厚的社會批評色彩，在深入反省歷史與現實時，能緊扣知識分子迷惘與困境的精神狀態，其銳利的風格在文壇中獨樹一幟。

在楊照二十多種的論述中，《夢與灰燼——戰後文學史散論》無疑是最有代表性的。書名體現了文學和社會的基本關係，也是文學史的第一層意義：文學史幫忙將作品放到歷史裡，「還原作品所映照出來的霧；同時回過頭來，讓那霧色的現實景象映照文學畫布的獨特之處。」（註二七）

該書共分五個部分：

第一部分論述五、六十年代的文學環境及作家作品，尤其是有關的文學現象，論證其流行的原因及後來的變化。

第二部分集中論述七十年代成為主流的鄉土文學，以鄉土文學大論戰為討論核心，向前追索其產生的原因，再向後延展其影響和變形，同時論證鄉土文學與現代主義之間的複雜關係。

第三部分從「後鄉土」的脈絡觀照邁向多元歲月的九十年代，尤其重視文學技巧與美學上對於「寫實」的反撥，以及反撥後對於整體文學空間所產生的衝擊波。

第四部分用筆記式的文體評判臺灣的大眾文學，選擇了古龍、高陽作爲個案論武俠小說、歷史小說的建構及其技法，讓文學與社會的互動關係有更多的切入點。

第五部分爲〈戰後臺灣文學批評小史（一九四五～一九九五）〉，兼論當代臺灣成長小說中的悲劇傾向、臺灣的原住民文學與人類學研究，同時評論王德威、黃錦樹編的《原鄉人》，另有〈戰後臺灣文學史大事年表〉等三項。

楊照的文學評論不是建立在西方文論的移植上，而是立足於自己大量閱讀文本的感受。他雖然出身於學院，但爲文並不是從學院的角度而往往從市井的視角，用文學社會學去閱讀評判作品，由此他眞正找到了心儀的大師或大家。在國外，他評價最高是日本的松木清章；在臺港，他看好的大家則有高陽、金庸。他認爲這三人的作品裡都沒有蔑視或低估大眾讀者的智力，也從不炫耀自己高人一等，這種分寸的把握需要才氣和智慧，這絕不亞於創作純文學精品的要求。

和陳芳明的《臺灣新文學史》拒絕古龍、高陽、瓊瑤入史不同，楊照不抹殺他們對臺灣文學的貢獻。此外，對龍應台的大眾化批評，也略有肯定。他認爲八十年代中期文學評論不再低迷，以龍應台、王德威的崛起有很大的關係。龍應台的批評盡管存在著許多盲點，在不斷重複六十年代臺灣文學批評史上最氾濫的老式老招，但「龍應台成功地吸引了許多讀者接觸、認識了一些臺灣文學史上重要的作家作品。」（註二八）更值得重視的是收入書中的〈四十年臺灣大眾文學小史〉。此文梳理了戰後通俗文學發展概況，並企圖找出研究臺灣大眾文學的幾種方法及存在問題。這是用隨筆體寫成而非嚴謹系統的研究，但裡面有不少真知灼見，如楊照注意了港臺兩地的互動關係：從香港引進的中文版《讀者文摘》以及金庸、倪匡的武俠和科幻小說如何給臺灣帶來空前的震撼。楊照還把校園文學、報導文學視為大眾文學，這顯示了作者的慧眼。當然，還有眾多大眾文學來不及論述，但這篇文章預告著「我們認真面對過去這塊土地上長養過的文化花草，不管在什麼標準下判作是好是壞、是良是莠甚至是毒，我們願意開始用嚴肅的態度整理這些真正屬於我們的歷史經驗。」（註二九）

在楊照看來，古龍的武俠小說和鍾肇政、李喬的大河小說，都是臺灣戰後文學史的的重要文學現象，這種評價不僅弱化了雅俗界線，同時也是對抗以省籍劃線的評價標準，這裡充滿著社會史詮釋和文學史書寫的挑戰。不是外省人的楊照，沒有畫地為牢，把朱西甯、林泠以及外省作家第二代朱天心、朱天文、張大春、陳義芝的作品排斥在臺灣文學之外。他用功寫的〈朱天心論〉、〈張大春論〉等文章，主角雖然是眷村第二代，不過他想真正闡明的，是從鄉土文學論戰以來到九十年代初臺灣文學的價值流變。「因此，對這兩位作家的描述、討論，也就著重在他們的作品、文學觀、社會參與經驗與主流典範間對話、折衝的部分。」（註三〇）通過朱天心，他努力呈現和解析七十年代末，與鄉土文學同期的右翼行動主義。他認為，這種「主義」的代表性團體是「三三集刊」與「神州詩社」。據楊照的觀察，他們的集體特性是非常年輕，其集團理念是「以文學救國」。在行動上，他們熱情地串聯各地大學，堅決反對抨擊政府而視臺灣為「鄉土」的「鄉土派」，高舉民族主義認同文化中國的大旗；在文學尤其是小說創作上，他們特別強調回歸到愛情上來化解抽象概念上對立所產生的衝突。在一九七九年美麗島事件爆發前夕的小說界，可以清楚地看見右翼文學行動主義與官方保持著若即若離的關係，同時獲得了校園青年群的熱烈支持。他們甚具行動意義的作品經常在《聯合報》、《中國時報》副刊得獎，如黃凡首開小說刺探政治曖昧地帶先河的《賴索》。

由於工作關係，楊照曾有七年時間在海外，但不影響他對臺灣文學的關懷。他盡可能搜集能代表臺灣文學最新動態的作品閱讀。這時期以書評爲主。這些書評，奉行的同樣是社會性閱讀原則。他對初安民、平路、蘇偉貞、舞鶴、吳國棟、吳錦發等人作品的評論，同樣是構成戰後文學史大廈的部件。

和一般書評家不同的是，在於楊照的文學評論具有深厚的歷史感。他認爲，「歷史的整理、探索絕對是建立『後威權』臺灣社會認同中，不可或缺的大工程。而文學作爲一代代社會的換喻，可以在這個探索過程中扮演好幾個角色。」楊照注意每一代文學如何接近社會或疏離社會的動線分布，努力尋覓文學中社會再現圖像改變的軌跡，從中「看文學中的社會、再看社會中的文學，再看時間縱深裡文學、社會互爲因果的牽制、影響」。楊照透過文學去想像逝去了的社會，串聯這些想像來補充紀錄的不足，並追問紀錄中無法充分回答的生活細節演變。楊照把文學與社會放進歷史的架構裡，還給它們流轉的動態原貌，而不只是靜態的塊狀存在。」（註三一）

與書評具史筆意味相聯繫，楊照運用自己對戰後作家作品的熟悉度及敏銳的觀察力，運用自己隨心所欲地游走於創作與批評讓這兩者互相撞擊的經驗，震盪出一篇在楊照所有評論中最具含金量的《台灣文學批評小史（一九四五～一九九六）》。比起其他評論家，顯然有高度的文學史自覺。他明白地看到了這是一塊有待開墾的處女地，（註三二）於是他投入許多精力構築這座文論史殿堂。他論五十年代的文學評論如何淪爲思想檢查，論夏濟安如何用「以修代評」來培養新進作家，論洛夫與余光中的差異，論爲什麼從葉石濤開始便有南北文評分野的現象，論彭瑞金如何確立文學評論「南派」的地位，論〈考蒂莉亞公主傳奇〉如何成爲文評的分水嶺……無不以犀利而明快的筆觸描繪了戰後文學評論的演變。

楊照的文學評論，不以公共知識分子的面貌出現。他雖然博學，但從不喜歡將自己的論文帶上長長的注釋尾巴。即使是像《台灣文學批評小史（一九四五～一九九六）》這樣的長篇論文，竟連一個注解都沒有，但這不妨礙其學術的嚴謹性。他就這樣回歸到最單純的閱讀後印象，回歸到最質樸然而又富於靈氣的筆法，誠懇地面對文學運動文學思潮，面對文學理論批評的演變，寫下最誠實的戰後文學觀察報告。如果說「小說是表演的魔術，詩是固執得有點天真的煉金術」，（註三三）而楊照的文學評論文字則和廣大讀者生活在同一空間裡。

第四節　高雄文學史的建構

九十年代以來，臺灣地方文學修史出現了多種成果，其中彭瑞金著的《高雄市文學史·現代篇》（註三四），是值得重視的一部。

地方文學史的存在，一般都有自己的精神原理和邏輯起點，有自己的學科範疇和學科概念。對此，彭瑞金在〈自序〉中稱：「凡發生在『高雄市』這個生活空間裡的文學，都謂之高雄市文學。在時間上，可以上溯到高雄先住民的口傳文學——神話、傳說，在空間方面，也不給予嚴格、清楚的限制。」（註三五）又說：「高雄市文學史，其實也就是高雄市作家及其作品的臺灣文學參與史——在臺灣文學的滾滾巨流中，高雄市文學並未缺席。易言之，臺灣文學是臺灣人的文學，也是先有臺灣的命題下產生的文學；高雄市文學是高雄市人的文學，卻不是先有高雄市命題下發展出來的文學。」（註三六）著者在這裡不用種族、歷史、環境的發生發展觀察通則，是符合高雄市文學實際的。此外，著者將高雄市文學定位爲「南方文學」：「以南臺灣爲座標的臺灣文學，也就是以高雄市爲軸心的高雄文學」（註三七），並把環保和人權當作八十年代高雄市文學的重大特徵。這裡的文學定位與美學實踐不存在著「錯位」，與作者企圖建構「高雄成爲臺灣文學的另一個中心」（註三八）的大格局相一致。

這部文學史的特點在於不因爲研究歷史而與文學現實脫節，注意通過寫史介入當下文學現場。它與《高雄市文學史．古代篇》最大的不同在於是只有起點而無終點的正在發展中的學科，同時也是充滿爭吵、論戰的學科。著者與「臺灣筆會」諸多健在的研究對象近距離對話，是構成「現代篇」與「古代篇」差異的最重要標誌。這本書一直寫到新世紀，對象本身與著者完全重合，兩者均生活在高雄市同一時空領域，這使《高雄市文學史．現代篇》具有強烈的當代性。像該書對高雄文學裡監獄文學譜系的剖析，對擎起臺灣本土文學大旗的《文學台灣》進行即時的互動，對楊青矗、陳冠學、鄭炯明、陳坤崙、李敏勇等人的創作進行同步分析與判斷，引領讀者對高雄市文學關注的熱情，並從高雄市文學現場提煉出「臺灣文學建構運動」的話題給予有效的詮釋與回答，這就使《高雄市文學史．現代篇》獲得了存在的必要性和合法性。

比起彭瑞金過去寫的《台灣新文學運動四十年》（註三九）來，《高雄市文學史．現代篇》在研究的視角方面也有拓展，如該書不僅論述本省作家，還論述在高雄左營創辦《創世紀》洛夫、張默等外省作家；不僅論述高雄土生土長的作家，也論述從臺灣各地移民來的作家。這種論述，顯然突破了「高雄文學是高雄市人的文學」的桎梏。高雄本是變動頻繁高速發展的海港城市。如果沒有外來作家的加入，高雄文學成分就不可能多元，其文學苗圃就不可能爭奇鬥麗。

彭瑞金主要是一位批評家，他爲高雄市文學寫史，這進一步密切了文學批評與文學史的關聯。高雄文學和臺灣其它地方文學一樣，是一個複雜的場域。戰後初期林曙光、彭明敏、雷石榆等作家的出擊，均與過去有密切的聯繫。常言道：「一切歷史都是當代史」，文學批評要有深度，就必須具有歷史意識尤其是文學史觀。該書第四、五章把《民眾日報》副刊、《台灣文化》、《文學界》、《文學台灣》放入高雄市文學史領域的努力，値得稱道。彭瑞金一向以對當下文學建構運動的熱情參與和評論的感性風格著稱於世。但寫文學史，不能滿足於揮斥方遒意氣風發的議論，還必須有文獻史料作支撐，有相當可靠的歷史知識系統。在這方面，彭瑞金注意對史料的發掘、占有、分析和把握，如談臺灣新文學運動開展初期出發的高雄作家及附錄的〈高雄市文學年表〉，有許多是第一次出土的材料。這些材料的發現，有助於穿越「政治迷障」而回歸文學本位。

《高雄市文學史．現代篇》的某些史料，牽涉到高雄市文學史寫作需要破解的謎團，比如日據時期《文藝台灣》與《台灣文學》對峙局面的形成及終結原因，《文學界》停刊的眞相的探討，著者無不把目光投向以前被遮蔽的歷史場域，使讀者瞭解到居於邊緣地位的高雄市文學的複雜性。這裡沒有主題先行、結論先行的敘述模式，完全拜史料價値的作用。

高雄作爲文學發展的一個特殊區域，限於許多史料尚未出土，對它的研究在《高雄市文學史．現代篇》出現前幾乎是一片空白。爲時人所詬病的「臺灣文學在島內，臺灣文學研究在島外」的現狀要改變，必須從史料的搜集整理做起。爲建立高雄市文學史這門分支學科，彭瑞金還主編過《高雄文學小百科》（註四〇）。曾有高雄作家認爲，自己生活在高雄：本身就是高雄市文學史的建構者和親歷者，自己已占有和理解了高雄文學的全貌，完全有資格充當高雄市文學史的發言人。讀了彭瑞金這本「小百科」

和《高雄市文學史·現代篇》，一定會改變這種過於自信的看法。

臺灣文學學科從誕生那天起，一直受到兩岸意識形態的特別青睞。短短二十餘年，兩岸出現了十多部臺灣文學史。在通史撰寫方面，臺灣學者比大陸落後了一大步，但在地方文學史和專題史編寫方面，臺灣遠遠走在大陸前面。無論是大陸還是臺灣出版的臺灣文學史，均與現實政治有密切的關係：對岸要「統戰」，此岸反「統戰」；要把臺灣文學從中國文學中獨立出來，以致一些不同出發點的文學史殊途同歸；政治意義大於學術價值。彭瑞金的《高雄市文學史·現代篇》，有些地方也脫不了這個窠臼。書中多次聲明臺灣文學「不是反映與『祖國』關係的文學。」；「臺灣文學的主權屬於臺灣人，臺灣的文學隸屬於臺灣的土地的臺灣化運動，是終極的，也是基本的運動目標。」（註四一）並激烈抨擊不同觀點的馬森、游喚尤其是批判源於國家統一觀念及其不可變異性的大陸學者，稱他們是「外來殖民主義學者」，甚至說他們是「文學恐龍」（註四二）。這誠然是兩岸爭奪臺灣文學詮釋權白熱化的表現。此外，把余光中這樣重要的高雄作家草草掠過，篇幅遠比本土作家葉石濤少，並稱其為「中國流亡作家」，這是意識形態判斷而非學術評價。此外，對朱沉冬推廣藝文的貢獻肯定不夠，對非本省籍詩人組成的「掌門」詩社的重要性認識不足，對同屬本土派的陳冠學以個人好惡進行評價，而以自己關係密切的媒體朋友鄭烱明、陳坤崙各占六十六、五十二行，與占七十三行的余光中不相上下，這是典型的友情演出，以致被自稱獨派的人批評彭瑞金「撰寫《高雄市文學史》心態恰恰是另一種『臺北觀點』」。（註四三）

在文風上，《高雄市文學史·現代篇》多次將軍事術語用於文學領域：稱自己是以「實戰」觀點論臺灣文學本土化問題，稱《文學界》「進行的比較像『保衛戰』，透過一座又一座山頭的捍衛、守護，山頭的標示逐漸在戰略模型圖上的燈示亮了起來。」還說《文學界》「仍然不是正規軍依戰略攻下的山頭」，「《文學臺灣》是建立在高雄的臺灣文學灘頭堡」。在評判學者時，推行的仍是一種「戰場思維模式」：稱大陸的臺灣文學史撰寫者是「統戰撰述部隊」，是「中國解放軍的一支」。把文學納入政治化、軍事化軌道的做法，無論是對岸還是在寶島南部的學者都不應將其發揚光大。

關於高雄文學史建構，二〇〇三年成立的高雄市文化局也做了許多工作：設置高雄文學館，出版彭瑞金的專著，並和臺灣文學館合作出版《葉石濤全集》、《葉石濤全集續篇》，並定期主辦「高雄文學創作獎助計畫」、「文學出版計畫」、「打狗文學獎」，積極提拔優秀人才，鼓勵新人成長。還主辦過三次高雄市文學研討會，其中二〇一〇年高雄文學發聲國際學術研討會論文集已公開出版。

第五節　原住民文學史的誕生

巴蘇亞・博伊哲努（一九五六年～　），又名浦忠成，嘉義縣阿里山鄉鄒族。畢業於淡江大學中文學士；臺灣師範大學國文所碩士；文化大學中文所博士，歷任師大附中學教師、花蓮師院副教授、暨南大學籌備委員、「行政院原住民族委員會」政務副主委、臺北市立教育大學中國語文學系系主任、臺東史前博物館館長等職，現任第十二屆考試院考試委員、第六屆監察院委員，爲臺灣原住民族學者中第一位本土博士。著有《原住民神話與文學》（臺北：臺原出版社，一九九六年）、《庫巴之火——鄒族神話研究》（臺中：晨星出版社，一九九七年）、《臺灣原住民的口傳文學》（臺北：常民文化出版社，一九九六年）、《臺灣鄒族語典》（與李福清、白嗣宏共同編譯。臺北：臺原出版社，一九九四年）、《臺灣鄒族風土神話》（臺北：臺原出版社，一九九四年）、《敘述性口傳文學的表述：臺灣特富野部落歷史文化的追溯》（臺北：里仁書局，二〇〇〇年）、《被遺忘的聖域：臺灣原住民族歷史、神話與文學的追溯》（臺北：五南文化出版公司，二〇〇七年）、《臺灣原住民族文學史綱》（臺北：里仁書局，二〇〇九年）。

所謂原住民，是八千年至一千年前先後來到臺灣定居的南島民族，其中最重要的是高山族，包括泰雅、賽夏、布農、鄒族、排灣、魯凱、卑南、阿美、雅美（達悟）等九個民族。

原住民族文學引起重視是在八十年代：一九八三年創辦了《高山青》雜誌，一九八四年原住民權力委員會成立，一九八七年提出十七條〈臺灣原住民族權力宣言〉，一九九四年「原住民」一詞正式載入憲法。從日據時代到光復後國民黨接收臺灣，原住民均受到排擠。正是這種社會現實的壓迫，催生了第一批以筆做武器反抗當局歧視原住民的作家。雖然遲至一九八八年原住民現代漢語文學才進入「主體建構時期」，但隨著原住民運動的展開，有原住民文學作品的出版、原住民文學獎的設置以及原住民媒體的出現，大專院校也緊緊跟上開設了原住民文學課程。這些措施說明原住民的歷史文化地位不再被埋沒，而原住民文學獨特的形式與風格，在漢語文學之外形成另一景觀，其中吳錦發選編出版的第一本山地小說集《悲情的山林》，標誌著原住民生活已由過去被漢族作家所書寫到發展爲原住民自己「書寫的主體」。這種轉變解構了漢人中心論及充滿意識形態偏見的文學史敘述，正是在原住民與漢民族的互動中，調劑了整體文化，豐富了臺灣文學的內容，爲臺灣文學研究家提供了新的馳騁領域。這是一塊塊奇動人又急待開墾的處女地。二十年來，臺灣的原住民文學研究成果豐碩，如吳家君《台灣原住民文學研究》、陳昭瑛《文學的原住民與原住民文學》的論述，呂慧珍的專著《書寫部落記憶：九十年代臺灣原住民小說研究》和孫大川的《夾縫中的族群建構：臺灣原住民的語言、文化與政治》、《山海世界：臺灣原住民心靈世界的摹寫》，以及《臺灣原住民族漢語學選集——評論卷》、《世紀臺灣原住民文學》和《東臺灣原住民民族生態學論文集》等評論集，也不可忽視。文學史家葉石濤雖然沒有專著，但他從作者身分、文學審美、語言文字、意識形態和未來走向幾個方面詳加闡述原住民文學，值得參考：

第一、原住民文學包括山地九族、平埔九族所寫的文學，均包括在臺灣文學裡面，但原住民文學不包括日本人、漢人所寫的原住民題材作品。

第二、原住民文學是臺灣文學裡面最具特異性的文學，因爲它反映了原住民特殊的文化背景、歷史傳統和家族觀念，和漢人不同，所以原住民文學應當發揚原住民文化的特色，並應兼顧語言的特色，磨煉文學表達的技巧，提高其文學品質。

第三、原住民文學是原住民提高族群地位、抗爭手段的一部分，反映原住民所受的傷害、壓迫，爭取漢人的合作，以達成其目標。

第四、現階段的原住民文學保留漢文創作有其必要，便於對外溝通，至於母語文學則需加強努力和奮鬥。

第五、原住民文學是最有希望的文學，應可嘗試結合全世界之弱小民族文學，站在同一陣線一起奮鬥。（註四四）

無論是葉石濤還是別的學者的研究，論到原住民族的文學歷史時未能由文學的源頭去逐一整理、引用、轉述、融匯。即使以原住民族神話傳說爲剖析對象、由田哲益主持的《原住民神話大系》叢書，也未以發展史觀進行資料的重構。浦忠成與他們不同。這位富有雄心壯志的學者，力圖整合含平埔族群在內的原住民文學史料，以呈現整體文學發展歷程的脈絡，這集中體現在其專著《臺灣原住民族文學史綱》中。該書以文學史的概念，串起臺灣原住民族各族群的重要的文學形式與內涵，即建構原住民文學從古自今發展的脈絡及其相關的細節。在著者看來，民族文學由口傳文學和作家文學組成——前者為神話、傳說、民間故事以及民間歌謠、禱辭等較早的表現方式，而後者為民族擁有或能運用書面語言，即文字之後所創作的文學。在口傳文學的部分，《史綱》混沌時期的神話敘述、洪水肆虐的記憶、家族部落的建立與文明起源、山川名稱與文學想像、奇異的人與世界、部落戰爭的故事、傳奇人物與故事、動物植物與人分期，其中〈混沌時期的神話敘述〉，共分六節：

第一節　臺灣的史前文化
第二節　天地始現與調整
第三節　祖先起源
第四節　射日
第五節　黃金歲月
第六節　神話時期的文學特色

可見，浦忠成探討原住民族文學發展的歷史，沒有停留在作家的文學上。他認為，神話與古老的歌謠才是原住民族文學的源頭。無須追究原住民族文學與漢族的「臺灣文學」究竟存在什麼關係，也無須探索它究竟是文學「特區」或是「邊緣」，重要的是自古以來，在不斷變動的時空脈絡中，它自己擁有漫長的發展歷程與豐富的內涵。它能夠和臺灣任何族群的文學進行互動，也可以跟「第四世界」產生連結。由於牽涉的空間廣大，也需要跟其有關的人群社會對話。原住民文學史的論述與建構，其假設條件在於有沒有文學傳統，有沒有建構的主觀意識，有沒有建構文學史的工具即語言文字。現階段需要處理的課題則是文獻的全面整理，這裡牽涉到文化屬性連結與傳承，文學史主體性的澄清。原住民文學史呈現的特性則表現在神話文學階段時間的混沌，土地與文學密切連結，獨有的文學母題，如本土歷史文化核心呈現和捍衛生存權益。大陸學者編寫少數民族文學史，通常依據漢族歷史發展的脈絡建立其對應的體系，而未能像浦忠成那樣依據民族本身原有的歷史發展意識建構民族文學的歷史。本來，要建構具主體意識的民族文學史，固然不能忽視其與世界歷史系統的連結，但是民族自身可能擁有或存在的歷史發展邏輯或概念，必須作為依循與串聯的綱目，這樣民族或部落原有的文學思維與素材，方能在沒有違離歷史文化的情境中被重新安排。（註四五）

原住民文學是臺灣文學的瑰寶，其明顯的特色為「多為自傳式的小說，語法上常見與一般漢語語法迥異者、意象與節奏常是屬於族群生活經驗的凝煉、融入族群文化的精髓等」。（註四六）浦忠成充分注意原住民文學的特點，如其文字常因作家尚能掌握部分的南島語言語法及語序，在書寫過程中不經意或刻意運用該族群的詞彙句法，形成特殊效果：藉由此種文辭語法的錯綜變化，澄清族群文化之間部分確實存在的疏離與差異，而尊重族群本身原有的語言表達模式，往往會在文章內造成特殊的修辭效果。此種特殊的修辭效果，不管是站在何種評論角度閱讀文本時，都能感受與漢人殊異的語言習慣、生活模式。浦忠成還指出原住民文學作品中仍難免有一些並非源於族群文化的差異，而純粹是基本語法和修辭上的錯誤，可能和原住民作家對漢語表達的能力有關。因此，讀者所感受到的「奇異修辭」，存在著重層面向。

以往關於原住民文學的討論，多半圍繞已出版的作品展開，而忽略了一九八〇年代初期結合正名、還我土地、反雛妓等議題之原住民運動人士的文字書寫。事實上這一批原住民知識分子是率先看清民族處境與外在惡質環境的先覺者，如胡德夫、夷將·拔路兒等人的書寫行動，不僅對後來的原住民社會發展影響深遠，也是原住民族運動衝撞戒嚴保守勢力的強大武器。浦忠成強調，這些文字充滿如刀劍彈藥般的力量，表達原住民族數百年來遭受壓迫特質，人們應該重新省思其文學價值與地位。（註四七）這一觀點，回應了吳錦發的詮釋，將原運時期的原住民書寫文字重新納入文學觀察範疇，除了使其再次歷史化、脈絡化外，更重要的是提醒大家，建構臺灣原住民文學史時，不應忽視原運時期原住民書寫文字對日後原住民文學的啓蒙價值。（註四八）

總之，有了浦忠成的《台灣原住民族文學史綱》，過去始終在臺灣文學史缺席或草草掠過的原住民文學，終於可以得到彌補和糾正。

第六節　毀譽參半的《台灣新文學史》

陳芳明（一九四七年～　），高雄市人。畢業於輔仁大學歷史系，係「龍族」詩社創辦人之一，後任美國《台灣文化》總編輯、民進黨文宣部主任，現為政治大學臺灣文學研究所講座教授。出版有《鏡子與影子》（臺北：志文出版社，一九七四年）、《詩與現實》（臺北：洪範書店，一九七七年）、

《臺灣人的歷史與意識》（臺北：敦理出版社，一九八八年）、《探索臺灣史觀》（臺北：自立報系出版社，一九九二年）、《典範的追求》（臺北：聯合文學出版社，一九九四年）、《左翼臺灣》（臺北：麥田出版社，一九九八年）、《後殖民臺灣》（臺北：麥田出版社，二〇〇二年）、《殖民地摩登》（臺北：麥田出版社，二〇〇四年）、《孤夜獨書》（臺北：麥田出版社，二〇〇五年）、《革命與詩》（臺北：印刻文學生活雜誌出版公司，二〇一六年）等論述二十多種。

《台灣新文學史》是一個巨大的工程。過去，臺灣學人在這方面幾乎交了白卷，現在陳芳明出版的這本同名書，（註四九）是這項工程的鋪路石，是陳氏著作中最重要的一本。該書出版後，著者獲得鮮花的同時也收穫了一片荊棘，這是名副其實的毀譽參半的文學史。

這本書的框架和分期不是脫胎於葉石濤的《台灣文學史綱》（註五〇），更看不見大陸學者出的同類書構架的影子。比起葉石濤過於簡陋還不是正式的文學史《台灣文學史綱》來，在時間上比葉石濤多寫二十年，且不局限於「本土」即島內單一族群的狹窄立場，視野顯得相對寬闊：像葉石濤寫臺灣詩社時，大書特書《笠》詩社，對外省詩人辦的《創世紀》、《藍星》等詩刊草草掠過，而陳芳明在第十四章中給了充分的篇幅敘述這兩個詩社如何確立現代主義路線，對五十年代的外省作家也有專章論述，讓臺灣意識文學與高揚中國意識的眷村文學並存，可見陳芳明書中的臺灣作家，既指葉石濤、鍾肇政也包含陳紀瀅、王藍、夏濟安等外省作家甚至包括「皇民文學」的「指導者」西川滿。他不像某些教條派或僵化本土派那樣，嚴格區分省籍和是否用臺語寫作，而是盡可能將藝術成就突出或對臺灣文壇有重要影響的個別外籍作家進入臺灣新文學史。正是這種開放的眼光，陳芳明將大陸出版的臺灣文學史著作中完全未注意到的馬華作家在臺灣以及張愛玲、胡蘭成所形成的「張腔胡調」現象寫進書中。《臺灣新文學史》從本省寫到「外省」，從島內寫到島外乃至海外，這是堅信「臺灣文學就是臺灣人用臺灣話寫臺灣事的文學」（註五一）信條的學者寫不出來的。

橫跨政界與學界的陳芳明，長期遊走在政治與學術之間，在七十年代還有過海外流亡的歲月，那時他用了不少於三十個筆名，其中較固定而較廣泛的名字是「施敏輝」。據他自己的解釋，這個名字包含了三位長輩：「施」，係來自左派領導者史明的本名施朝暉；「敏」，則取自「右獨」領導者彭明敏；「輝」，是指他的父親陳隆輝。（註五二）由這個筆名可見陳芳明已被分離主義的意識形態綁架，認爲本土文學才是最好的，而現代主義是西化文學，代表沒落頹廢的意識形態，必須堅決揚棄。現在他不再認爲「臺灣的記憶只有二・二八」，也不再「熄掉右翼的燈」余光中，不蔑視他過去批判過的超現實主義代表洛夫、商禽，而把他們當作建構自己新文學史工程的一磚一瓦。對現代小說的轉型以及另類現代小說、後現代詩，也持分析或鑑賞的態度，這是一種進步。

和許多喜歡隱藏自己政治身分的學者不同，陳芳明愛在公開場合亮出自己的底牌，如他在一九九七年出席由王拓舉辦的「鄉土文學二十週年回顧研討會」時，曾自報家門：「長桌的右端，是被定位爲統派的呂正惠教授；桌子左邊的另一端，則是被認爲代表國民黨路線的李瑞騰教授。我無須表白，就已是一個公認的獨派。」（註五三）現在他不再咄咄逼人，變得謙和了：在出版《台灣新文學史》時自稱是「自由主義左派」（註五四）。智者本應與時俱進，如用過去堅持的激烈本土派觀點寫台灣新文學史，必然會將書中的三分之二的內容剔除出去：「開除」白先勇、王文興、七等生以及現在成了著者「密友」的余光中。這些所謂從未擁抱過臺灣土地的「賣臺作家」，都是建構臺灣新文學史亮麗工程的棟樑或重要的門窗，缺了他們，《台灣新文學史》這座學術大廈就有可能建成茅屋，因而陳芳明這次適時地高揚自由主義旗幟，對以「政治正確」之名干預創作的現象基本上持抵制態度，盡可能追求言論自由、創作自由、評論自由。基於這種新的立場，陳芳明對以往受過歧視的女性文學、同志文學、原住民文學和描寫農漁、工人的文學，均以讚揚的態度向讀者介紹和推薦。在第十七章〈台灣女性詩人與散文家的現代轉折〉以及二十三章〈台灣女性文學的意義〉中，還兌現了他自己過去說的要爲女性文學重新評價的承諾。作爲男性評論家，作爲所謂「雄性文學史」的建構者，（註五五）他對陰性文學表現了極大的興趣和熱情，著墨甚多，這體現了他的雖有偏愛但不一定是偏見的立場。

自由主義立場強調包容各種不同派別的作家，對作家作品的評價盡可能不走偏鋒。力求這樣做的陳芳明，在〈反共文學的形成及其發展〉中，對這些意識形態掛帥的小說作出具體分析，指出姜貴的《旋風》不同於其他反共文學的特殊之處，在於把具有理想色彩的共產黨當作主人公寫進小說中，這種評價比不加分析就判爲藝術花朵蒼白者來得高明。對不論持統派或持獨派立場的評論家均不看好乃至拋棄的紀弦們的現代詩與歐陽子的小說，陳芳明也有較溫和的看法。

陳芳明是當今文壇極爲活躍同時有慧眼的評論家。體現在《台灣新文學史》中，他對現代主義「入侵」臺灣原因的分析，不局限於美援和臺灣社會西化的外緣因素上，還深入到文學本身去詮釋。此外，該書突出林海音對五十年代文壇的貢獻，將聶華苓主辦的《自由中國》文藝欄用專節表彰，這是他超越同類著作的地方。在談到五十年代男女作家創作路線的不同時，他認爲「從獲獎與較爲著名的反共小說來看，男性的文學思考偏向廣闊的山河背景與綿延的時間延續，而小說人物大多具備了英雄人物的性格……同時代的女性作家，縱然也在呼應官方文藝的要求，卻並不在意重大歷史事件與主要英雄人物的經營。她們鮮明的空間感取代了男性作家的時間意識……這種空間的巧妙轉換，構成了一九五〇年代臺灣女性小說的主要特色。」（註五六）像這種分析，均顯示出作者的評論功力。

作爲學歷史出身的陳芳明，他寫文學史時自然十分注意史料的豐富性，像第十至十二章，均提供了同類文學史少有的作家作品史實。《一九七〇年代朱西甯、胡蘭成與三三集刊》、《齊邦媛與王德威的文學工程》以及季季將鄉土與現代結合的意義，也是大陸學者寫的臺灣文學史著作幾乎不涉及的。作者沒有把一部新文學史理解爲作家創作史，還注意文學思潮、文學運動、文學論爭尤其是《文藝臺灣》、《台灣文學》、《文學雜誌》、《現代文學》、《筆匯》、《文季》、《笠》等刊物在文學發展中所起的作用，這也顯出了作者的過人之處。可惜遺漏了對打造臺灣新文學史工程有著重要貢獻的《文訊》雜誌，這與「陳嘉農」（陳氏曾用筆名）過去拒讀官方刊物的經歷有一定關係。

《台灣新文學史》還在上世紀末《聯合文學》連載部分章節時，就引起了巨大的爭議。陳映眞認爲，陳芳明在〈台灣新文學史的建構與分期〉中亮出「後殖民史觀」，是史明在《台灣人四百年史》等書中建構的「分離史觀」的文學翻版，同時是李登輝講的「外來政權」的文學版。（註五七）在這次出書時，陳芳明仍堅持這種「雄性」的文學史觀。其實，用「再殖民」解釋光復後的臺灣文學雖然漏洞百出但還差強人意，而用「後殖民」來概括解除戒嚴以後的文學，就捉襟見肘了。這「後殖民」的「後」和前面的「再殖民」的「再」有什麼聯繫，作者再會強辯也說不清楚。寫文學史，其實不必過分時髦化和政治化，正如黃錦樹所言：「被殖民是歷史事實，再殖民論欠缺正當性（以漢人立場如此立論，有吃原住民豆腐之嫌）。後殖民論是當道的理論話語，占據的是已『人滿爲患』的邊緣位置（借王德威教授的用語）」。（註五八）

陳芳明在接受記者採訪時聲稱：「不希望用後來的某些意識形態或文學主張去詮釋整個歷史。它在你們出生之前就已經存在了，不能把過去的歷史收編成當前一個政黨的意識形態。我主要的出發點在於，我不想替藍或綠說話，而純粹爲文學與藝術發言。」（註五九）作爲在官場打拼過，曾擔任「文宣部主任」這種重要職務的陳芳明，進入學術界時要完全脫胎換骨——由色彩鮮明的「戰士」蛻化爲無顏色的「院士」，談何容易！書中將中國與日本並稱爲「殖民者」，明眼人一看就知在替誰發聲。在第九章中還對光復後擔任《台灣新生報．文藝》週刊主編何欣所主張的「我們斷定臺灣不久的將來會有一個嶄新的文化活動，那就是清掃日本思想遺毒，吸收祖國的新文化」持嘲笑和抨擊的態度，這是陳芳明沒有完全轉化爲「自由派」的典型表現。和這一點相聯繫，陳芳明把陳映眞的小說稱做「流亡文學」，和彭瑞金稱余光中爲「中國流亡文學」一樣，也是出於意識形態偏見。更奇怪的是論述反共文學時，陳芳明說「反共文學暴露的眞相，尚不及八十年代傷痕文學所描摹的事實之萬一。反共文學可能是虛構的，但竟然成爲傷痕文學的『眞實』。」（註六〇）這眞是語出驚人，可惜與事實相差十萬八千里。當然，這個觀點是從他的「老師」齊邦媛那裡引申出來的，發明權不屬於他，但如此全盤照搬「教導我如何從事文學批評」（註六一）前輩的言論，未必能體現自己的獨立思考立場。陳芳明口口聲聲說要用「以藝術性來檢驗文學」（註六二），這使人想起司馬長風在《中國新文學史》的附錄中吹噓自己的書是「打破一切政治枷鎖，乾乾淨淨以文學爲基點寫的文學史」（註六三），可司馬長風當年未做到，現在陳芳明也未必能做到。

臺灣文學應包括嚴肅文學與通俗文學。陳芳明寫文學史，拒絕讓瓊瑤、三毛、席慕蓉、古龍進入他的文學史殿堂，這有違他主張的相容並納的自由派立場。還有文學史寫法問題。《台灣新文學史》不少論述給人的感覺是作家作品評論彙編。最明顯的是，該書在標題上出現的作家有張我軍等多人，可像余光中、白先勇、陳映眞、王文興、李喬、洛夫、楊牧等人在標題上打著燈籠均找不見。再如用長達五頁的篇幅把張愛玲對臺灣的影響寫進書中（比論陳映眞還多出二頁），雖然很有新鮮感，但使人覺得到這非文學史家用的春秋筆法。陳氏在書中首次聲明張愛玲不是臺灣作家，這和他二〇一〇年在香港浸會大學舉辦的張愛玲國際研討會上，用充滿感性的語言大贊「我們的張愛玲。張愛玲是屬於中國以外的地區」（註六四）即屬於臺灣自相矛盾，因而所謂「張愛玲不是臺灣作家」的表態，是不是「此地無銀三百兩」？

《台灣新文學史》出版後，出版家隱地說陳芳明的書日據部分所載的是「綠色眼鏡，寫光復以後的文學史卻換了『藍色』眼鏡」（註六五）。一位本土派人士說「陳芳明是標準打著綠旗反綠旗，打著臺灣反臺灣」（註六六）。另一位資深作家給古遠清〈關於《台灣新文學史》意見舉隅〉的信中，則指出該書眾多缺失：

一、史料之取捨／取材輕重失准，論述立場偏頗：

（一）日據時代：對臺灣先賢作家反帝反封建之論述失之簡略，對皇民文學奴化活動之論述模糊掠過（如：未能揭示葉石濤、陳火泉等等當時媚日實況）。

（二）光復初期：對《和平日報》副刊群、《臺灣新生報》「橋」副刊等，在光復初期引介祖國五四新文學以來重要作品之努力情況，未給予應有的記述和評價。對當時國府「劫收」臺灣之諸般不當文化措施，留下一片空白。

（三）四、五十年代：對白色恐怖清洗寫實主義之過程，並未作出較爲詳細的記載和深刻的批判；對「現代詩」脫離社會現實之虛無本質，曲予回護；對美國文學全面侵襲臺灣文壇，缺乏適當的評議。

（四）七、八十年代：對「唐文標事件」批判現代詩，不敢正面評價；對余光中〈狼來了〉打壓民族文學，不敢細述經過。對新興詩刊、詩社群暴起暴落之文化及政經因素，分析粗略。

二、人物之評論／流派意識明顯，攀附名流過度。把當代文學史書，獻給當代文學家，創造了文人攀附行爲的高峰。

三、風格之輕浮／隨興漫談描繪，藉題露才揚己，等等。

這本書號稱「歷時十二載，終告成書」，其實中間作者寫了許多文章和書。書的封底上還有「最好的漢語文學，產生在臺灣」，在書中根本未進行論證。作爲一本嚴肅的文學史著作，完全用不著借世俗的方法去推銷。許多章節尤其是最後寫到新世紀臺灣新文學只有「文學盛世」的空洞讚美而無實質性內容。這種倉促成書的做法，就難免帶來許多史料差錯，如頁二八三云：「以洛夫、瘂弦、張默爲中心的《創世紀詩刊》，夏濟安主編的《文學雜誌》都在一九五六年次第浮現」。這將《創世紀》詩刊的創刊時間推後了二年。頁三二七說「現代派」結盟時間爲一九五三年二月，其實這是《現代詩》創刊時間，當時還未打旗稱派。也就是說，《現代詩》開始時並不是詩社，而是紀弦個人獨資創辦的「私刊」。此外頁二六六說孫陵寫歌曲〈保衛大臺灣〉時任《民族晚報》主編，這裡有四個錯誤：不是歌曲而是歌詞；不是任職於《民族晚報》，而是供職於《民族報》；不是任《民族晚報》主編，而是任《民族報》副刊主編；不是任副刊主編時寫的歌詞，而是在這之前（註六七），等等（註六八）。

《中國時報》二〇一一年「開卷好書獎」評選中，《台灣新文學史》落選而趙剛的《求索》入選，正說明此書經不起時間的檢驗。

第七節　內容複雜的「臺語文學史」

臺灣的方言文學最早可追溯到十九世紀下半葉，那時用白話字書寫，至今有一百多年的歷史。這些書寫，多半用羅馬字、漢字或漢字羅馬字混合用，其作品據保守的估計也有數萬篇。可這種方言文學的發展，長期受到臺灣政治勢力的打壓。到了一九八〇年代，隨著威權統治的式微和本土化口號響徹雲霄，有關用母語創作的呼聲越來越高漲。當歷史行進到一九九〇年代，「臺語文學」的稱謂正式取代了「方言文學」的提法。方言文學在漢語文學的夾擊下，無論是在主題的開拓、技巧的革新還是書寫策略方面，比過去前進不少。為檢閱這一成績，黃勁連策劃出版了《台語文學大系》精裝本十四冊，另有林央敏策劃出版的《台語詩一甲子》三冊、鄭良偉等主編的《大學台語文選》二冊。

「臺語文學」的發展過程遠非一帆風順。從一九八九年到一九九一年，發生過兩次「臺語文學」論戰。一九八九年，廖咸浩發表〈「台語文學」的商榷〉，認為「臺語文學」理論建立在兩大謬誤上，一是它繼承且深化了白話文學「言文合一」的盲點，其實並無真正「言文合一」的作品。二是「臺語文學」接收了由臺灣意識衍生出來的正統心態或霸權心態。這不只會窄化臺灣文學的發展空間，甚至可能扼殺臺灣文學的創造力。此外也沒有所謂的純臺語，他認為「臺語文學」的語言文體最後將近於「鄉土文學」的文體。這樣一來，「臺語文學」的未來不容樂觀。這引發林央敏、洪惟仁的反彈。林央敏發表〈不可扭曲台語文學運動〉——駁陳千武先生的謬見，認爲廖咸浩不瞭解語言與文化具有不可分割的關係，並強調更新臺灣本土文化，必需發展「臺語」的書寫。洪惟仁發表〈一篇臺語文學評論的盲點與囿限——評廖文〈臺語文學的商榷〉〉，表明「臺語」運動者所謂的臺語包括閩南語、客語、山地語，而非獨尊閩南語，並澄清「臺語文學運動」者其實也主張吸收與融合其它語言的詞彙。洪惟仁並指出「臺語文學」前途困難並非是廖咸浩所認爲的謬誤，而是來自政治環境的局限。（註六九）

一九九一年，林央敏的觀點有進一步的發展。在〈回歸台灣文學的面腔〉中，他認爲「臺語文學」才是臺灣文學。而「臺語」是指福佬語，只有「臺語文學」最能做臺灣文學的代表。林央敏認爲「以多代全的人文邏輯」來說，福佬話是臺灣最多人使用的語言，作爲臺灣語言的代表這是很自然的事。最後強調「只有用臺灣人的本土性母語、尤其是最有代表性的母語——臺語，所創作的作品才是面腔清晰吻合、內外最一致，而且最能反映臺灣社會、人生的正統臺灣文學」。這篇文章引來客家籍作家李喬、彭瑞金、鍾肇政等人的應戰。李喬在《寬廣的語言大道》中指出：臺灣人應包含大四族群，而「臺語」當然也包含四大語系，「不宜排斥其它，或擅作正統、螟蛉的歧視主張」，不應該只有某一種語系可做唯一的代表，而爲「建國」著想，在語言問題上應該尋求阻力最低，最容易凝聚共識的方法。彭瑞金也發表〈請勿點燃語言炸彈〉指出福佬以外的族群願不願意接受福佬話問題，即使語言主張用政治手段解決了，其它各占臺灣百分十五左右的客語人口和操普通話的人口，以及三十萬原住民會怎麼想？族群之間的意識膨脹，將才會是「閩語即臺語」主張眞正的致命傷。在〈語、文、文學〉中，彭瑞金又重申母語文字化可能減緩臺灣文學發展的觀點，鍾肇政發表的兩篇文章亦持類似的看法。（註七〇）

事實上，「臺語文學」界並不是所有人認為「臺語文學等於臺灣文學」或「臺灣文學只有臺語文學」。說「臺語文學」代表臺灣文學，進而炮口「對內」即對準客語族群以及原住民語族群，是非常不明智的舉動。

論爭過後，有關臺灣文學史的著述兩岸均出現不少，但眞正涉及方言文學且內容豐富者幾乎沒有。臺灣各個高校的臺灣文學系，都企圖不單把方言文學看成是一種活動的歷史，同時也將它視為一種可以定格化的歷史現象。在這種情況下，臺灣文學史若缺了方言文學，就難免跛腳。面對日益多元的文學史觀，臺灣文學史編撰如何走向多樣互補，如何擺脫意識形態羈絆，按照古人所說的「史德、史識、史才、史觀」寫出臺灣方言文學發展史，就顯得尤為重要與緊迫。正是在這種情勢下，人們讀到了三部以臺灣方言文學為建構的臺灣文學史專著：

張春凰、江永進、沈冬青：《台語文學概論》，臺北：前衛出版社，二〇〇一年。

方耀乾：《台語文學史暨書目彙編》，高雄：臺灣文薈，二〇一二年。

林央敏：《台語小說史及作品總評》，臺北：印刻文學生活雜誌出版公司，二〇一二年。

這三部著作有下面共同特點：

一、將方言文學看成是臺灣的特有文化現象。這是一個有歷史深度的指標，表示著與異乎於漢語文學的一脈相承複雜而清楚的傳統，同時在空間上初步打破了只講文學不講語言的限制，將臺灣文學研究擴大到很少人問津的領域。

二、研究方法多樣。從方言文學發展的節奏和成績方面研究文學史，不局限於語言範圍，即從人類學、民俗學、文藝學、語言學角度研究方言文學的存在理由，描繪其演變軌跡。

三、以編年史的方式繪製方言文學地理圖志。如方耀乾的《台語文學史暨書目彙編》，從口傳文學時期、荷西時期、鄭氏王朝、清領時期、日據時期一直講到中華民國時期。

四、方言文學史的寫作實踐提供了一種歷史思維。這三本書將方言文學按排在一個歷史敘述的結構之中，實際上這些論者心目中的「臺語文學」已成了另一種建構新的國族認同的隱喻，這是對「屠殺母語的殖民政策的抗議」。（註七一）

五、史料豐富。這些作者幾乎閱讀了所有方言文學的文本，方言文學刊物和重要作家差不多都被他們一網打盡。

但這三本書也存在下列問題：

一、過於拔高方言文學，認爲只有母語文學才是臺灣文學。這完全不符合當前的臺灣作家寫作現狀，排他性甚強。

二、把福佬話看成「臺語文學」的代表，這同樣是一種霸權心態，不利於團結臺灣各族群作家。

三、書寫不統一。像張春凰、江永進、沈冬青的《台語文學概論》，全用不標準的臺語寫成，外省人根本看不懂。即使是半讀半猜也猜得非常費勁，這那裡是什麼「快樂的閱讀」，而是整個過程

難於下嚥，還有什麼文學美可言。還是林央敏有自知自明，認爲這些作品「臺語不少，文學不多。」（註七二）

四、水平參差不齊。這三本書共同的任務是闡明臺灣文學的自主性、獨立性，但從學術層面而言，寫得最有學術深度和特色的是林央敏的《臺語小說史及作品總評》，最全面系統的則是方耀乾的《臺語文學史暨書目彙編》。

五、名詞術語有政治色彩。這些文學史記載的是「過去的聲音」，但它又是當下被發現被整理而公布出來的，因而難免感染上現今流行的政治文化。這裡且不說把方言文學稱爲「臺語文學」是否科學有待商榷，單說把日本人占據、竊據臺灣的「日據」改稱爲中性的日本人治理臺灣即「日治」（而非「日本殖民統治臺灣」的簡稱），這裡涉及「一字喪邦」的微言大義。

最後要說明的是，這三本書的作者都是以「反抗者」身分出現的，他們無不以「大中華沙文主義」、「國語路線」的反抗者自居，並以搜集被統治者有意遺漏的史料爲己任，可這種從單一方向將自己刻劃爲「反抗者」的英雄形象值得質疑。因爲他們不僅是「反抗者」，而且還是分離主義思潮的既得利益者，是以往高壓政治的反抗者同時又是今天「以母語建國」的共謀者。這種二元身分，使這三本書內容複雜，既不能完全否定，也無法使人全盤肯定。

第八節　區域文學史寫作的檢視

國民黨文藝政策在五、六十年代實行的是「威嚇」路線，自一九八三年從國民黨文工會主辦的刊物《文訊》創刊並開辦「文藝資料研究及服務中心」後，其文藝政策已由「文攻武嚇」改爲「說服」或曰「服務」的路線。爲適應風起雲湧的本土社會文化運動，消解運動中在野派反威權的聲音和緩和外省作家與省籍作家之間的矛盾，《文訊》於一九九〇至一九九一年開展了規模較大的「十六縣市藝文環境調查」，後來該刊又辦了分爲花東、雲嘉南、中彰投、高屏澎、桃竹苗、德基宜六場的「臺灣地區區域文學會議」。由此可見，九十年代開始出現的臺灣區域文學史編寫，首先出於文藝政策的轉型及由此帶來的行政文化部門的推動。

其次是學界的努力。一九九二年「中國古典文學研究會」主辦「區域特性與文學傳統」研討會，是全臺灣首次探討區域文學史的性質及研究方法的活動。龔鵬程當年交了一篇〈區域特性與文學傳統〉的主題論文。多年來，臺灣文學研究的論文可謂是汗牛充棟，但專門探討區域文學史的論文並不多。（註七四）眞正具有開拓意義的除龔鵬程的那篇論文外，另有陳萬益的〈現階段區域文學史撰寫的意義和問題〉（註七五）

再次是各縣市文化中心編寫新地方志的鋪墊。各縣市的地方志，著重於歷史記載，文學所占篇幅甚少，雖然也有《藝文志》，但完全是沿襲傳統的寫法，一點也不現代。一九九〇年初，宜蘭縣設立附屬於文化中心的縣史館，用當下的新研究方法改革舊縣志的寫法，讀來不再有「黴味」，有引領風氣之先的作用。正是在這種情況下，臺中縣文化中心受其啓發先後完成臺中縣美術發展史、臺中縣建築發展史、臺中縣音樂發展史。爲形成規模，該中心主任洪慶峰約時任成功大學中文系副教授的施懿琳等人編寫臺中縣文學史。

最後是區域文學史的寫作與「臺灣文學」在九十年代正式取代「鄉土文學」、「本土文學」的名稱有密切關係。一九九四年清華大學舉辦戰後以來臺灣第一場國際學術研討會，在某種意義上來說也爲區域文學的催生作了一定的輿論準備。

正是在這種背景下，九十年代中期後出現了一系列區域文學史：

一、施懿琳、許俊雅、楊翠合著：《台中縣文學發展史》，臺中縣立文化中心，一九九五年。
二、施懿琳、楊翠合著：《彰化縣文學發展史》，彰化縣文化中心，一九九七年。
三、江寶釵著：《嘉義地區古典文學發展史》，嘉義市文化中心，一九九八年。
四、龔顯宗著：《安平文學史》，收在龔著《臺灣文學研究》，臺北：五南圖書出版公司，一九九九年。
五、陳明台著：《台中市文學史初編》，臺中市文化中心，一九九九年。
六、莫　渝、王幼華著：《苗栗縣文學史》，苗栗縣文化中心，二〇〇〇年。
七、邱坤良等著：《宜蘭縣口傳文學》上、下冊，宜蘭縣文化局，二〇〇二年。
八、龔顯宗著：《台南縣文學史》上編，臺南縣立文化中心，二〇〇六年。
九、彭瑞金著：《高雄市文學史》，高雄市立圖書館，二〇〇八年。

一〇、游建興著：《清代噶瑪蘭文學發展史》，臺北，蘭臺出版社，，二〇〇八年。
一一、李瑞騰等著：《南投縣文學發展史》上卷，南投縣政府文化局，二〇〇九年。
一二、陳青松著：《基隆古典文學史》，基隆市文化局，二〇一〇年。
一三、李瑞騰等著：《南投縣文學發展史》下卷，南投縣政府文化局，二〇一一年。

上述論著，清一色是土地性質的，個別如陳青松《基隆古典文學史》係專題式而非取風格含義。按照龔鵬程的說法，土地性質的區域文學史首要是「劃界」，「這個文學的疆界，有時以自然地理為劃分依據……有時則以人文地理或歷史地理為標準，另有行政區域就常常被認為做為文學領土的疆域。」（註七六）如一九九八年臺南市安平區委託龔顯宗編寫的《安平市文學史》，由於書寫範圍小，故只能以自然地理作為劃分的依據。更多的著作是以人文地理或歷史地理為標尺。這些文學史在名稱上多用「縣」或「市」而少用「地區」，這便受到視野的局限，如施懿琳談到他們在撰寫《臺中縣文學發展史》時，過於拘泥現在的行政單位去決定選取作家的標準，以致產生了相當大的誤區，如對臺中地區影響很大的楊逵，由於居住於現今臺中市的東海花園而非臺中縣，所以在寫史時忍痛割愛。到了撰寫《彰化縣文學發展史》時，他們對此作了反思，認為過去所作的這種切割未免機械。文學活動原本是活靈活現的人際活動，豈能因為條條框框的束縛，將某些對臺中縣文學影響甚大的作家視而不見。（註七七）

作為最早參與區域文學史編寫學者之一的施懿琳，她另一個重要體會是寫區域文學史，必須建立在田野調查作業的基礎上。如她參與撰寫臺中縣文學史時，和合作者一起全面清查全縣十九鄉鎮的寺廟、文物、古蹟；訪問耆老、作者、家屬，在民政課人員協助下，展開文人及作品的調查。雖然難免有較多的遺漏，然而調查成果仍豐厚，計有圖文並茂的三、四百頁的報告書。除了出土許多外界從來未涉獵過的作家手稿、日記、雜誌、書籍之外，「許多人物的相片、相關活動照片、文物、資料等的呈現，都相當令人驚豔；而人物的生平小傳和訪談錄也都是鉤隱抉微的可貴文獻……，在此一堅實的田野調查之上撰作文學史，才不會有炒冷飯之譏，才有助於文學史撰作之進步。」（註七八）

區域文學史的編寫牽連到與臺灣文學通史的互動。無論是葉石濤的《台灣文學史綱》還是陳芳明的《台灣新文學史》，均極少或不涉及日據前期、清領時期乃至明鄭時期的舊文學，而施懿琳、許俊雅等人參與撰寫的區域文學史，均填充了這兩本書的不足，這爲重寫臺灣文學通史提供了極好的參照系。

反思這些區域文學史，有下列問題值得探討：

一是研究對象。是沿襲過去以漢語爲中心寫作的做法，還是另闢蹊徑？事實證明，如果因爲蹊徑另闢而完全排除漢語寫作，是難以建構好地方文學史的。在臺灣不論哪個地區，漢族作家的寫作一直占統治地位，就是口傳文學，大部分作者也是漢人。完全拋棄他們，文學史就必然跛腳。哪怕是原住民的口傳文學及光復後原住民創作，仍有不少漢語書寫。

二是新史觀的建立。田野調查的材料包羅萬象，如何用一種史觀將其統一起來？施懿琳認爲：「我們共同的默契是，強調『以臺灣爲中心』的思考方式，避免落入將臺灣視爲亞流、支流，附屬於中國或日本等文化霸權的思考。以臺灣的土地爲根源，以臺灣的人民爲本位，觀察本土的文學如何萌生、發芽、滋長，乃至於產生許多不同的階段性變化。不管文學生態如何變異，內容如何繁複，我們始終掌握了以臺灣爲中心的史觀來撰述文學史，使主軸鮮明而立場堅定。」（註七九）強調「以臺灣爲中心」是爲了擺脫「以中國爲中心」的影響。其實，「以臺灣爲中心」不一定要與中國文學或日本文學完全切割。中國文學和日本文學的影響是客觀存在，用預設的立場方式去建構出另一中心，其史觀「新」則「新」矣，然而寫出來的著作，未必能做到公正和客觀。

三是文學的分期。臺灣文學史的分期，許多人均採用十年爲一段的竹節式方法。這種方法方便文學史家歸類，但並不十分科學，如將五十年代定爲「戰鬥文學」年代，可這個年代不少女性作家的筆桿並非槍桿，其作品更非粉碎敵人的「炸彈」，現代主義思潮在一九五六年也已開始出現。但由於找不到更好的分期法，且編寫時間緊迫，因而臺中、彰化文學發展史均採用十年一貫制的方法，這就使那些跨越幾個時代的作家被肢解，不能給讀者一個完整的印象。如何根據地方特點作新的分期，是今後需要改進的地方。

四是區域文學史特點的凸現。撰寫區域文學史，一定要突出區域文學的特點。在威權時代，國民黨一直在模糊地方文學的特殊性，打壓母語文學，強調文學的一元化。寫地域文學史，就是要破除一元化的文學思維，突出「在地性」。如果彰化縣與臺中縣的文學發展沒有什麼兩樣，或基隆市與高雄市的文學沒有差異，那這樣的文學史就失去了存在的價值。在上述區域文學史中，《高雄市文學史》最重視區域特色，著者將高雄文學定位爲與「臺北文學」對峙的「南部文學」，可謂旗幟鮮明且十分到位。

二〇一〇年臺灣國土規劃開展了新進程，「新五都」的產生與其他縣市邊緣化，給區域文學史的編寫帶來新的挑戰。如果仍像過去受現行區域模式的束縛，就會爲同一跨縣市的作家如何寫進文學史帶來困難。在臺北縣與新店市合併爲「新北市」、高雄市和高雄縣合併爲「高雄市」的情況下，區域文學史撰寫必須與時俱進，最好的方法是以「地區」作為領土的疆界。此外，風格或社團含義上的區域文學史，也必須提上議事日程。這方面的專著已有陳大為的《最年輕的麒麟——馬華文學在台灣（1963-2012）》（註八〇）。書中說的「在臺的馬華文學」，其地域是虛的，也就是缺乏土地性，他們的作品在臺灣發表和出版，其人卻不屬於臺灣在地作家。《最年輕的麒麟——馬華文學在台灣（1963-2012）》當然不是風格意義的，但類似歷史上的「桐城派」，具有群體意義。希望今後能多出現這類超越土地性的區域文學史。

第九節　《台灣文學史長編》的新視野

臺灣文學史寫作，是難度相當高的任務。僅從什麼是臺灣文學這一基本概念看，試看各路人馬的解釋：有的說臺灣文學就是臺灣人寫臺灣事的文學，有的說臺灣文學就是母語文學，另一種說法為凡是在臺灣這塊土地上出現的文學現象和作品，是為臺灣文學，陳映真則說臺灣文學就是「在臺灣的中國文學。」反駁他的人說：「臺灣文學既不是中國文學，也不是日本文學，而是獨立的文學。」

臺灣文學館出版的由三十三本組成的《台灣文學史長編》（註八一），沒有完全採用他人的說法。這套叢書的策劃者李瑞騰在總序中認為：「我們把台灣文學視為在台灣這個地理空間所產生的文學，不論其族群、國籍及使用語言。」這個定義在某些人看來也許不合時宜或不夠新潮，但不能不承認這是一個容納性很強的定義，它不以護照、籍貫和使用的語言為分界線，把本省和外省乃至旅居國外的臺灣文學家均包括進去，這顯示了撰寫者的寬闊胸懷。從科學性來講，臺灣文學定義的包容性，符合當下臺灣作家寫作的現狀，有利於超越意識形態，有利於臺灣文學教學的開展，有利於這門學科進一步走向成熟。作爲一門學科的臺灣文學本已進入大學講壇，無論是大陸還是臺灣，這類的教材奇缺，《台灣文學史長編》的問世，正滿足了兩岸研究者和讀者的渴求。

在臺灣，已出版了兩本以文學史命名的著作，即葉石濤的《台灣文學史綱》、陳芳明的《台灣新文學史》。無論是葉著還是陳著，均有開風氣之先的作用，但臺灣文學史的編寫，充滿了不同思想路線和文學觀念的碰撞，故這兩本書出版後有掌聲也有罵聲。寫一本能爲各界接受的文學史，幾乎不可能。爲了減少碰撞，《台灣文學史長編》不走葉石濤、陳芳明「通史」的老路，而改爲專題史的方式，不失爲一種新的選擇。正由於是專題史，無前例可供借鑑，故這套文學史，主要不是採取「泯眾家之言」的寫法。當然，再怎麼出新也要吸收學界的研究成果，但編著者在吸收時盡可能發揮一己之見，而不像某些團隊編寫的文學史尊群體而斥個性、重功利而輕審美、揚理念而抑性情。在這種思路下，《台灣文學史長編》基本上是由兩大板塊組成：一是重要的思潮、社群、論爭、流派，如《斷裂與生成——台灣五〇年代的反共/戰鬥文藝》、《跨越時代的青春之歌——五、六〇年代台灣現代詩運動》、《燃燒的年代——七〇年代台灣文學論爭史略》、《最年輕的麒麟——馬華文學在台灣（1963-2012）》，二是在特定歷史條件下形成的作家群體、時代文體和特種文類等，如《一線斯文——台灣日治時期古典文學》、《女聲合唱——戰後台灣女性作家群的崛起》、《從邊緣發聲——台灣五、六〇年代崛起的省籍作家群》、《正面與背影——台灣同志文學史》、《電子網路科技與文學創意——台灣數位文學史（1992-2012）》。從實際情況看，作爲基礎課的臺灣文學，正是按照這種清楚的文類或作家群去引導學生進入臺灣文學史殿堂的。

要寫出超越前人、自成一格的文學史，就必須拋棄文學思潮、文學運動、文學論爭再加作家作品老一套的寫法，對「文學」與「史」的概念進行重新整合，克服「實證」與「審美」之間的矛盾。按時序排列當然無法擺脫，所不同的是《台灣文學史長編》雖是從原住民口傳文學開始，接著是明鄭時期「漢文學的萌芽」，以後歷經清領、日據以及光復後不同時期的文學現象，最後是原住民漢語文學及母語文學，但編撰者們盡量做到不預設立場，充分尊重原住民的口頭傳說及後來發展出來的漢語文學。這裡既有宏觀性的論述，也有微觀的考察。由於是分頭編寫，每位執筆者對分期的看法不可能完全一致，所以這套書並沒有嚴格按具體年代整合。打開《台灣文學史長編》，可看到每本書有點類似中國古代山水畫說的「散點透視。」編著者們所追求的目標是達成某種專題或某個作家群的眞實。所以在這套書中，在重複前人論述過的問題時均盡可能做到有新意。對別人說過的少說，對別人忽略的多談。在框架上還注意出新，如蔡明諺論述七十年代臺灣文學論爭史「現代詩論」部分時，用「臺大教授」、「華岡才子」、「海外學者」、「數學博士」的標題來闡釋顏元叔、高信疆、關傑明、唐文標等人的文學主張，就令人耳目一新。此外，這套書注意外省作家與本省作家的互動，如《從邊緣發聲——台灣五、六〇年代崛起的省籍作家群》第三章第二節〈林海音時代的《聯合報》副刊〉；還注意西潮與本土的消長，如同書第三章第四節的有關部分。另注重圈內文學家與圈外文學家的互動，如《正面與背影——台灣同志文學簡史》，就把圈外作家寫的作品〈禁色的愛〉（李昂）、《擊壤歌》（朱天心）、《紅樓舊事》（宋澤萊）列入同志文學的範疇。

《台灣文學史長編》的長處可用「廣博」和「精深」四個字來概括。所謂「廣博」，係指《台灣文學史長編》面的寬廣與宏博，即臺灣文學史上的許多重要問題幾乎被「長編」所涵蓋。如《電子網路科技與文學創意——台灣數位文學史（1992-2012）》，將數位文學分爲三個時期：一九九八年前爲數位文學的萌芽期，一九九八至二〇〇五年爲數位文學蓬勃發展期，二〇〇五至二〇一二年爲數位文學的蟄伏期，其內容之豐富和詳備，使其當之無愧成爲當今論述臺灣數位文學最系統的著作之一。《斷裂與生成——臺灣五〇年代的反共/戰鬥文藝》，從文學體制與時代文學談起，第二章第一節〈反共文學的前歷史〉「上溯其源」，第三、四章〈誰在行動——從軍中文藝運動、文化清潔運動到戰鬥文藝運動〉、〈誰在說話——反共文學體制中的國家話語與民間論述〉「中考其實」，第七章〈老兵不死，只是漸漸走向繆斯女神——軍中文藝系統、作家現象與台灣文壇〉「下述其變」，做到既「廣」又「深」，不少地方超越了前人的研究成果。〈黑暗之光——美麗島事件至解嚴前的臺灣文學〉的「精深」則體現爲點的精細與深入，尤其是對監獄文學的論述，既系統又深入，這表明唐人寫唐史的學術界對臺灣文學的研究，已達到精耕細作的地步。

《台灣文學史長編》也有值得檢討之處：

一 「小歷史」與「大歷史」之間不均衡

所謂「小歷史」，是指局部史，如《長編》中的《「曙光」初現——台灣新文學的萌芽時期（1920-1930）》、《想像帝國——戰爭期的台灣新文學的諸相（1937-1947）》。所謂「大歷史」，是指「宏大敘事」關乎全域性的歷史，如臺灣文學書刊查禁史、「自由中國文壇」的建立及崩盤、「南部文學」的形成及走向……這些在《長編》的選題中均缺席。當然，「大歷史」是由「小歷史」構成的，兩者並沒有絕對的界限，且《長編》中已涉及到這些「大歷史」，但未能獨立出來，給人「常態的文學史」論述有餘而「非常態的文學史」闡釋不足之感。

二　理論探討與史料考證不均衡

《從邊緣發聲——台灣五六十年代崛起的省籍作家群》，對反共文學的評價和重要報刊的時代意義有深刻的論述，但在史料考辨上存在著不少瑕疵：頁二十五說「『中國文藝協會』的誕生，是由左翼作家巴人的一篇文章而起，巴人本名王任叔，五〇年代中期中共文藝政治的重要作家，一九四九年十月十八日他在臺灣《新生報》副刊發表〈袖手旁觀論〉。」劉心皇也曾一口咬定「作者正是共黨的三十年代左翼作家王任叔」（註八二），其實，「巴人」的筆名很普通，不只王任叔用過（註八三）。據筆者向大陸有關方面瞭解，王任叔當時根本不可能向臺灣投稿，因大陸嚴禁作家和「敵方」接觸，這正如臺灣也規定作家不許向「匪區」投稿一樣。當時兩岸老死不相往來，這位「巴人」很可能是島內另一位作家的化名。頁七十三說林海音因刊登「一首名爲〈船〉的詩」而惹禍下臺，其實這首詩不叫〈船〉而叫〈故事〉。頁七十七說「一九五四年十月，瘂弦、洛夫、張默三人創刊《創世紀》。」這三人的排名次序完全顚倒了，科學的說法應是「張默、洛夫兩人創辦《創世紀》，瘂弦於次年加入。」

三　島內研究與島外研究的成果吸收不均衡

《女聲合唱——戰後台灣女性作家群的崛起》的參考書目雖然有一些島外即大陸學者的研究成果，但鄭州大學樊洛平的《當代台灣女性小說史論》（註八四）及陝西師範大學程國君的《從鄉愁言說到性別抗爭——臺灣當代女性散文創作論》（註八五）未列入。這是研究臺灣女性作家群的重要著作，臺灣方面還沒有人寫過。也許後一本較難找到，但前一本已有臺灣商務印書館的繁體字版。其他《台灣文學史長編》著作如《黑暗之光——美麗島事件至解嚴前的台灣文學》，也較少引用日本學者的研究成果，這說明這些著者的視野還不夠開闊。

四　在作者隊伍方面青年學者與資深學者比例不均衡

無論是島內學者還是島外學者有關臺灣文學史的編撰，有一個共同毛病是未能超越政治或明或暗的掌控。李瑞騰對這種不可逆轉的內在危機已有清醒認識，因而盡量啓用年輕學者作爲這套叢書的主筆，以讓他們多年從事的研究對象及其成果，在一個盡可能超越藍綠的整體性框架內給予表達，尤其是讓陳政彥們以一種集體「崛起」的態勢引起學界廣泛的關注，並借此樹立臺灣文學史寫作的新典範。

這個新典範有兩個特色：

一、強調臺灣文學史是文學的臺灣史，而不是思想史、文化史，更不是「兩國論」、「一國論」的文學版。

二、提供了研究臺灣文學的新視野，尤其是下限寫到成書前的二〇一二年，有鮮明的現實性與當下感。

三、臺灣文學專題史最豐盛的產地不在大陸而在臺灣，這爲兩岸文學詮釋權的爭奪寫下新的一頁。

但這套叢書資深評論家執筆者極少，這影響了叢書的質量。如果由應鳳凰執筆寫五六十年代的臺灣文學部分，就不會出現瘂弦系《創世紀》最早創辦人這類的史料錯誤。

與此相關的是，當代臺灣文學史由局內人還是局外人來寫好？其實，這各有長處。局外人因未曾參與當年文學運動，不是其中一角色，寫起來就會出現「隔」。局內人寫由於有感同身受的體會，不會出現不知情的情況，寫起來較有現場感，如《正面與背影——臺灣同志文學簡史》由圈中人紀大偉執筆，許多地方如數家珍，就克服了「隔」的現象。但局內人寫容易「走私」即借史揚己，如《最年輕的麒麟——馬華文學在台灣（1963-2012）》雖然還不是黃錦樹所說的「怪書」，（註八六）但撰寫者陳大為把自己及其伴侶鍾怡雯用這麼多篇幅論述並評價這麼高，的確容易授人以柄。

有人認為，《台灣文學史長編》「原本就是個通俗讀物計畫」（註八七）。其實，《台灣文學史長編》不是啤酒式的大眾飲品，而是類似金門高粱的佳釀。它既有文獻史料價值，同時又是臺灣文學史編寫蹊徑獨闢的有益試水。這套書從緣起到出版，只有三年時間，乍看起來未免匆忙了些，其實發起者、撰寫者和出版者有過長期積累的過程。他們在許俊雅具體主持下，先後議論過多次，擬定了近四十個主題，後來由研究團隊討論，再將計畫送外審查，可見他們謹慎從事，抓住時機和志在必成的雄心壯志。

臺灣文學史研究的要改變傳統思路，當然不能簡單地歸結為選題新或切入點獨特，而應深入探討同類文學史著述中闡述得不深不透的問題。它可以像黃仁宇的《萬曆十五年》那樣透過一個人物或一個事件、一個時段的透視，來把握一個時代文學的整體精神，但如何區別於傳統的文學史著述，其研究重點畢竟應放在臺灣文學不同於大陸文學的主體性及其建構過程上，包括建構過程中所產生的特有的文學經驗，這種經驗是各族群作家共同努力的結果。

第十節　《世界華文新文學史》的誤區

馬森生平見第三編第五章第六節。

華文文學史的書寫一向是文壇關注的盛事。關於這種文學史，大陸出版過汕頭大學陳賢茂主編的四卷本《海外華文文學史》（註八八），但該書內容只限於海外，並不包括中國大陸和臺港澳，而成功大學馬森從二〇〇八年六月開始在《新地文學》連載、後結集成三卷本《世界華文新文學史》（註八九），空間上包含了海內外，時間軸橫跨清末至今百餘年。它是由臺灣學者寫成的首部探討海峽兩岸、港澳、東南亞及歐美等地華文作家與作品的文學史專書，記錄百年以來世界華文文學發展的源流與傳承。這種塡補空白之作，其雄心當然可嘉。作者力圖排除「大中原心態」及「分離主義」等政治意識型態思維，充分肯定「戰後的臺灣文學在中國現當代文學發展上所起的先鋒作用」，這也是馬著異於本土學者葉石濤（註九〇）、陳芳明（註九一）寫的同類臺灣文學史的地方。此外，馬森認爲世界華文文學應包括本地文學，而不像大陸學者普遍認爲世界華文文學不包括本地的大陸文學，這也是一種新的文學觀念，値得大力肯定。

這部內容龐大的著作理應有像陳賢茂當年那樣的團隊分頭執筆，現在卻由馬森獨立完成，這就不能集思廣益，難免出錯。如馬森把以寫長篇小說《野馬傳》著稱的司馬桑敦列爲「報導散文家」，這有如陳芳明把大陸報告文學家劉賓雁定位爲小說家，和香港某學者把香港新文學史家司馬長風定位爲武俠小說家一樣，是一種失誤。馬森在頁一二六〇認爲，是夏志清〈勸學篇——專復顏元叔教授〉將顏元叔批駁得「啞口無言」，迫其退出文壇，這也不對。顏元叔當時並非「啞口無言」，他還有戰鬥力，寫了〈親愛的夏教授〉作答。

馬森直言，《世界華文新文學史》「是現在對當代華文文學有研究的老師或學生都應該閱讀的新書，這是一本非常具有指標性的著作。」（註九二）從文學史書寫策略看，各地區文學分布應成爲這種「指標性的著作」架構的焦點。也就是說，寫「指標性的」文學史必須通盤布局，考慮各地區的平衡，可從構架上可以不客氣地說，這部厚得像老式電話簿的文學史，也許應叫「二十世紀中國兩岸文學史」，港澳文學在此書中有如馬森自己諷刺大陸學者把臺港文學當邊角料那樣「吊在車尾」，便是最好的證明。一六〇九頁的鉅著，香港文學一節居然不足三十三頁。澳門文學比香港文學更可憐，該節只有四頁。新加坡、馬來西亞、泰國、印尼、菲律賓、越南、緬甸等國的文學比香港文學的篇幅少了許多，這顯然不正常。

臺灣有不少所謂大陸文學研究家，其中一些人出自這一系統。現在「匪情研究」已改爲「中共問題研究」或「大陸問題研究」，這是一個進步。但這些人的研究思維方式，並沒有完全實現從政治到文學的轉換。並非出自「匪情研究」系統的馬森，也無法超越這一局限。比如他喜歡引用「匪情研究」專家王章陵的《中共的文藝整風》（註九三）和蔡丹治（書中不止一次錯爲蔡丹治）的《共匪文藝問題論集》（註九四）的觀點或材料，這就會帶來一些問題，至少在某些方面會受其影響。如在第二十八章中說胡風寫了三十多萬言的自辯書〈對文藝問題的意見〉，其實只有二十七萬言。可以取整數說「三十萬言」，但決不可說「三十多萬言。」胡風的被捕時間也不是頁八〇三說的「一九五五年七月五日第一次人大開幕的時候，胡風與潘漢年同時被捕」，而是該年五月十六日，至於潘漢年早在該年四月三日在北京飯店就被公安部長羅瑞卿宣布實行逮捕審查了。

如果說，曾擔任過民進黨文宣部主任這種重要職務的陳芳明是「戴本土眼鏡」寫作臺灣新文學史，那馬森則是「戴外省眼鏡」寫作華文文學史。他對大陸的政治體制抱著十分仇視的態度，多次作嚴厲的聲討和批判。如此劍拔弩張，便失卻了文學史起碼應有的學術品格。馬森還說白色恐怖比起「紅色恐怖」來是「小巫見大巫」，這種比喻至少低估了白色恐怖的嚴重性。大陸一九四九年後開展的整肅文人的運動，已吸取四十年代槍殺王實味的教訓，不再從肉體上消滅他們，像就只關不殺。而臺灣實行的白色恐怖不同，彭孟緝坐鎮的「臺灣保安司令部」對知識分子，僅僅以「可疑」的理由，實行「能錯殺一千，不放過一人」（註九五）的刑戮。

當今臺灣在文學史編寫上，已有淡江大學呂正惠和大陸學者合作的《台灣新文學思潮史綱》（註九六），本土的已有葉石濤的日文版《台灣文學史綱》（註九七），而馬森的《世界華文新文學史》堪稱外省派文學史的代表，具體來說表現在敘述大陸的創作環境時，總不會忘記共黨如何不懂文學不講人性一直像劊子手那樣在扼殺創作自由，如頁八六三說：

……足見非共產黨員不可能寫作，而想寫作的人也非要事先入黨不可，這正是共產黨控制作家的厲害處。

這就有點想當然了。眾所周知，在大陸有許多非共產黨員作家在寫作，有的人甚至當了省作家協會主席。原中國作家協會主席巴金及其前任茅盾也不是中共人士。頁六九四又說：「在累次整人運動中」，巴金、沈從文「都停筆不寫了」，事實是巴金還在創作，哪怕文革傷痛還未痊癒仍寫了直面十年動亂所帶來的災難，直面自己人格曾經出現扭曲的《隨想錄》，沈從文同樣寫有鮮爲人知的少量散文。郭沫若也非「絕不再從事任何創作」，相反郭沫若仍於文革期間出版了學術著作《李白與杜甫》（註九八）。

馬森號稱「不受政治意圖、意識形態左右」（註九九），可他的文學史連標題都不忘記加色加料，如該書第二十九章標題爲〈社會主義的詩與散文〉，這種提法很值得質疑。不錯，大陸文學可概而言之「社會主義文學」，但不能將這種說法無限引申。大陸早在一九九二年鄧小平南巡時，就按其指示停止了「姓社」、「姓資」的爭論，文學分類法也就不再使用「社會主義現實主義」一類的政治掛帥的述語，何況該書頁八二四把「大右派」劉賓雁的〈在橋樑工地上〉、〈本報內部消息〉與大左派魏巍的〈誰是最可愛的人〉並列稱作「不致惹禍」的「社會主義散文」，用當時的話來說，這未免混淆了「香花」與「毒草」的界限，因以「南姚（文元）北李（希凡）」爲代表的左派們是把這兩篇作品當作「大毒草」剷除的。

作爲馬森老友的隱地說《世界華文新文學史》「資料老舊，仿若一張過時的說明書。」又說：「第三冊——發現馬森只是在抄資料……變成一本引文之書。」甚至說馬森「寫成不具出版價值之書」（註一〇〇），這雖然是印象式批評，但決非網路上的亂飆狂語，它是發人深省的辛辣之論。此外，從該書後面的人名索引發現，出現頻率最高的居然是著者馬森本人，總計一百次，和其相等的是「偉人」毛澤東。以寫史爲名爲自己樹碑立傳，是不符合文學史規範的。這種「以史謀私」的行爲，成了臺灣文壇一大笑柄。（註一〇一）

附 藤井省三研究華語文學的歧路

藤井省三不是臺灣作家而是日本公民，但他和當年的夏志清一樣，與臺灣文壇過從甚密，其論述對臺灣影響也很大。

一九九八年，藤井省三在東京的東方書店出版了《百年來的臺灣文學》，臺灣中文版名爲《台灣文學這一百年》，由張季琳翻譯，收入王德威主編的「麥田人文」系列，由臺北「一方出版有限公司」二〇〇四年印行。全書由三部組成。第一部題名爲《臺灣文學的發展》，其實只有三篇論文；第二部題名爲《作家與作品》，也只說了佐藤春夫、西川滿、呂赫若、周金波、瓊瑤、李昂五個人的五篇作品；第三部題名爲《鎂光燈下的臺灣文學》則是九篇不同文體的文字的大雜燴。二〇一四年，藤井省三又由南京大學出版社出版了《華語圈文學史》，這是一本專著。在「前言」中，他開宗明義認爲「二十世紀以來的華語圈文學史堪稱越境的歷史。」用「越境」二字，很符合華語文學漂流的特徵，這種背面蘊藏有對更大時空概括的理論，有利於擴大研究範圍和由此帶來的寬廣視野。本節便是按照他的「越境」理論，把他有關臺灣文學研究著作寫進本書中。

理想的華文文學史，本不該受政黨及其意識形態支配，但藤井省三的《臺灣文學這一百年》及其《華語圈文學史》，不少地方受到政治的剛性主宰。

應該肯定，《華語圈文學史》是一部精煉的作品，中譯本只有二十三萬字。但他以點代面的寫法，有可議之處。如第七章〈香港文學史概說〉，藤井省三整整用了一節論述李碧華的作品，且不說香港文學最大的名家金庸沒有這個待遇，單說作爲香港純文學代表的劉以鬯，藤井省三只用兩行敷衍了事，可謂厚此薄彼。

《華語圈文學史》的另一特點雖有「越境」這種獨特的文學史觀，但該書談大陸的傷痕文學時，未能注意到開先河的是在兩岸三地「越境」的陳若曦，她在香港發表的短篇小說〈尹縣長〉（註一〇二），堪稱傷痕文學的典範之作。

在魯迅評價問題上，因時代的變遷，詮釋魯迅的方式也就出現了複雜情況，如有人說魯迅與許廣平的關係屬於「包二奶」；也有人說是「通姦」關係。和後種說法略有不同，藤井省三在《華語圈文學史》〈文人的醜聞〉一節中，「通姦」後面添加了一個「犯」字。本來，《中華民國民法·親屬編》第一〇五二條第二款所說的「與人通姦者」，屬於民事糾紛，男女雙方都不能稱爲「犯」，也就是說，通姦並不是刑事犯罪，更多的屬於道德範疇。藤井省三所犯的常識性錯誤，在於他不知道現代法律不僅具有嚴格的實施範疇，而且有嚴格的效力範圍。一九三一年與《民法·親屬編》同時頒布的《民法親屬編施行法》明確規定：「第一條關於親屬之事件，在民法親屬編施行前發生者，除本施行法有特別規定外，不適用民法親屬編之規定。」不僅當年是這樣，就是到了二十一世紀即二〇〇二年臺灣當局修訂《民法親屬編施行法》時，仍然鄭重聲明：「第一條關於親屬之事件，在民法親屬編施行前發生者，除本施行法有特別規定外，不適用民法親屬編之規定；其在修正前發生者，除本施行法有特別規定外，亦不適用修正後之規定。」這裡所顯示的法學原則，與世界上任何一部現代法律包括中國大陸新政權建立後制定的《婚姻法》，都不相違背。藤井省三在這裡大概忘了《民法·親屬編》實施的時間爲一九三一年五月，而魯迅婚姻是一九〇六年和一九二七年發生的事，即「在民法親屬編施行前發生者」，這明顯

「不適用民法親屬編之規定」。

由於魯迅研究領域過於擁擠，藤井省三試圖開闢另一學術新地臺灣文學，遺憾的是他的論述帶有曖昧性，如他在《台灣文學這一百年》中這樣給「皇民文學」下定義：「臺灣人作家，爲臺灣人讀者所描寫臺灣人皇民化的文學，稱爲臺灣皇民文學。」這裡連用了四個臺灣其中有三個「臺灣人」，初看是重複，其實是作強調。又說「所謂皇民文學，就是以協助戰爭爲主旨……是將六百萬臺灣人民所共有的戰爭體驗，加以論說化的產物。」所謂「共有的戰爭體驗」，其實並不包括全臺灣人，因爲這其中還有不少愛國抗日戰士及像楊逵那樣的革命文人。眞正形成「公共領域」，是在高壓下曲折成長壯大的《臺灣青年》、《臺灣》、《臺灣民報》、《臺灣新民報》、《臺灣文學》、《臺灣新文學》《福爾摩莎》、《第一線》等報刊雜誌，以及「臺灣文化協會」、「臺灣文藝作家協會」、「臺灣藝術研究會」和「臺灣文藝聯盟」等社團所構成的文化陣線。藤井省三如此以偏概全，顯然不符合歷史原貌。

近三十年來，無論是在中國還是在日本，都可以看到臺灣歷史研究和文學研究一派繁榮景象。由於臺灣被荷蘭、日本等國殖民多年，在臺灣問題研究中有關國族認同問題和「皇民文學」一樣不斷被討論，由此也引發爭吵不休的論戰。以殖民時期臺灣的「國語」即「日語」問題而言，藤井省三很不情願承認以北方話爲基礎的漢語標準語通行範圍包括臺灣、大陸在內的全中國領土。所不同的是兩岸對此稱呼不同，即這種標準語在大陸叫普通話，在臺灣稱「國語」。藤井省三不這樣看，他在《臺灣文學一百年》這樣曲解歷史：「將現代的國語制度帶入臺灣的，是一八九五年起，歷時五十年的宗主國的日本。」其實，日本人帶來的非漢語「國語」只出現在官方和公共場合。在家庭和市井，人們並沒有實行「國語」制度，所使用的仍是作爲漢語的另一種「國語」。無視這一事實的藤井省三，在《臺灣文學這一百年》中又斷言：「臺灣島民經由全島規模的語言同化而被日本人化的同時，全島共通的『國語』超越了經由各地的方言。」藤井省三說的這種看法，就連主張臺獨的葉石濤也不承認。他曾說，受過日本教育、成了中小地主階級的他，在家庭一類的私人領域中絕對不使用日語，而使用各地的方言（註一〇三）。只要看三十年代中後期出版的《臺灣總督府警察沿革志》第二篇中卷〈領臺以後的治安狀況〉序中的一段話，就完全明白了：

……關於本島人的民族意識問題，關鍵在於其屬於漢民族系統。漢民族向來以五千年的傳統民族文化爲榮，民族意識牢不可拔……雖已改隸四十年，至今風俗、習慣、語言、信仰各方面仍襲舊貌」。臺人故鄉福建、廣東二省與臺灣相距很近，相互交通頻仍，「本島人又視之爲父祖瑩墳所在……其以支那爲祖國的情感難以拂拭，乃是不爭的事實。」而「改隸」之後，日本人雖對臺民「一視同仁平等對待，使其沐浴於浩大皇恩」，但臺灣人仍然「頻頻發出不滿之聲，以致引起許多不祥事件」。而殖民地臺灣抗日「社會運動勃興之原因……除歸咎其固陋之民族意識外，別無原因……

這份資料充分說明日本占領臺灣四十年時，殖民政府所倡導的「國語」即日語並未征服臺灣人民。他們仍然我行我素，「以五千年的傳統民族文化爲榮」。既然如此，怎麼能得出「浩大皇恩」已造就了由血緣和地緣組成認同日本的「共同意識」的結論？

藤井省三在《臺灣文學這一百年》中界定臺灣文學概念時，強調要與「臺灣民族主義」有所關聯。

這裡說的「臺灣民族論」，是指超越了單純的地域意識或呈弱勢的次國民意識，而與鄉土、現實、政治、經濟、社會、文化等因素所形成的「新民族意識」。這種意識與臺灣地區山地人、平地人、外省人、本省人的意識明顯不同。這種「意識」，以清除臺灣人心靈中「邪惡的」中國意識爲首要條件。

在許多討論所謂「臺灣民族」與中華民族關係的場合，不少學者都毫不思索地表明：

一、「臺灣民族」是第二次世界大戰後出現的無論在人種學上還是社會人類學上，均無法說通的奇談怪論，而「中華民族」學說源遠流長，已超過五千年；

二、「臺灣民族」是將省籍矛盾擴大化後炮製出來的違反漢民族本位的一種「理論」，「中華民族」才眞正是尊重漢民族、尊重臺灣原住民的理論；

三、「臺灣民族」尚未形成也不可能形成，而歷史悠久的「中華民族」卻有博大精深堅不可摧的特色。

我們並不否認臺灣社會與大陸有眾多不同之處，臺灣文學與大陸文學有相異的特點。不過，與其強調臺灣文學對中國文學的「自主性」，不如從臺灣文學與中國文學同根同種同文中，主張包括整個第三世界文學在內的臺灣文學對西歐和東洋富裕國家的自主性，這對兩岸文學從分流到整合將會縮小時間和距離。藤井省三不願這樣做，他反覆宣揚臺灣文學「自主性」及隨之而來的「臺灣民族論」，還有中島利郎認爲「臺灣人」是與中華民族、漢族不同的「另外的一個民族」，其觀點完全違背了社會人類學原理。這些人不從階級論看問題，而虛構出一個無論在種族上、血統上還是文化基因上都無法解釋清楚的

「臺灣民族論」。

藤井省三的問題出在生吞活剝哈伯馬斯的「公共領域論」，和斷章取義引用安得爾遜的論說。須知，主張淡化意識型態更容易走向歷史批判的反面。如果不捨棄西方理論的偏頗，沒有看到「文明同化作用」隱含的內核是殖民主義意識形態，對「文明與野蠻」二元對立的理論暴力照單全收，就容易像藤井省三那樣滑向爲「皇民文學」張目、與「臺灣民族論」的反中國意識同流合污的泥塘。《臺灣文學這一百年》及其《華語圈文學史》所出現的研究歧路，值得所有華語文學研究者的警惕。

注釋

一　臺　北：萬卷樓圖書公司，二〇〇一年。
二　臺　北：相映文化公司，二〇〇八年。
三　臺北縣：李登輝學校，二〇〇四年。
四　高　雄：文學界雜誌社，一九九一年。
五　臺　北：萬卷樓圖書有限公司，二〇〇一年。
六　蔡金安主編：《臺灣文學正名》，臺南：開朗雜誌事業公司，二〇〇六年，頁三九。
七　北京大學出版社，一九九九年。
八　上　海：復旦大學出版社，一九九九年。
九　北　京：人民文學出版社，二〇〇四年。
一〇　馬　森：《中國現代文學的兩度西潮》〈緒論〉，臺北：《新地文學》，二〇〇八年六月，頁一四。

一一　莊萬壽、陳萬益、施懿琳、陳建忠編著：《臺灣の文學》，臺北縣：李登輝學校，二〇〇四年，頁九。

一二　蔡金安主編：《臺灣文學正名》，臺南：開朗雜誌事業公司，二〇〇六年，頁二十九。

一三　葉石濤：〈臺灣鄉土文學史導論〉，臺北：《夏潮》第十四期，一九九七年五月。

一四　李　喬：《我看臺灣文學——臺灣文學正解》，一九九二年。

一五　蔡金安主編：《臺灣文學正名》，臺南：開朗雜誌事業公司，二〇〇六年，頁一三二。

一六　臺文筆會編輯：《蔣爲文抗議黃春明的眞相：臺灣作家ai/oi用臺灣語文創作》，臺南：亞細亞國際傳播社，二〇一一年，頁一一九。

一七　蔡金安主編：《臺灣文學正名》，臺南：開朗雜誌事業公司，二〇〇六年，頁三一三。

一八　臺文筆會編輯：《蔣爲文抗議黃春明的眞相：臺灣作家ai/oi用臺灣語文創作》，臺南：亞細亞國際傳播社，二〇一一年，頁一四〇。

一九　蔡金安主編：《臺灣文學正名》，臺南：開朗雜誌事業公司，二〇〇六年，頁三一三。

二〇　臺文筆會編輯：《蔣爲文抗議黃春明的眞相：臺灣作家ai/oi用臺灣語文創作》，臺南：亞細亞國際傳播社，二〇一一年，頁一三八。

二一　臺　北：駱駝出版社，一九九七年。

二二　李永熾、李喬、莊萬壽、郭生玉：《臺灣主體性的建構》，臺北：李登輝學校出版，二〇〇四年，頁六五。

二三　陳芳明：〈現階段中國的臺灣文學史書寫策略〉（《中國事務》二〇〇二年七月）。

二四　許俊雅：《日據時期臺灣小說研究》，臺北：文史哲出版社，一九九一年，頁五。

二五　許俊雅：《日據時期臺灣小說研究》，臺北：文史哲出版社，一九九一年，頁四八八。

二六　許俊雅：《日據時期臺灣小說研究》，臺北：文史哲出版社，一九九一年，頁六。

二七　楊　照：《夢與灰燼——戰後文學史散論》，臺北：印刻文學生活雜誌出版社，二〇一〇年，頁一〇。

二八　楊　照：《夢與灰燼——戰後文學史散論》，臺北：印刻文學生活雜誌出版社，二〇一〇年，頁五六六。

二九　楊　照：《夢與灰燼——戰後文學史散論》，臺北：印刻文學生活雜誌出版社，二〇一〇年，頁四四三。

三〇　楊　照：《夢與灰燼——戰後文學史散論》，臺北：印刻文學生活雜誌出版社，二〇一〇年，頁五八四。

三一　楊　照：《夢與灰燼——戰後文學史散論》，臺北：印刻文學生活雜誌出版社，二〇一〇年，頁封底。

三二　楊照說臺灣批評無史，其實大陸學者古繼堂出版有《台灣新文學理論批評史》，瀋陽：春風文藝出版社，一九九三年；臺北：秀威資訊科技公司，二〇〇八年；古遠清出版有《台灣當代文學理論批評史》，湖北：武漢出版社，一九九四年。此外，臺灣學者張健和蕭蕭也寫過有關臺灣文學批評的「小史」。

三三　楊　照：《夢與灰燼——戰後文學史散論》，臺北：印刻文學生活雜誌出版公司，二〇一〇年，頁五八四。
三四　高雄市立圖書館，二〇〇八年。
三五　高雄市立圖書館，二〇〇八年。
三六　彭瑞金：《高雄市文學史．現代篇》，高雄市立圖書館，二〇〇八年，頁五。
三七　彭瑞金：《高雄市文學史．現代篇》，高雄市立圖書館，二〇〇八年，頁二〇〇。
三八　彭瑞金：《高雄市文學史．現代篇》，高雄市立圖書館，二〇〇八年。
三九　臺　北：《自立晚報》文化出版部，一九九一年。
四〇　高雄市文化局，二〇〇六年。
四一　彭瑞金：《高雄市文學史．現代篇》，高雄市立圖書館，二〇〇八年。
四二　彭瑞金：《台灣文學史論集》，高雄：春暉出版社，二〇〇六年，頁一〇一。
四三　見網頁〈寫給彭瑞金老師的一封信〉。
四四　黃玲華編：《二十一世紀臺灣原住民文學》，臺北：臺灣原住民文教基金會，一九九九年版，頁三七。
四五　浦忠成：《台灣原住民族文學概說》。本節吸收了此文的研究成果。
四六　浦忠成：〈台灣原住民小說寫作狀況的分析〉，載《台灣現代小說史綜論》，臺北：聯經出版事業公司，一九九八年。
四七　巴蘇亞．博伊哲努：〈台灣原住民族運動與文學的啓蒙〉，《台灣原住民族研究季刊》，第一卷第一期，春季號，頁三九～五八。

四八　彭瑞金總編輯：《2008台灣文學年鑑》，臺南：臺灣文學館，二〇〇九年，頁一一〇。

四九　臺　北：聯經出版事業公司，二〇一一年。

五〇　高　雄：文學界雜誌社，一九八七年。

五一　見蔡金安主編：《台灣文學正名》，臺南：金安文教機構，二〇〇六年。

五二　陳芳明：《孤夜讀書》，臺北：麥田出版社，二〇〇五年，頁二九〇。

五三　陳芳明：〈敵友〉，臺北：《中國時報》「人間副刊」，一九九七年十月二十九日。

五四　黃文鉅：〈從文學看見臺灣的豐富——陳芳明X紀大偉對談《台灣新文學史》〉，臺北：《聯合文學》，二〇一一年十一月。

五五　陳芳明：〈台灣新文學史的建構與分期〉，臺北：《聯合文學》，一九九九年八月號。該文稱大陸學者寫的是「陰性文學史」，他要寫一部「雄性文學史」對抗所謂「中國霸權」論述。出書時這些話被刪去。

五六　陳芳明：《台灣新文學史》，臺北：聯經出版事業公司，二〇一一年，頁三一〇。

五七　陳映眞：〈以意識形態代替科學知識的災難——批評陳芳明先生的《台灣新文學史的建構與分期》〉，臺北：《聯合文學》，二〇〇〇年七月號。

五八　黃錦樹：〈誰的台灣文學史？〉，臺北：《中國時報》「開卷副刊」，二〇一一年十月二十九日。

五九　黃文鉅：〈從文學看見臺灣的豐富——陳芳明X紀大偉對談《台灣新文學史》〉，臺北：

《聯合文學》，二〇一一年十一月。

六〇 陳芳明：《台灣新文學史》，臺北：聯經出版事業公司，二〇一一年，頁三〇四。

六一 陳芳明：《台灣新文學史》，臺北：聯經出版事業公司，二〇一一年，頁三〇四以及該書扉頁。

六二 黃文鉅：〈從文學看見臺灣的豐富——陳芳明X紀大偉對談《台灣新文學史》〉，臺北：《聯合文學》，二〇一一年十一月。

六三 司馬長風：《答覆夏志清的批評》，臺北：《現代文學》復刊第二期，一九七七年十月。另見司馬長風《中國新文學史》上卷，香港：昭明出版社，一九八〇年四月第三版。

六四 林幸謙主編：《張愛玲傳奇．性別．系譜》，臺北：聯經出版事業公司，二〇一二年，頁三五。

六五 隱　地：〈一幢獨立的台灣房屋〉，臺北：《聯合報》，二〇一一年十二月十日。

六六 張德本：〈陳映眞與陳芳明的底細〉，臺南：《台灣文學藝術獨立聯盟．電子報》，二〇一二年一月三日。

六七 周　錦：〈孫陵的戰鬥精神〉，臺北：《文訊》，一九八三年八月（總第二期）。

六八 關於陳芳明書的史料差錯，詳見古遠清：〈給陳芳明先生的「大禮包」——《台灣新文學史》十大史料差錯〉，臺北：《世界論壇報》，二〇一二年七月十二日。

六九 方耀乾：《台語文學史暨書目彙編》，高雄：臺灣文薈出版，頁八八～九一。

七〇 方耀乾：《台語文學史暨書目彙編》，高雄：臺灣文薈出版，頁二二三。

七一　張春凰、江永進、沈冬青：《台語文學概論》〈序〉，臺北：前衛出版社，二〇〇一年，頁八。
七二　林央敏：《台語小說史及作品總評》，臺北：印刻文學生活雜誌出版公司，二〇一二年，頁一八。
七三　方耀乾：《台語文學史暨書目彙編》，高雄：臺灣文薈出版，頁八八～九一、二二一。
七四　龔鵬程：〈臺灣區域文學史的寫作與傳統〉，臺北：《文訊》，二〇〇〇年四月，頁三九。本文吸收了他的研究成果。
七五　陳萬益：〈現階段區域文學史撰寫的意義和問題〉，收入何寄澎主編：《文化・認同・社會變遷：戰後五十年臺灣文學國際學術研討會論文集》，臺北：文建會，二〇〇〇年。
七六　龔鵬程：〈臺灣區域文學史的寫作與傳統〉，臺北：《文訊》，二〇〇〇年四月，頁三九。本文吸收了他的研究成果。
七七　施懿琳：〈撰寫區域文學史的幾點感想〉，臺北：《文訊》，二〇〇〇年四月，頁四〇。
七八　陳萬益：〈現階段區域文學史撰寫的意義和問題〉，收入何寄澎主編：《文化・認同・社會變遷：戰後五十年臺灣文學國際學術研討會論文集》，臺北：文建會，二〇〇〇年。
七九　施懿琳：〈撰寫區域文學史的幾點感想〉，臺北：《文訊》，二〇〇〇年四月，頁四一。
八〇　臺　南：臺灣文學館，二〇一二年。
八一　臺　南：臺灣文學館出版，二〇一二～二〇一三年。
八二　劉心皇：〈自由中國五十年代的散文〉，臺北：《文訊》，一九八四年三月號。

八三　臺灣就有一位小說家筆名爲「下里巴人」。

八四　鄭　州：河南人民出版社，二〇〇五年。

八五　北　京：中國社會科學出版社，二〇〇六年。

八六　黃錦樹：〈這隻斑馬——評陳大爲《最年輕的麒麟——馬華文學在臺灣（1963-2012）》〉，臺南：《臺灣文學館通訊》，二〇一三年三月，頁八〇、八二。

八七　黃錦樹：〈這隻斑馬——評陳大爲《最年輕的麒麟——馬華文學在臺灣（1963-2012）》〉，臺南：《臺灣文學館通訊》，二〇一三年三月，頁八〇、八二。

八八　廈　門：鷺江出版社，一九九九年版。

八九　臺　北：印刻文學生活雜誌出版公司，二〇一五年二月。

九〇　葉石濤：《台灣文學史綱》，高雄：文學界雜誌社，一九八七年版。

九一　陳芳明：《臺灣新文學史》，臺北：聯經出版事業公司，二〇一一年版。

九二　見《新網》搜尋引擎。發表人：黃小玲。發表日期：二〇一五年二月十日。

九三　臺　北：國際研究中心，一九六七年版。

九四　臺　北：大陸觀察雜誌社，一九七六年版。

九五　江　南：《蔣經國傳》，臺北：前衛出版社，二〇〇一年，頁二四七。

九六　北　京：崑崙出版社，二〇〇二年版。

九七　中島利郎、井澤律之譯，東京，研文二〇〇〇年十一月出版。書名改爲《臺灣文學史》。

九八　北　京：人民文學出版社，一九七一年版。

九九　邱常婷：〈世界華文文學的百年思索——訪馬森談其新著《世界華文新文學史》〉，臺北：《文訊》雜誌，第三五〇期。

一〇〇　隱　地：〈文學史的憾事〉，臺北：《聯合報》二〇一五年三月二十一日。

一〇一　隱　地：《深夜的人》〈文學史的憾事續篇〉，臺北：爾雅出版社，二〇一五年版，頁三四。

一〇二　香　港：《明報月刊》第二期，一九七五年。

一〇三　轉引自陳映真：〈警戒第二輪臺灣「皇民文學」運動的圖謀——讀藤井省三《百年來的臺灣文學》：批評的筆記（一）〉，臺北：《人間思想與創作叢刊》二〇〇三年冬季號，頁一五〇。

後記 在「險學」道路上攀行

《台灣當代文學理論批評史》從出版到現在二十多年了。臺灣一家出版社十年前勸我修訂出繁體字本，由於當時還有一些課題未做完，只好將其擱置起來。現在過了古稀之年，我終於用魯迅所說的「糾纏如毒蛇，執著如怨鬼」的堅韌學術勇氣將其重新修訂一遍。這是爲了賺錢？爲了揚名？爲了顛覆？這種質疑均未能切入我的心態，我只是想了卻一樁心願而已，就這麼簡單。

最難忘的是寫《台灣當代文學理論批評史》時在香港嶺南大學的日子，那時該校還未搬遷到屯門而在婀娜多姿的太平山麓，我的居室一推開窗戶便可看到鬱鬱蔥蔥的大森林，有時還可看到可愛的小松鼠在樹上跳來跳去。風華正茂的我，早上繞行到霧氣騰騰的山路，晚上坐下山巴士到旺角二樓書店閒逛，成了我最好的娛樂。自己那時雖沒有到過臺灣，但這裡藏書豐富，臺版雜誌也多，對寫臺灣文論史有莫大的幫助。不過，我還是想到臺北重慶南路書市流連。那時對方邀請書發來多次，不是那邊不批就是這邊不准，一九九七年夏天我正在香港中文大學講學，對方給了我入臺證，我便利用這個自由港「偷跑」到寶島瀟灑走了一回，受到臺灣文友的熱情接待。無論是他們的贈書還是我淘書得來的「寶貝」，看著那精美的裝幀設計，讀著這些在大陸所有的圖書館都難查到的資料，我覺得不虛此行。當然，香港的人文薰陶，亦使我不致變爲擁抱教條殘骸的學者，替文藝政策去背書。

臺灣文學本是一座富礦，窮畢生精力開採不盡。我所做的臺灣文論史及新詩史、兩岸文學關係史的研究，不過是冰山一角而已。

臺灣文學理論是個複雜的場域。本書有一節的標題叫〈臺灣文學：充滿內在緊張力的學科〉。這從鄉土作家黃春明為因不贊成用臺語寫作與獨派學者發生爭執而獲刑二年的「消息」——不，應該說是天下「奇聞」，這充分說明臺灣文學的確是一門「險學」。我有自知之明，從事「險學」研究時對許多未蓋棺先定論的評論家的定位，不僅不能得到研究對象的認同，也難為眾多讀者接受——如認為李歐梵的中文水平還與「院士」的美譽有差距，與其說蔣勳是「美學大師」不如說是「學術明星」，但有一點我很自信，書中某些材料連臺灣當地評論家也未必知道。這本書是有「我」的文論史，是有大陸學者鮮明主體性的專著。

這次改寫：

一是將《台灣當代文學理論批評史》的書名改為《戰後台灣文學理論史》。這裡說的「戰後」，就是日本投降後「光復」的另一種說法。獨派學者是不贊成這個詞的，如陳芳明認為一九四五年後，當「中華民族取代大和民族主義君臨臺灣時，作家在思考上所產生的混亂矛盾，豈可以『戰後』一詞來概括？我們面對的毋寧是一個再殖民的時代。」（註一）關於什麼叫「再殖民」，一位獨派學者說得非常明確：臺灣前期受國民黨的中國中心箝制，後期受中共的武力威赫，一直未擺脫再度被殖民的夢魘。（註二）既然某些分離主義理論家極力反對「戰後」的說法，故更加堅定了我使用這一詞語的信心。

二是更改了原有的三個附錄。

三是許多章節有所變動或增刪，其添加的專節計有：復甦社會主義文藝理論、提倡簡體字引發風波、孟瑤抄襲大陸學者著作案、副刊黃金時代的來臨、「三三」：張腔作家的聚集地、「文化統一中國」的先聲、寧折不彎的黃春明、還吳濁流愛國眞相的王曉波、走向沒落的文學副刊、《文學界》：臺灣文學的另一中心、臺灣文學系所的設立、「三陳」會戰、誰的臺灣？誰的文學？誰的經典？、馬森論現代戲劇的兩度西潮、詩評專業化的奚密、「南部文學」與「臺北文學」的對峙，等等。

四是標題的潤色，如「自由中國文壇」的建立、小型「文革」：文化清潔運動、軍中文藝體系的竄起、扮演中華文化的守護者、呼風喚雨的洛夫、藍綠對決的前世：鄉土文學論戰、圓融客觀的侯健、陳映眞：左翼文壇祭酒、推動中國小說現代化的李歐梵、臺灣的香港傳奇：張愛玲熱、「自由中國文壇」的崩盤、枯竭的「臺語文學」、李瑞騰：臺灣文學的先鋒推手、林燿德的評論星空、突出晚清現代性的王德威、金庸所帶來的「香港震撼」、齊邦媛：當代臺灣文學的知音、呂正惠：「獨行江湖上梁山」，等等。

五是增加了「南部詮釋集團」專章。

六是新寫了六萬多字的《新世紀文論》。這裡講的「新世紀」，是指二〇〇〇至二〇一三年，但個別地方略有延伸。

我深知，再怎麼修訂仍會有遺珠之憾。因爲每當寫成一節，又發現新材料只好改寫或重寫。近二十多年來，臺灣出版的文學理論書，尤其是那些很有參考價值的學位論文，數量驚人，怎麼讀都讀不完。由此想到，寫這類書最好用大兵團作戰的方式，分工執筆。可我沒有這方面的優勢，只好像彼岸的一位評論家那樣「獨行江湖上梁山」。

通常從事臺灣文學研究，不是以作品爲主，就是以作家爲目標。可如果要深入研究它，光讀作家作品不夠，還要弄懂它的文學思潮、運動、爭論、事件及讀理論家的著作，故我尤其重視思潮史、運動史、論爭史的研究。這樣的書，在臺灣還沒有人寫過，臺灣評論家應鳳凰甚至說這是「臺灣本地寫不出的書」（註三）。我之所以有勇氣從事別人「寫不出」這種書的工作，是不想浪費我漂洋過海得來的藏書，浪費累積多年的學術思考，更不想辜負對岸一些學者對我的厚望。

我先後在海內外出版了六十多本書，我不覺得自己幾乎不自費出這些書有什麼「公關術」。我最大的本事就是等待。沒有行政資源的我，其心一直處於靜態，一直在等待之中。當然，等待的結果是什麼，有哪個出版社肯花鉅資出這麼厚的著作，誰也難以意料。有道是，等待是人生的驛站。等待可使著作精心敲打，修訂得更理想。在滾滾紅塵中，我等待著好運的降臨。當我等待到一定程度，機緣終於發生了：「萬卷樓」願意出版。此時，我靜如湖水的心泛起了漣漪。那裡有我的感激，有我的驕傲。

二十年彈指一揮間。在這期間我已到過寶島多次，還一度捲入臺灣文壇的論爭，險被某些人拉出來「祭刀」，最近又有陳芳明的學生在網上轉述陳氏曾把大陸的所謂「南北雙古」並稱爲「無賴學者」。不過，我已無當年戀戰的豪情，也缺乏略帶玩世的反文化品格。盡管如此，每天收到從海峽那邊寄來的書刊，總會給我帶來一些新的寫作靈感和衝動。每當孤獨地坐在寫字臺前，每當「無聊才讀書」的時刻，我重新檢視過去的舊作，重回到書架前翻出剛收到的臺版書，再把《台灣當代文學理論批評史》重新修飾增補一番，我又好像蓋了一座新房子，在「險學」道路上攀行，繼續像老農一樣在臺灣文學這塊園地裡火種刀耕。

面對氣象萬千的世界，婀娜多姿的文學園林，我不敢奢望時有新綠，處處有鮮花。回想文革前武漢大學畢業後分配到湖北大學（今「中南財經政法大學」），從此踏上教學科研之路，想不到一撒手就是一輩子，上了船就是一生。「嘴上無毛」時還不懂得，懂得後頭頂已蒙「不白之冤」。當我寫下這本書的最後一個字時，我認爲戰後臺灣文學理論史是戰後文論事實的歷史而非文論家觀念的歷史，我這種看法不知是否有人認同，尤其是否會被彼岸評論家用此書「送到廢品收購站還不到一公斤」的方式「嗆聲」？不管風吹浪打，不管別人如何批判，我均勇敢地面對，但願自己在蕭瑟的冬天裡能成爲一棵堅守著生命綠色的長青樹，爲後人留一片清涼和綠蔭。

古人云：「不愁白髮千莖雪，只恨萬藥總無靈。」我已到了耄耋之年，精力、視力均大不如前。原想趁校對機會潤色一遍，可已做不到了，只好帶著遺憾將此書付梓。

最後衷心感謝萬卷樓圖書公司接受此書的出版，和香港中文大學陳煒舜教授大力推薦拙著的出版。

古遠清

二〇一二年春天於武漢竹苑，二〇一七年八月略改

注釋

一 陳芳明：《後殖民臺灣》，臺北：麥田出版社，二〇〇二年，頁二八。

二 參閱邱貴芬：〈壓不扁的玫瑰：臺灣後殖民小說面貌〉，臺北：《中國時報》一九九七年二月十三日。

三 應鳳凰：《畫說1950年代台灣文學》，臺北：遠景出版事業公司，二〇一七年二月，頁二十二。

附錄一　臺灣文學現象如雲，我只是抬頭看過
——答客問

不甘心學術生涯就此被「淪陷」

客：從網上查到，你近年來在海內外多所高校講學，有的海報寫你是博士或博士生導師，這算不算僞造學歷呀？

主：這是好事者寫的，應與我無關。趕緊坦白交代：文革前我在武漢大學讀了五年，只拿到畢業證書。連學士都不是，何來博士？我更沒有當過一天博士生導師，倒當過某校評博士生導師的評委，如此而已。

客：你沒有博士帽又沒有博導的光環，一直在沒有中文系的財經大學從事世界華文文學研究，一定感到很失落吧？

主：某文化名人在其發行量極大的自傳《借我一生》中，這樣蔑視我：「古先生長期在一所非文科學校裡研究臺港文學，因此我很清楚他的研究水平。」一位文友建議我回應他：「某文化名人長期在一所非創作單位上海戲劇學院從事散文創作，因此我很清楚他的寫作水平。」

客：像你這種在一個學校待一輩子從不跳槽的人，眞是稀有動物。

主：九十年代時任武漢大學主管文科的副校長李進才前來商調我作爲「進才」對象重回珞珈山，一些

博導和我說：「你現在多麼風光，在財大享受『獨生子』待遇，每年出國三幾次均可報銷，一回母校就成了『大家庭』成員，再無此特權了。」還有人則用「一流教授」的紙糊假冠忽悠我：「錢鍾書說得好，一流教授到三流學校，三流學校因一流教授而增光；三流教授到一流學校，三流教授因一流學校而榮耀。」

客：你回家賣紅薯多年了，還一直在筆耕嗎？

主：我一直在筆耕，最近在「花城出版社」出版了《華文文學研究的前沿問題——古遠清選集》、《澳門文學編年史》。這使我想起古代官員為附庸風雅，提倡「未妨餘事做詩人」。他們把自己寫詩看作是「歲之餘、日之餘、時之餘」結出的果實。歐陽修的「三上」即「馬上、枕上、廁上」，則比上面說的「三餘」更具體、更生動。本來，每個人都有自己的「三餘」，「致仕」（這個詞在古漢語是退休的意思，而非某文化名人說的是「做官」）多年的我，《中國大陸當代文學理論批評史》、《台灣當代文學理論批評史》、《香港當代文學批評史》、《台灣當代新詩史》、《香港當代新詩史》、《海峽兩岸文學關係史》只能說是「二餘」：「退之餘、休之餘」的產物。

客：不少人希望你寫一本把陸臺港文論打通的《中華當代文學理論批評史》或在文論、詩論基礎上寫一部《台灣文學史》。

主：我後來想，與其寫一本有可能自費出版將三地文論貫通的文學史或《台灣文學史》，不如弄點銀子寫一部有新意的書，於是便前後兩次申報國家社會科學基金課題。那時我早已告別杏壇，一位朋友勸我說：「退休的人幾乎無人再做科研更談不上報課題，就是報了也很難批」，何況二〇〇六年申報《海峽兩岸文學關係史》課題時，我校中文系還未正式成立，無學術資源去「跑題」，但我還是未聽他的忠告，只不過是申報後就束之高閣，不向任何有可能當評委的人打招呼，更不向我認識的文學課題組總負責人打聽任何消息。大概是此課題係嘗試用整合的方法將兩岸文學融合到一起，而不是像眾多當代文學史那樣，把臺灣文學當作附庸或尾巴然後拼接上去，就這樣被評委看中了，僥倖被批准了。

客：有人說退休就是「淪陷」，你讚成嗎？

主：「淪陷」？我可從來沒有這樣想。我一直在「進攻」而未退卻過。剛在臺出版的《台灣新世紀文學史》對「臺語文學」的批評，吹拂著直擊沉屙的新風。「兩岸文學，各自表述」以及「三分天下的臺灣文壇」，友人認爲「視角獨特，讀起來酣暢淋漓，由此成爲本書的亮點。」拙著對這些牽涉到二十一世紀臺灣文學前沿問題的梳理、呈現、演繹、解讀，友人還讚揚說「不僅新穎和新鮮，也能讓讀者讀後覺得有新收穫。」我這樣引述他人的評價，有點似「古婆賣瓜，自賣自誇」，但如此評價完全是在釋放自己。對我這把年紀的人來說，如果連自信心都沒有，那就枉對自己不斷的思考、開掘和突破，那退休就眞變爲「淪陷」了。

客：你寫的眾多境外文學研究著作，除高等教育出版社出版的《當代台港文學概論》屬教材型外，其餘均是屬所謂專家型吧。

主：專家型的文學史由於過於冷門，在教育界和以大陸爲中心的當代文學研究界不占主流地位，鮮有人問津，以致變爲無人理睬的孤兒，因而那位友人好話說盡後跟我潑了瓢冷水，認爲我的台港文學研究即使搞得再多再好，也與「淪陷」無異。這使我想起香港嶺南大學許子東教授有一次談香港文學研究，引用學界流傳的順口溜「一流的搞古典，二流的搞現代，三流的搞當代，四流的搞台港」後說，這話當然不對，但現在研究台港文學最有名的劉登翰和古遠清，「還不就是這個水平！」我不甘心自己永遠停留在許教授說的「這個水平」，尤其是不願退休後學術生涯就此「被淪陷」，我竟不顧身體的承受能力，二〇一九年來又一次穿梭於寶島南北兩地，並採購了大批書刊，以致今年過七十八歲生日時，內人為我做了三個書架慶賀。

客：你覺得退休後的日子過得充實否？

主：一般說來，在珞珈山求學才是我讀書的黃金時期，可我現在仍然有強烈的求知欲，讀書和寫作對我來說是一種最好的休閒方式，是一件很愉快的事，用臺灣作家胡秋原的話來說「寫作是一人麻將」。日讀萬言，日寫千字，並不覺得厭倦和疲憊。有時一邊做飯，一邊寫作，竟把飯燒糊了，身心完全融進新世紀臺灣文壇，人在此岸心卻在彼岸，能不快哉！如此說來，我真該感謝臺灣文學，是它使我多了一塊精神高地，同時也應感謝對岸朋友送來的和自己採購的眾多繁體字書刊。沒有它們，我的日子就不可能過得這麼充實，就不可能感到精神上是這樣富有。

現當代文學史寫作為什麼難

客：你姓古，可你並不崇尚發思古之幽情，將自己的精力全埋首在古文學堆裡呀。

主：我出版的文學史明顯帶有當代人寫當代史的特點。我受老師劉綬松的影響，寫「史」似乎上了癮，現在仍和歷史的情緣未斷，真好像是走上「不歸路」了。可我寫的「史」並不屬古文學的亡靈，其中上史的作家不少還健在，這就是為什麼我喜歡用「當代」命名的緣故。

客： 中國古代有江郎才盡的故事，放眼內地學界，也可找到不少這樣的例子。你已七十六歲高齡，快成「無齒之徒」了，難道沒有「才盡」之感？

主： 「才盡」應與年齡無關，而與對研究現狀、研究題材和研究對象失卻敏感相聯繫。「才盡」的人往往找不到新的學術生長點。我為了將自己和「江郎」區隔開來，近幾年在兩岸三地出書和寫論文時均盡可能做到出新，不至於「把破帽，年年拈出」。例如，我於二〇一五年初在長沙舉行的第四屆「新銳批評家高端論壇」上發表的〈偷渡作家：從逃亡港澳到定居珠海〉，以及最近寫的〈厚得像老式電話簿的《世界華文新文學史》〉，後者就曾被兩岸三地大報競相轉刊。

客： 你這種年齡老化、思想僵化、等待火化的人，竟然成了「新銳批評家」，眞是少見。不過，說香港文壇有個偷渡作家群，這個發明權屬於你。你寫的境外文學史的確很多，我記得你有一部還未出版。有人建議你改換門路，因為這些不成為「史」的著作，很容易被他們用後現代的非中心論進行解構。

主： 我的確想改換門庭，我十年前在臺北出版的《分裂的臺灣文學》，以及武漢出版社即將出版長達百萬言的《臺灣當代文學事典》，就是用辭條寫的文學史。對拙著提出任何批評意見，我都表示歡迎，但不應由此認為「當代事，不成史」或否定當代文學史寫作的必要性。我這八種境內外文學史，均是基於自己的史學意識和文學觀念，對境內外文學存在的一種歸納和評價，與現代性尤其是與現代的教學和學術緊密聯繫在一起，它們都富有強烈的當下性與現實感，這既是由選題決定的，也與我的研究興趣和評論取向分不開。

客：你說即將出版的《台灣當代文學事典》也是文學史的另類寫作，可文學史總應不同於作家小傳一類的工具書吧。

主：你說得對。以臺灣成功大學馬森爲例，他由於缺乏寫大規模華文文學史的實踐或曰文學史理論功底本來就不足，所以他在臺北出版的《世界華文新文學史》凡是寫到兩岸文人、作家部分，大都用早年劉心皇所使用過的「點鬼簿」寫法，抄抄生平和排列著作目錄了事，故有大量引文的《世界華文新文學史》，不該署名「著」，而應爲「編著」。

客：現當代文學史寫作之所以難，在於當代眾多作家健在，還無法蓋棺定論。

主：就是要查他們的生卒年，也不是輕而易舉的事。作家生平的敘述，看似公式化，連中學生都會做，其實這同樣包含著學問。以卒年而論，當代文學史上某些作家由於消息閉塞導致其生死不明，而這種消息有的其實已以公開報導的方式出現，另有某些作家因離開文壇太久或居無定所造成無人知其下落。對後種情況，華文文學研究者和文學史家，一直難以把握。如馬森寫到一九二二年出生的香港老作家岳騫未注明卒年，讓岳騫還有文曉村、鍾雷、雲鶴等眾多華文作家全活在他的文學史中。

客：有位資深學者看了你的《台灣新世紀文學史》後很不爽，他強烈反對用「史」命名。因爲以「史」的名義顯得過於莊重，還不如用「現場」一類的詞好。

主：這是很不錯的建議，「現場」的命名既有學院派的嚴謹，又有作家智慧的靈動，讀之能帶給人學術震撼和審美享受。我爲此動搖過，很想按他的意見改。不過，後來掂量了一下：藍海的《抗戰文學史》，不就是當時創作的編排和歸納？夏志清的《中國現代小說史》，在框架上與作家作品彙編並無多大的不同。至於今人溫儒敏的《中國現代文學批評史》，則純粹是批評史家論組成。可見，「史」並不神秘，何況拙著前面有整體勾勒，有史的線索，有不少地方闡明了新世紀臺灣文學與上世紀末文學的不同之處。不敢說拙著已全面總結了臺灣當下文學發展的規律，但起碼描述了當選票變成臺灣所有核心價值的新世紀之文學發展之輪廓，其中不乏「兩岸」框架下文學對象的經驗總結。

客：你二○一二年報國家社科基金課題，曾考慮過「台灣新世紀文學」能單獨成爲一個階段來寫嗎？這樣論說，能得到對岸的認可嗎？

主：在臺灣，除《文訊》雜誌二○○四年十～十二月策劃過「臺灣文學新世紀」專輯外，鮮有「臺灣新世紀文學」的提法，而在大陸，「新世紀文學」成爲各出版社出版系列叢書競相打出的新旗號，還成爲各媒體討論的熱門話題。不管別人如何評說，重要的是走自己的路。但畢竟臺灣文學研究在大陸屬邊緣性專業，故諸多文學評論刊物，可以對研究大陸新世紀文學一路開綠燈：不是設專欄，就是開研討會，還出專書乃至套書，可對論述臺灣新世紀文學的文章，他們大都以所謂「敏感」爲由拒之門外。當然，也有少數文評刊物願意刊登。既然園地不多，我只好移師到文學圈外的刊物《學術研究》，另交由中國社會科學院主辦的《臺灣研究》、《臺灣週刊》上發表和連載。在臺灣，盡管他們認爲我有所謂「預設立場」，但仍欣賞我的歷史情結，有《文訊》、《新地文學》、《海峽評論》、《祖國》、《世界論壇報》發了我這個課題的有關論文，讓我受到鼓舞，使我覺得自己還未到「古郎才盡」地步，有構思多時的《兩岸臺灣文學編纂史》、《臺灣百年文學制度史》以及《文革魯迅研究史》等待我去完成呢。

用政治天線接收臺灣文學頻道

客：原臺灣最高領導人馬英九曾提倡「政治爲藝文服務」，你如何看？

主：其實這是一個空洞的口號，現在臺灣作家依舊出書難、出刊難，辦文藝團體更難。在臺灣，藝文爲政治服務有根深柢固的傳統，你不叫他服務，他也會主動上門前來服務。

客：臺灣有一種「選舉文學」，你能否舉個例子？

主：從槍桿子出政權到選票出政權，無疑是一大進步，但用選票治理天下，則欠妥。至於「文革還可以用選票搞」，則大錯特錯。余光中就曾寫過〈拜託，拜託〉，描繪了他在高雄看到的候選人因文化素養嚴重不足而出現的種種傷風敗俗的現象：

無辜的雞頭不要再斬了
　拜託，拜託
陰間的菩薩不要再跪了
　拜託，拜託
江湖的毒誓不要再發了
　拜託，拜託
對頭跟對手不要再罵了

拜託，拜託
美麗的謊話不要再吹了
拜託，拜託
不美麗的髒話不要再叫了
拜託，拜託
鞭炮跟喇叭不要再吵了
拜託，拜託
拜託，拜託
管你是幾號都不選你了

語言明快曉暢，直接痛快，表現了詩人對選舉期間批量生產的「美麗的謊言」的嚴重不滿。乍看起來，此詩批判火力不足，但從最後一句否定這場不美麗的選舉看，作者是柔中有剛，棉裡藏針。

客：大陸文壇一直在淡化政治，不再提文藝爲政治服務，人們厭惡以意識形態爲主流，而臺灣文壇情況如何？

主：臺灣文壇卻呈逆方向發展。曾任「中國統一聯盟」創會主席的陳映眞在「失語」前當面和我說文藝就應爲政治服務。當下，各種政治派別或明或暗、或深或淺在操控文壇，致使臺灣文人下海「入黨」，這與大陸文人下海「經商」形成不同景觀。在「入黨」方面，小說家呂秀蓮成了民進黨「天王」，還當了八年副總統；曾獲「國軍文藝金像獎」的蘇進強，二〇〇五年被李登輝提名爲「臺聯黨」主席；靜宜大學中文系主任鄭邦鎭出任建國黨主席，還參加過二〇〇〇年大選；鄉土小說家王拓也曾擔任過民進黨秘書長。「大河小說」作家鍾肇政、李喬以及文學史家葉石濤，不是被陳水扁聘爲「總統府資政」就是封爲「國策顧問」。國民黨方面，被金庸認爲僅次於古龍、筆名「上官鼎」的武俠小說家劉兆玄成了馬英九執政後的首任「行政院長」，散文家龍應台則做了「文化部長」，詩人詹澈和楊渡被媒體戲稱爲改造馬英九的兩條「馬腿」，即成了「馬英九團隊」的重要成員，出任馬英九競選臺灣地區最高領導人爲數極少的「高參」。

客：你爲什麼對臺灣新世紀文學如此情有獨鍾？

主：作爲一位有三十年「工齡」的臺灣文學研究者，且偶爾寫點文章參與臺灣文壇論爭的大陸學人，我也認同文藝不能脫離政治的觀點，「用政治天線接收文學頻道」大體上沒有錯。在大陸，已不少人在研究新世紀大陸文學，我覺得臺灣新世紀文學也很值得研究，尤其是最近到臺灣島巡迴講學歸來，我感到越來越需要研究「鞭炮跟喇叭對吵」這種噪聲干擾下的當前文學重要性。對正在自我矮化、自我村落化、鼓吹用「臺語」取代漢語、用「華人」取代「中國人」的本土文壇，尤其需要「拜託」有志者跟蹤書寫。

客：有些作家不贊成這種政治與文學聯姻的做法。他們認爲臺灣文學雖然從來沒有離開政治，用意識形態的天線去衡量也沒有錯，但創作臺灣文學畢竟不能只用政治天線，還應該有審美天線、語言天線。

主：這又重複了七十年代臺灣文壇的兩種爭論：是爲藝術而藝術，還是爲社會而藝術？不少人不認同把文學作爲選戰的工具，但作家畢竟不能脫離現實。社會既然充滿矛盾和不公不義，有良心和正義感的知識分子當然不能局限在象牙塔裡，特殊情況下還要與政治同行。尤其是臺灣現在分藍綠兩大派，敏感的詩人紛紛加入其中，如不久前發生學生爲反對「服貿協議」占領「立法院」事件，引起媒體報導：《世界論壇報》「世界詩葉」副刊發表臺客等人諷刺學運的文章，而《笠》詩刊則發表一組讚揚學運和批馬詩歌。至於媒體對政治人物的「爆料」，則很像大陸文革中的「揭老底戰鬥隊」，正所謂「到了北京才知道官小，到了深圳才知道錢少，到了臺灣才知道文化革命還在搞！」臺灣一位名叫「範疇」政論家則加了「不到臺灣不知道『文革』還可以用選票搞。」我最近到臺北教育大學講學時，他說給我這句戲言，覺得倒蠻切合實際。

客：請你回過頭來談談臺灣新世紀文學產生的背景。

主：從二〇〇〇年起，臺灣民主政治已翻了三翻，文化產業遭遇金融風暴與市場萎縮的土石流，外加千禧年發生的「九・二一」世紀大地震，給臺灣的政治、社會、經濟、文化帶來巨大衝擊的話，那網際革命、數位革命、眼球革命、指尖革命和經濟全球化浪潮，則將臺灣納入世界文化的總體格局中。新世紀來臨，靈異與神秘學說走俏，各式各樣的神通在占領市場。人們最爲關注的千禧年恐慌、天使論述、具有預言性質的夢、瀕死經驗這四種現象，在吸引大家的注意力。《哈利波特》的巫術在使人耳目一新的同時，《魔戒》、《達文西密碼》又成了某些人頂禮膜拜的對象。這種新興的靈知論，使天啓式宗教信仰丟掉主流的地位。敏感的新世紀作家，以先知先覺的身分感受內在的神性，他們無不在追求這種可遇不可求的「發光靈體」，如阮慶岳的天使論述，張惠菁的死亡寓言，朱西甯的天啓之追尋，還有李渝的金佛、白鶴、金絲猴，「都可以看出濃厚的救贖意味，以及千禧迷狂」。

客：這「迷狂」屬有爭議的話題，但與上世紀臺灣文學相比，新世紀的文學出現了哪些新質？

主：一種新質便是不少作家狂熱地擁抱政治，熱衷於文藝爲政治服務，爲選戰服務，用形象的說法是「用政治天線接收文學頻道」。散文家、戲劇家張曉風則不是政治的擁抱者，確切地說是政客的批判者。在〈報告總統，我可以有兩片肺葉嗎？〉中，她尖銳地批評李登輝執政的十二年外加從「臺灣之子」到「臺灣之恥」陳水扁統治的八年：「二十年來，總統一職竟跟強盜成了同行。」爲了反對環境污染，爲「二〇二兵工廠」請命，張曉風還向馬英九下跪，以至被媒體稱之爲「驚天一跪」。至於有些著名作家參選立法委員，或幫某位總統、立法委員候選人月臺拜票，或爲他們寫文宣廣告，更是家常便飯。

臺灣文壇是非如雷，我只是掩耳聽過

客：《臺灣新世紀文學史》作爲一項有價値的課題，有什麼樣的意義和特色？

主：這開掘出一個具有特殊意義的新研究領域，除了它對臺灣新世紀文學作首次系統論述外，還在於它以「文學制度的裂變」、「夾著閃電的文學事件」、「詮釋權爭奪的攻防戰」、「五色斑斕的文學現象」的學術勇氣和發現能力，以及所傳出的眞誠、善意、銳利的聲音，從而獲取該書的獨特理論品格。此外，對於新世紀臺灣的政治小說、以王鼎鈞爲代表的回憶錄，還有「在臺的馬華文學」以及「數位文學」、「原住民文學」的論述，我均以求是、求眞之精神辨析，盡可能給讀者展現一個不同於大陸的文學新天地。

客：大陸學者都像你這樣瞭解臺灣文學嗎？

主：我十次去臺灣，在寶島出版了十六本書，以致有人誤認爲我是臺灣作家。我曾大言不慚地說：我在臺灣訪問、開會、講學期間，「吸的是臺灣空氣，吃的是臺灣大米，喝的是臺灣涼水，拉出來的則是……」

客：你這話大不文雅了，不過「拉出來的是臺灣屎」畢竟說明你寫的臺灣文學著作與垃圾無異，難怪有位臺灣詩人批評你的《台灣當代新詩史》，送到廢品收購站還不到一公斤哩。

主：隨他怎麼批評都可以，只要不像余秋雨那樣將我告上法庭。本來，臺灣文學現象如雲，我只是抬頭看過；臺灣文壇是非如雷，我只是掩耳聽過。盡管我認爲自己瞭解臺灣文學不過是漂浮如雲，但我可以這樣回答你，大陸研究臺灣文學的大名如雷貫耳者有「福建社會科學院」的劉登翰、「中國社會科學院」的古繼堂。

客：這就是臺灣文壇「流星」林燿德說的「兩古一劉」或「南北雙古」吧。你這位「南古」和「北古」是兄弟嗎？

主：古繼堂是河南人，我是廣東人，我們兩人是同學加兄弟，同在武漢大學中文系一九六四年畢業。

客：我還聽新加坡《赤道風》主編方然說你們「兩古」是父子關係呢。

主：我們的著作堅持臺灣文學是中國文學組成部分的觀點，因而受到臺灣某派的歡迎，同時也受到另一派的攻訐，臺灣某部門還召開過以「炮轟南北雙古」爲主旨的「研討會」。當我們「兩古」踏上寶島時，某派的一位學者竟驚呼「兩股（古）暗流來了」。

客：這眞是「不批不知道，一批做廣告」。可無論是比你年長的古繼堂還是劉登翰，都從未單獨出版過臺灣當代文學辭典，你怎麼會一個人寫這本書？

主：在臺灣文學辭書甚缺的沙漠上，終究會下起雨來的罷。我這次「下雨」編辭典，有如不甘渴死於沙漠的學人所培植的一枝稚嫩的細草。這「細草」爲什麼會由我一人栽種，是因爲我是臺灣作家陳映眞戲稱的「獨行俠」。我有關臺灣文學的十六本著作，都是嫩草式的作品，不過，在臺灣有些人看來，有可能是「一棵大毒草」。當下臺灣最活躍的某評論家，就曾在課堂上把我和古繼堂並稱爲「兩個無賴教授」。這「無賴」近乎謾罵，還是叫「獨行俠」吧。

客：敘述歷史、評說歷史難免受到時空的制約，理解歷史、書寫歷史，更與語境有著極大的關係。這也許就是臺灣學界對大陸的臺灣文學研究，爲什麼總是認同得少批判得多的一個原因。

主：他們對大陸學者的不滿，集中在一九九〇年代。典型的有《臺灣詩學季刊》兩次製作的「大陸的臺灣詩學檢驗專輯」。現在經過二十餘年的努力與開拓，大陸的臺灣文學研究已進入沉潛期。今後，臺灣文學研究是朝「發明」還是「發現」方向發展，是否要將新世紀臺灣文學研究進行到底，對這種研究是要現實性還是與當下保持距離的學術性，這些問題有待兩岸學者共同探討。作爲以搜集、記錄、整理、保存、研究臺灣文學爲職志的我，從不滿足快節奏、「趕場式」的寫作，但仍將以筆耕不輟的實際行動對上述回題作出回答。

客：前面說的「獨行俠」，聽起來你好似江湖中人，難怪新加坡女作家蓉子稱你這位不用手機的人「古裡古氣，似深藏不露的武林人物」。

主：錯了，我是「文林人物」。我二〇一六年春到北大、北師大、首都師大講學，許多研究生都會問我一些有關臺灣文學叫人難於三言兩語講清的問題，這就使我領悟到一個道理：在大陸學界中理所當然的事情，到了臺灣學界就不那麼理所當然。如臺灣文學如何定位，在大陸學界完全不成問題，可在臺灣，其答案之多簡直就像一場作文比賽。臺灣文學本是一個詭異領域，站在各種不同立場會做出不同乃至完全相反的評價。

客：臺灣已有一些書介紹過臺灣文學這方面的論爭，看這些書就足夠了，何必要你這位「隔岸觀火」者寫此書？

主：看來你還不夠瞭解臺灣。臺灣曾組織眾多學者編寫大型臺灣文學辭典，可「只聽樓梯響，不見人下來」。葉石濤也寫過《台灣文學入門》，但那不是辭典。是「事典」的倒有彭瑞金主編的《當代臺灣文學史小事典》，可惜過於簡略。

最好的漢語文學產生在台灣？

客：陳芳明說「最好的漢語文學產生在台灣」，這牽涉到兩岸誰的文學成就高的問題。

主：文學成就是很難比較的，如果硬要比較，團體賽大陸是冠軍，大陸作家多，其長篇小說氣勢磅礴，但是臺灣也有不少單打冠軍，如李敖是雜文單打冠軍，瓊瑤是言情小說單打冠軍。至於詩文雙絕的余光中，他左手寫空靈的詩，右手寫實用的散文，他還有第三隻手搞翻譯。此外，余光中在香港中文大學當中文系主任，而在高雄中山大學長期當的是外文系主任。在大陸，中西融會貫通的大概只有錢鍾書才能與他媲美。

客：有人說臺灣作家是「小島心態」，你如何看？

主：這自然有一鍋煮之嫌，但臺灣的作品確實多以輕、短、薄著稱。以題材而論，臺灣小說內容離不開都市生活，繁複的語言結構、奇異的意象、層層的敘事空間、重重的敘事圈套所產生的陌生化效果，顯示出「都市」、「島嶼」的文化特徵。相對來講，大陸青年作家的作品內容更爲廣闊，氣象也更爲寬廣。大陸作家喜歡說故事這一點沒有錯，但說故事需要特別高的技巧。王安憶的《天香》能獲二〇一一年《中國時報》「開卷好書獎」與這點分不開。遺憾的是，在說故事方面，大陸青年作家還趕不上曲波、王蒙一類的老作家。

客：與其談兩岸誰的文學成就高，不如先比較新世紀臺灣文學和上世紀臺灣文學到底有何不同。

主：如果說，上世紀光復後的臺灣文壇最重要的事件是「自由中國文壇」的建立與崩盤，那「臺灣新世紀文學」最重要的事件是眾志成城建立與中國文學逐步脫鉤的「臺灣文壇」。和九十年代相比，這時臺灣文壇上的「中國作家」少了，「臺灣作家」多了；得獎作品多了，經得起時間篩選的名著少了；文學事件多了，作品的含金量卻少了。

客：臺灣新世紀文學與大陸新世紀文學又有何同異之處？

主：「大陸新世紀文學」不似「臺灣新世紀文學」那樣有複雜的政治文學內涵。以新世紀的大陸文學來說，據白燁的看法：文壇一分爲三，由以文學期刊主導的傳統文壇、以商業出版爲依託的大眾文學、以網路媒介爲平臺的網路寫作組成。臺灣文壇也存在這個情況，但從「政治時間」分，則可分爲「中華文壇」、「本土派華語文壇」、「臺語文壇」。其中前兩者集中在北部，後者的根據地在南部。這就是我以前寫《分裂的台灣文學》一書的主旨。這種天南地北的文學現象及三分天下的情況，已不可能是純文學上的了。

客：重要的應是兩岸創作的不同景觀吧。

主：以新世紀小說創作而論，大陸小說家選擇題材的多樣比臺灣奢侈，獎金比臺灣豐厚，得諾貝爾獎的道路比臺灣順利。以「茅盾文學獎」爲例，北京發給得獎者的獎金是五十萬人民幣，如劉醒龍得了五十萬後，湖北省又獎勵了三十萬，武漢市再獎二十萬，總共一百萬人民幣，而臺灣的「國家文藝獎」只一百萬新臺幣，約合人民幣二十萬。大陸得諾貝爾獎的有莫言，如果把大陸出身的高行健也算上，那十年之內就有兩人，可臺灣一個也沒有。

客：總不能以得獎論英雄吧，你能否在寫作篇幅上具體談談？

主：兩岸的小說越來越傾向於兩岸人口數的對比，正如朱天心所說，臺灣小說越來越短，根本原因是和人的經驗的同質化有關，地方小使得作者往思維深處走。而大陸面積遼闊，每一個省地理環境和生活經驗都有較大差異，像莫言的山東高密與王安憶的上海是完全不同的世界，因此生活實物細節還禁得住寫，乃至可以鋪天蓋地去寫，這就難怪張煒的長篇小說《你在高原》有三十九卷總計四百五十多萬字。而臺灣的長篇小說，其篇幅長度也只相當於大陸的中篇小說，十多萬字而已。

客：在大眾領域方面臺灣有何表現？

主：蔡智恆、九把刀仍是大眾青年閱讀的主要對象。七十後的甘耀明、伊格言、童偉格、王聰威、許榮哲等作家，則成爲純文學小說的青年代表。八十後在網路言情、類型小說有突出的表現。高翊峰還說：透過五十後、六十後這兩代臺灣作家的現代性薰陶，新世代的小說創作開始將臺灣這片土地的養分融合拉美魔幻寫實、科幻奇幻、超現實都會、偵探推理種種元素，在小說技巧與文字變化方面盡最大可能做出努力。在他看來，大陸新世代的小說創作，還停留在「說故事」的層次上。不管是承續歷史格局的大敘事框架，還是現代化之後的城鄉客題，小說的可讀性仍然建立在故事情節基礎上。

客：在類型小說書寫與出版上，兩岸的青年作家也有不同的特色或差異吧？

主：在臺灣，類型小說的出版力度，遠比實際書寫來得大。愛好類型小說的讀者與引進的類型小說特別是翻譯小說，增加的速度驚人，但眞正從事推理、偵探、奇幻小說創作，並獲得紙本出版的本土類型小說，還是相當少。在大陸，推理小說在這兩年快速透過翻譯引進，並另外發展出與臺灣不同的本土類型小說書寫，比如，官場小說、職場小說、金融小說等。這些類型小說，幾乎都是本土創作，而且在市場上的推展力度甚至大過翻譯的類型小說。這些大陸本土類型小說的出現，和出版操作有直接的關係。而大陸類型小說最流行的是玄幻，網路上有許多長篇巨製，有數百萬字，想像豐富。臺灣類型小說最強的是言情，臺灣作家的愛情小說比大陸的強，大陸寫愛情還沒有達到蔡智恆、藤井樹的水平。蔡智恆出道十年後，在大陸仍能每本暢銷二十萬冊以上，這很了不起啊。

客：在散文創作方面，臺灣學人散文與大陸同類作品有何不同？

主：臺灣學人散文表現了境外華人移民生存經驗和生命體驗，此外還與大陸的學者散文形成一種互補格局。大陸的學者散文，如余秋雨的文化大散文，表現傳統文人的內心衝突，體現自然山水的人文意義，尤其是顚覆楊朔模式方面取得了巨大的成功，而臺灣學人散文並沒有楊朔或秦牧式的羈絆。顏元叔、龔鵬程散文所表現的紅塵掠影和對現代社會的批判以及環保意識的覺醒，均比余秋雨們早；林文月在描寫留學生涯及中西文化碰撞方面，也為林非所不及。特別是他們作品中表現的放逐主題及身分認同的焦慮，在潘旭瀾的作品中也是找不到的。這裡要特別提及的是漢寶德筆下的倫敦公園、浪漫道上的山城，黃碧端的《車過英法海峽》、周志文的《布拉格的鳥》，其中所寫的東西方文化差異及流露的文化遊子情結，在賈平凹散文中也較少見。

對臺灣文學的發展不免心生焦慮

客：大作《台灣新世紀文學史》寫的一些文學現象，不是在網上或「年鑑」裡可以找到嗎？

主：此話不錯，但從哪裡找到的畢竟不夠完整系統，也就是說，拙著是廣泛吸收了前人的研究成果，並提出了自己的新見，如〈臺語文學的內部敵人〉這一節。在這裡，「史」扮演著開啓文學史寶庫的鑰匙或總結文學發展規律的功能。由隔岸學者來寫臺灣文學史，本是一件困難的事：缺乏感同身受的體會，以及搜集資料的不易，但外地學者書寫容易取得「旁觀者清」的效果。

客：你的資料從哪裡來的？

主：為對岸寫文學史，應充滿收割的喜悅而不應該杞人憂天，但憂慮起碼說明筆者沒有隔岸觀火。有人看了拙著大膽寫到本土派內鬥如《笠》詩社陳塡被除名後嘖嘖稱奇，問我這些資料是怎麼搜集到的？因為有些事情連本地作家都不一定瞭解啊。不可否認，有些南部文友為我提供過一些資訊和史料，但更多的是自己十下寶島採購書籍時找到的。當然，筆者不是有聞必錄，有許多資料經過仔細考慮後還是割愛了。

客：有一位學者稱讚你以尖刻及焦慮取代了昔日的幽默與寬容，肯定你不留情面，在許多地方不止一次不贊成別人的政治信仰或國族認同，這是否顯得不厚道和無情義？

主：任何撰史者都有自己的立場，都有自己的主張，完全客觀是不可能的。更何況無論是信仰還是意識形態，在臺灣都逃不脫國族認同的問題。寫文學史，不應講人情或情義，而應把還原歷史眞相放在首位。

客：臺灣新世紀文學還在行進中，但對昨天來說，畢竟屬於過去式的記憶。作爲大陸學者，你爲對岸文學取得豐碩成果高興的同時，是否不免心生焦慮？

主：焦慮的是臺灣文學離中國文學越來越遠，陳映眞當年力圖打造的「中國臺灣文壇」隨著他生病「失語」到最後仙逝，彷彿人們已記不得乃至灰飛煙滅了。君不見，老牌的「中國文藝協會」、「中國青年寫作協會」、「中國婦女寫作協會」不是形同虛設，就是名存實亡，而兩岸關係丕變、兩岸文學是英國和美國文學關係之病毒一天天壯大，以至生蹦活跳得蔓生在骨骼、神經甚至表皮上。所謂「蝨子多了不癢」，多數人見怪不怪。若這樣發展下去，那將是臺灣文學的一場浩劫。

客：用中文寫作還是用所謂「臺語」寫作，是受制於中國大陸的文化力場，還是遠離乃至埋葬這種力場，是否屬臺灣作家的自我選擇？

主：新世紀，將是臺灣南北兩派作家分道揚鑣的時刻。在以往十五年中，可看出越來越多的臺灣作家正在選擇不做中國作家。這種封閉症，是外人很難瞭解的「臺灣特色之痛」，它很難治癒。如果在臺灣有人能治這種病，大陸乃至整個中國文壇當然受益。應該看到，病毒的發源地來自無限膨脹的本土意識。這種病毒的強大，已被曾參與籌備「建國黨」的老作家李喬的著作《文化．臺灣文化．新國家》及李敏勇提出的「寧愛臺灣草笠，不戴中國皇冠」口號等種種病情所證實。

客：你前面談到臺灣文學分裂為「臺北文學」與「南部文學」兩大板塊，那請你談談當前「南部文學」的新動向。

主：這種南北分野的現象，早在葉石濤、向陽的論述中就有所反映：二十世紀末的臺灣文壇一是以臺北為基地，在城市現代化的導引下，延續中華文學的傳統，創作具有中國意識的作品和色彩繽紛的都市文學；二是南部延續鄉土文學的傳統，用異議和在野文學特質與帶有泥土味的「臺語」創作小說、散文、新詩，書寫他們的所謂「獨立的臺灣文學論」。可以毫不客氣地說，不似「臺北文學」認同中國意識的臺灣本土文壇，由於他們普遍否認自己是中國臺灣作家，其下半身已陷入「臺灣文學主權在臺灣」的觀念了。這不但是臺灣文壇也是中國文壇的不幸，但願這不是杞人憂天。

——載《香港文學》二〇一六年第十期

附錄二　古遠清著作總目

一　專著（四十四種）

《〈吶喊〉、〈彷徨〉探微》　武漢　湖北教育出版社　一九八五年　三十萬字

《中國當代詩論五十家》　四川　重慶出版社　一九八六年　三十七萬字

《詩歌分類學》　武漢　中國地質大學出版社　一九八九年　高雄　復文圖書出版社　一九九一年　二十七萬字

《海峽兩岸詩論新潮》　廣州　花城出版社　一九九二年　十七萬字

《臺灣當代文學理論批評史》　湖北　武漢出版社　一九九四年　六十五萬字

《心靈的故鄉——與青少年談詩》　與章亞昕合作的詩學專著，本人爲第一作者　臺北　業強出版社　一九九四年　十二萬字

《香港當代文學批評史》　武漢　湖北教育出版社　一九九七年　四十八萬字

《臺港澳文壇風景線》　上、下冊　北京　國際文化出版公司　一九九七年　六十萬字

《留得枯荷聽雨聲——詩詞的魅力》　北京　生活·讀書·新知三聯書店　一九九七年　二十萬字

《中國大陸當代文學理論批評史》　上、下冊　臺北　文史哲出版社　一九九九年　七十萬字

《中國當代文學理論批評史（1949～1989大陸部分）》　濟南　山東文藝出版社　二〇〇五年　七

十萬字

《古遠清自選集》　馬來西亞　爝火出版社　二〇〇二年五月　六十五萬字

《海外來風》　南京　東南大學出版社　二〇〇四年八月　二十二萬字

《當今臺灣文學風貌》　南昌　江西高校出版社　二〇〇四年十一月　二十五萬字

《世紀末臺灣文學地圖》　臺北　揚智文化事業公司　二〇〇五年四月　十七萬字

《分裂的臺灣文學》　臺北　海峽學術出版社　二〇〇五年　二十萬字

《臺灣當代新詩史》　臺北　文津出版社　二〇〇八年　四十萬字

《香港當代新詩史》　香港　香港人民出版社　二〇〇八年　二十二萬字

《余光中：詩書人生》　武漢　長江文藝出版社　二〇〇八年　二十五萬字

《古遠清文藝爭鳴集》　臺北　秀威資訊科技公司　二〇〇九年　十六萬字

《幾度飄零——大陸赴臺文人沉浮錄》　桂林　廣西師大出版社　二〇一〇年　二十二萬字

《海峽兩岸文學關係史》　福州　福建人民出版社　二〇一〇年　四十一萬字

臺北　海峽學術出版社　上、下冊　二〇一二年

《消逝的文學風景》　臺北　九歌出版社　二〇一一年　十萬字

《兩岸四地文壇現場》　香港　香港文學報出版公司　二〇一一年　二十五萬字

《從陸臺港到世界華文文學》　臺北　秀威資訊科技公司　二〇一二年　二十萬字

《當代台港文學概論》　北京　高等教育出版社　二〇一二年　三十三萬字

《中國詩歌通史·當代卷》（四人合著）　北京　人民文學出版社　二〇一二年　十萬字

《臺灣文壇的「實況轉播」》　臺北　秀威資訊科技公司　二〇一三年　二十萬字
《百味文壇——新世說新語》　山東　青島出版社　二〇一三年　二十萬字
《耕耘在華文文學田野》　臺北　獵海人出版社　二〇一五年　四十二萬字
《臺灣新世紀文學史》　上、下冊　新北市　花木蘭文化出版社　二〇一六年　三十三萬字
《華文文學研究的前沿問題——古遠清自選集》　廣州　花城出版社　二〇一六年　二十七萬字
《余光中傳》　武漢　長江文藝出版社　二〇一九年　二十七萬字
《中外粵籍文學批評史》　廣州　廣東人民出版社　二〇一八年　三十二萬字
《藍綠文壇的前世與今生》　香港　香港文學評論出版社　二〇一八年　二十萬字
《澳門文學編年史》　廣州　花城出版社　二〇一九年　十九萬字
《世界華文文學概論》　北京　中國華僑出版社　二〇二一年　二十萬字
《臺灣當代文學事典》　湖北　武漢出版社即將出版　一百萬字
《戰後臺灣文學理論史》　臺北　萬卷樓圖書公司　二〇二一年　一百萬字
《臺灣查禁文藝書刊史》　臺北　萬卷樓圖書公司　二〇二一年　二十萬字
《臺灣文學學科入門》　臺北　萬卷樓圖書公司　二〇二一年　十八萬字
《臺灣文學焦點話題》　臺北　萬卷樓圖書公司　二〇二一年　十八萬字
《臺灣百年文學制度史》　臺北　萬卷樓圖書公司　二〇二一年　十八萬字
《百年新詩學案．臺港澳卷》　待出版　六十萬字

二　編著（二十九種）

《文藝新學科手冊》　武漢　華中理工大學出版　一九八八年　四十二萬字

《臺港朦朧詩賞析》　廣州　花城出版社　一九八九年　十一萬字

《海峽兩岸朦朧詩品賞》　武漢　長江文藝出版社　一九九一年　二十萬字

《臺港現代詩賞析》　鄭州　河南人民出版社　一九九一年　二十萬字

《中國當代名詩一百首》　武漢　湖北教育出版社　一九九五年　十六萬字

《王一桃詩百首賞析》　香港文學報社　一九九五年　十萬字

《恨君不似江樓月——（泰國）夢莉散文鑒賞》　天津　百花文藝出版社　一九九五年　十六萬字

《看你名字的繁卉——蓉子詩賞析》　臺北　文史哲出版社　一九九八年　十八萬字

《美麗的印度尼西亞（詩賞析）》　香港　匯信出版社　二〇〇四年　十二萬字

《犁青詩拔萃》　香港　匯信出版社　二〇〇五年　三十萬字

《庭外「審判」余秋雨》　太原　北嶽文藝出版社　二〇〇五年　三十八萬字

《余秋雨現象大盤點》　鄭州　河南文藝出版社　二〇〇五年　三十九萬字

《「咬嚼」余秋雨》　臺北　雲龍出版社　二〇〇五年版　三十萬字

《二〇〇四年全球華人文學作品精選》　武漢　長江文藝出版社　二〇〇五年　四十萬字

《二〇〇五年世界華語文學作品精選》　武漢　長江文藝出版社　二〇〇六年　二十九萬字

《二〇〇六年世界華語文學作品精選》　武漢　長江文藝出版社　二〇〇七年　二十六萬字
《余光中評說五十年》　北京　文化藝術出版社　二〇〇八年　三十五萬字
《古遠清文學世界》　香港　香港文學報出版公司　二〇一一年　四十萬字
《古遠清這個人》　香港　香港文學報出版公司　二〇一一年　三十五萬字
《謝冕評說三十年》　深圳　海天出版社　二〇一三年　三十萬字
《世界華文文學研究年鑑・2013》　汕頭　汕頭大學華文文學研究中心　二〇一四年　四十萬字
《世界華文文學研究年鑑・2014》　武漢　武漢大學出版社　二〇一五年　五十一萬字
《世界華文文學研究年鑑・2015》　武漢　武漢大學出版社　二〇一五年　六十萬字
《世界華文文學研究年鑑・2016》　武漢　武漢大學出版社　二〇一七年　八十萬字
《世界華文文學研究年鑑・2017》　武漢　武漢大學出版社　二〇一九年　八十萬字
《世界華文文學研究年鑑・2018》　香港　華中書局　二〇一九年　一百萬字
《2019世界華文文學研究年鑑》　香港　華中書局　二〇二〇年　一百萬字
《2020世界華文文學研究年鑑》　香港　華中書局　二〇二一年　八十萬字
《當代作家書簡》　武漢　華中師範大學出版社　二〇二一年　二十六萬字

參考書目

論戰鬥的文學　葛賢寧著　中華文化事業出版委員會　一九五五年七月
鏡子和影子　陳芳明著　志文出版社　一九七四年三月
中華民國文藝史　尹雪曼總纂　正中書局　一九七五年
當前文學問題總批判　彭品光編　青溪新文藝學會　一九七七年十一月
鄉土文學討論集　尉天驄編　遠流出版事業公司經銷　一九七八年四月
期待批評時代的來臨　沈謙著　時報文化出版公司　一九七九年
掌上雨　余光中著　時報文化出版公司　一九八〇年四月
當代中國新文學大系・史料與索引　劉心皇編著　天視出版事業公司　一九八一年八月
當代中國新文學大系・文學論爭　何欣編選　天視出版事業公司　一九八一年
當代中國新文學大系・文學論評　王夢鷗編選　天視出版事業公司　一九八一年
當代臺灣作家論　何欣著　東大圖書公司　一九八三年
中華民國作家作品目錄　行政院文化建設委員會編印　一九八四年六月
七十三年文學批評選　陳幸蕙編　爾雅出版社　一九八五年三月
七十四年文學批評選　陳幸蕙編　爾雅出版社　一九八六年三月
文學與社會　高準著　文史哲出版社　一九八六年十月
七十五年文學批評選　陳幸蕙編　爾雅出版社　一九八七年三月

中國現代文學手冊（下）　劉獻彪主編　中國文聯出版公司　一九八七年八月
現代中國文學批評述論　柯慶明著　大安出版社　一九八七年十月
現代臺灣文學史　白少帆、王玉斌、張恆春、武治純主編　遼寧大學出版社　一九八七年十二月
台灣文學史綱　葉石濤著　《文學界》雜誌社　一九八七年二月
臺灣三十年　茅家琦主編　河南人民出版社　一九八八年一月
七十六年文學批評選　陳幸蕙編　爾雅出版社　一九八八年三月
當代文學氣象　鄭明娳著　光復書局　一九八八年四月
不安海域　林燿德著　師大書苑　一九八八年五月
中國詩學縱橫論　黃維樑著　東大圖書公司　一九八八年
七十七年文學批評選　陳幸蕙編　爾雅出版社　一九八九年三月
觀念對話　林燿德編著　漢光文化事業公司　一九八九年八月
後現代併發症　孟樊著　桂冠圖書公司　一九八九年八月
臺灣文學入門文選　胡民祥編　前衛出版社　一九八九年十月
臺灣精神的崛起——《笠》詩論選集　鄭炯明編　《文學界》雜誌社　一九八九年十二月
中華現代文學大系．臺灣（一九七〇～一九八九）評論卷　余光中總編輯　李瑞騰主編　九歌出版社　一九八九年
臺灣新詩發展史　古繼堂著　人民文學出版社　一九八九年
台灣新文學辭典　徐乃翔主編　四川人民出版社　一九八九年

文學邊緣　周玉山著　東大圖書公司　一九九〇年
文學的長廊　張健著　幼獅文化事業公司　一九九〇年八月
中國國民黨台灣四十年史　宋春、于文藻主編　吉林文史出版社　一九九〇年十一月
世紀末偏航——八〇年代台灣文學論　林燿德　孟樊編　時報文化出版公司　一九九〇年十二月
中國現代散文初探　陳信元著　臺中縣立文化中心　一九九〇年十二月
台灣新文學運動四十年　彭瑞金著　自立晚報社文化出版部　一九九一年三月
新詩論文集　陳千武等編　南投縣立文化中心　一九九一年六月
台灣文學風貌　李瑞騰著　三民書局　一九九一年五月
台灣新文學概觀（下）　黃重添、徐學、朱雙一著　鷺江出版社　一九九一年六月
台灣現代詩編目　張默編　爾雅出版社　一九九二年五月
台灣文藝美學研究　盧善慶著　東北師範大學出版社　一九九二年七月
現代散文現象論　鄭明娳著　大安出版社　一九九二年八月
戰後台灣文學經驗　呂正惠著　新地文學出版社　一九九二年十二月
當代台灣文學評論大系・文藝理論卷　鄭明娳總編輯、簡政珍主編　正中書局　一九九三年五月
當代台灣文學評論大系・文學現象卷　鄭明娳總編輯、林燿德主編　正中書局　一九九三年五月
當代台灣文學評論大系・新詩批評卷　鄭明娳總編輯、孟樊主編　正中書局　一九九三年五月
當代台灣文學評論大系・小說批評卷　鄭明娳總編輯兼本卷主編　正中書局　一九九三年五月
當代台灣女性文學論　鄭明娳主編　時報文化出版公司　一九九三年五月

台灣文學與時代精神　林瑞明著　允晨文化公司　一九九三年八月
小說中國　王德威著　麥田出版社　一九九三年
典範的追求　陳芳明著　聯合文學出版社　一九九四年二月
當代台灣政治文學論　鄭明娳主編　時報文化出版公司　一九九四年七月
展望台灣文學　葉石濤著　九歌出版社　一九九四年八月
台灣文學輕批評　孟樊著　揚智出版公司　一九九四年九月
台灣文學探索　彭瑞金著　前衛出版社　一九九五年一月
文學經典與文化認同　呂正惠著　九歌出版社　一九九五年四月
四十年來中國文學　瘂弦等主編　聯合文學出版社　一九九五年六月
台灣現代詩史論　文訊雜誌社主編　文訊雜誌社　一九九六年三月
台灣文學在臺灣　龔鵬程著　駱駝出版社　一九九七年三月
台灣文學入門　葉石濤著　春暉出版社　一九九七年六月
台灣文學與「台灣文學」　周慶華著　生志文化公司　一九九七年八月
夢與灰燼——戰後文學史散論二集　楊照著　聯合文學出版社　一九九八年四月
詩空的雲煙　麥穗著　詩藝文出版社　一九九八年五月
新詩論　許世旭著　三民書局　一九九八年八月
台灣文學的街頭運動（一九七七～世紀末）　焦桐著　時報文化出版公司　一九九八年十一月
台灣現代小說史綜論　陳義芝主編　聯經出版事業公司　一九九八年十二月

葉石濤評傳　彭瑞金著　春暉出版社　一九九九年一月
台灣文學經典研討會論文集　陳義芝主編　聯經出版事業公司　一九九九年六月
台灣文壇大事紀要　南華大學編譯出版中心編　文建會　一九九九年九月
台灣反共小說研究（一九四九年至一九八九年）　秦慧珠著　中國文化大學博士論文　二〇〇〇年
解嚴前後的人文觀察　蔡源煌著　遠流出版事業公司　二〇〇〇年九月
解嚴以來臺灣文學國際學術研討會論文集　臺灣師範大學國文系主編　萬卷樓圖書公司　二〇〇〇年九月
小國家大文學　鄭清文著　玉山社　二〇〇〇年十月
文化心燈　李喬著　望春風文化公司　二〇〇〇年十月
歷史迷路　文學引渡　彭瑞金著　富春文化公司　二〇〇〇年十月
台灣儒學的當代課題：本土性與現代性　陳昭瑛著　中國社會科學出版社　二〇〇一年七月
書寫與拼圖　林淇瀁著　麥田出版社　二〇〇一年十月
美麗島文學評論集　郭楓著　臺北縣文化局　二〇〇一年十二月
後殖民台灣——文學史論及其周邊　陳芳明著　麥田出版社　二〇〇二年四月
陳芳明現象及其國族認同研究　陳明成著　成功大學碩士論文　二〇〇二年六月自印
八〇年代台灣文學的自主性論述——以《文學界》爲分析場域　陳紹庭著　成功大學碩士論文　二〇〇二年六月
殖民地的傷痕——台灣文學問題　呂正惠著　人間出版社　二〇〇二年八月

反對言僞而辯　呂正惠等著　許南村編　人間出版社　二〇〇二年八月
中國大陸台灣文學研究目錄　佛光人文社會學院編　二〇〇二年十一月自印
台灣後現代詩的理論與實際　孟樊著　揚智文化公司　二〇〇三年一月
台灣文學花園　應鳳凰著　玉山社　二〇〇三年一月
中華現代文學大系・臺灣1989-2003評論卷（一）　余光中總編輯、李瑞騰主編　九歌出版社　二〇〇三年十月出
中華現代文學大系・臺灣1989-2003評論卷（二）　余光中總編輯、李瑞騰主編　九歌出版社二〇〇三年十月出
台灣文學百年顯影　中島利郎、黃英哲、應鳳凰等七人合著　玉山社　二〇〇三年
出版與文學　陳信元著　揚智文化事業公司　二〇〇四年四月
五十年代臺灣文學論集——戰後第一個十年的臺灣文學生態　應鳳凰著　春暉出版社　二〇〇四年六月
台灣新文學發展重大事件論文集　《聯合報》副刊編輯　國家臺灣文學館　二〇〇四年十二月
反攻與反共：關鍵年代的關鍵年份——臺灣文壇一九五六的再考察　陳明成著　載《文學與社會學術研討會——2004青年文學會議論文集》　臺灣文學館　二〇〇四年
台灣文學正名　蔡金安主編　金安文教機構　二〇〇六年三月
高雄文學小百科　彭瑞金主編　高雄市文化局　二〇〇六年七月
胡蘭成、朱天文與「三三」　張瑞芬著　秀威資訊科技公司　二〇〇七年四月

臺灣當代女性散文史論　張瑞芬著　麥田出版社　二〇〇七年四月
高雄市文學史——現代篇　彭瑞金著　高雄市圖書館　二〇〇八年五月
臺灣文學史書寫國際學術研討會論文集　成功大學臺灣文學系　春暉出版社　二〇〇八年六月
評論30家（一九七八～二〇〇八）　李瑞騰主編　九歌出版社　二〇〇八年六月
二〇〇七臺灣作家作品目錄　封德屏主編　臺灣文學館　二〇〇八年七月
《文訊》二十五週年總目　文訊雜誌社編　文訊雜誌社　二〇〇八年七月
文學江湖　王鼎鈞著　爾雅出版社　二〇〇九年
文協60年實錄（一九五〇～二〇一〇）史料集　中國文藝協會編　普音文化公司　二〇一〇年五月
現代詩人結構　陳義芝著　聯合文學出版社　二〇一〇年九月
霧與畫——戰後臺灣文學史散論　楊照著　麥田出版社　二〇一〇年
戰後臺灣文學經驗　呂正惠著　三聯書店　二〇一〇年
蔣爲文抗議黃春明的眞相：臺灣作家ai/oi用臺灣語文創作　臺文筆會編輯　亞細亞國際傳播社　二〇一一年
《台灣新文學史》關鍵詞101　陳允元等　《聯合文學》　二〇一二年第二期
《臺灣文學觀察雜誌》第一～七期
《臺灣文學年鑑》　一九九六～二〇一〇
《文訊》雜誌第一～三二〇期
（本書評論對象的著作亦爲參考書目，不再逐一列出）

作者簡介

古遠清，廣東梅縣人，一九四一年生。於武漢大學中文系畢業，爲臺、港文學史家、文學評論家。歷任國際炎黃文化研究會副會長、香港中文大學「中國當代文學系列講座」教授、香港嶺南大學現代文學研究中心客座研究員、中南財經政法大學世界華文文學研究所所長。現爲陝西師範大學人文社會科學高等研究院駐院研究員、佛山科學技術學院嶺南講座教授、中國新文學學會名譽副會長、中國世界華文文學學會名譽副監事長。多次赴大陸、臺、港、澳地區及東南亞各國、韓國、澳大利亞講學和出席國際學術研討會。承擔教育部課題和國家社會科學基金項目七項。

著有《中國大陸當代文學理論批評史》、《香港當代文學批評史》、《臺灣當代新詩史》、《香港當代新詩史》、《海峽兩岸文學關係史》、《臺灣新世紀文學史》、《澳門文學編年史》、《中外粵籍文學批評史》、《華文文學研究的前沿問題》、《世界華文文學概論》、《世界華文文學研究年鑑》、《古遠清八秩畫傳》、《當代作家書簡》等多部著作；另有在萬卷樓圖書公司出版「古遠清臺灣文學五書」：《戰後臺灣文學理論史》、《臺灣查禁文藝書刊史》、《臺灣百年文學制度史》、《臺灣文學焦點話題》、《臺灣文學學科入門》。

文學研究叢書 古遠清臺灣文學五書 0810YB1

戰後臺灣文學理論史（第一冊至第四冊）

作　　者　古遠清
責任編輯　林以邠
特約校對　林秋芬

發 行 人　林慶彰
總 經 理　梁錦興
總 編 輯　張晏瑞
編 輯 所　萬卷樓圖書股份有限公司
臺北市羅斯福路二段 41 號 6 樓之 3
電話 (02)23216565
傳真 (02)23218698

發　　行　萬卷樓圖書股份有限公司
臺北市羅斯福路二段 41 號 6 樓之 3
電話 (02)23216565
傳真 (02)23218698
電郵 SERVICE@WANJUAN.COM.TW
香港經銷　香港聯合書刊物流有限公司
電話 (852)21502100
傳真 (852)23560735

ISBN 978-986-478-527-8
2021 年 11 月初版一刷
定價：新臺幣 1800 元
（全書共四冊不分售）

如何購買本書：
1. 劃撥購書，請透過以下郵政劃撥帳號：
帳號：15624015
戶名：萬卷樓圖書股份有限公司
2. 轉帳購書，請透過以下帳戶
合作金庫銀行 古亭分行
戶名：萬卷樓圖書股份有限公司
帳號：0877717092596
3. 網路購書，請透過萬卷樓網站
網址 WWW.WANJUAN.COM.TW
大量購書，請直接聯繫我們，將有專人為您服務。客服：(02)23216565 分機 610
如有缺頁、破損或裝訂錯誤，請寄回更換

國家圖書館出版品預行編目資料

戰後臺灣文學理論史 / 古遠清著. -- 初版. -- 臺北市 : 萬卷樓圖書股份有限公司, 2021.11
冊 ;　公分. -- (文學研究叢書 ; 810YB1)
ISBN 978-986-478-527-8(全套 : 平裝)

1.臺灣文學史 2.文學評論

863.09　110014311